明德书系

文学行走
远路 & 情思

余光中 著

古堡与黑塔

中国人民大学出版社
·北京·

自 序

一

诗、散文、评论、翻译，是我一生写作的"四度空间"，可以呼应前进，也可以轮流互补，所以我的写作很少有什么"瓶颈"。最早奔赴我笔下的当然是诗，其次才是散文，两者相距约为十年。中国文学的传统常有"诗文双绝"之说，西方文学却少如此强调，prose 常和 verse 对立，却不完全是指中文的"散文"，往往是指"小说"，而把"散文"，尤其是抒情的小品文，说成 essay。开始我全心向诗，把散文只当作副产，所以把第一部散文集称为《左手的缪斯》。

两岸开放交流之后，大陆开始出版我的书，诗、文都有，但是我的文集似乎读者更多。大陆的媒体一致称我为诗人，一大原因是《乡愁》一诗不但进入了教科书，而且广被引证，甚至多人谱曲。但是像《听听那冷雨》和《我的四个假想敌》等散文同样遍被课本选用，也赢得评论家的肯定。近几年来，这情况几乎逆转，诗人之诗真的赢得广大的读者，在朗诵会上，《乡愁》以外的诗成为诵材的也渐多起来。

早年我自况"右手写诗，左手为文"，将诗置于文上。后来散文成了气候，好评竟逾诗作，我对自己的诗文也同等看待，并说譬如双目，必须并用，才能看出立体的世界。更后来，我们夫妻游兴增高，行踪渐广，先是屡因参加国际笔会而去欧美，后则由于两岸交流频频，自一九九二年以来，回大陆讲学竟已多近七十次，所以散文作品之中游记渐多，据陈幸蕙统计，当已超过六十篇了。这数目，在我两百多篇的散文之中，所占比例约为四分之一。

二

游记不但是旅行经验的记录，也是所见所闻的知性整理；不但是感性的享受，好奇的满足，也是一种生动而活泼的自我修炼。所以真正的旅行家一定见多识广，心胸宽阔，不会用本乡本土的观念来衡量世界。说得高些，旅游甚至可以是一种比较文化学。有心人不但行前要做功课，对将游之地有所认识，不但身临异域要仔细观察，多留数据，并拍照片、记日记，而且回家之后还要消化数据以补走马看花之不足，好把囫囵的印象沉淀成思想。如果行前没有准备，当场草草张望，事后又不反省，则旅游不过是散心而已。

观光客不足以言游记。要写好游记，先得认真做个旅人。没有徐霞客的才学与毅力，怎写得出《徐霞客游记》？三十二年前在香港读到湖南人民出版社印行的《历代游记选》，不无心得，乃广搜中国古今的游记，详加研究。后来我一连写了四篇长文，依次是《杖底烟霞——山水游记的艺术》、《中国山水游记的感性》、《中国山水游记的知性》、《论民初的游记》。

游记的艺术首在把握感性，也就是恰如其分地表现感官经验，让读者身历其境，分享逼真的所谓"临场感"。这种场合不能避重就轻，用一些陈腔滥调打发过去。散文家能通过这一关的，其实不多。所谓散文家，大多善道人情世故，能够抒情、叙事、议论，但是要他们摹拟大自然的千变万化，往往就无法到位。因为此处需要一点诗才，是强求不得的。

游记需要捕捉感性，但也可以蕴含知性。游记的知性包括知识与思考：名胜的地理与人文，是知识；游后的感想，是思考。有知识而欠思考，只是一堆死数据。思考太多而知识不足，又会沦于空想。上乘的游记应将知识与思想配合抒情与叙事，自然而生动地汇入文章的流势里去：这就要靠结构的工夫了。苏轼的豪放与方苞的迂阔，用游记来印证，最有对照。拿《石钟山记》和《游雁荡山记》来对比分析，当知吾意。

游记有别于地方志或观光手册，全在文中有"我"，有一个元气充沛的行者走动在山水或文物之间。这个"我"观察犀利，知识丰富，想象高超，读者跟随着他，感若同游。地方志或导游手册是静态，游记才有动感。《后赤壁赋》里，若换了竟是二客奋勇攀登而"盖予不能从焉"，我们就不想读下去了吧。

　　我这本游记选集，涵盖的地区包括欧洲（七篇）、美国（四篇）、泰国（二篇）、大陆（一篇）、台湾（四篇）。其实书中的游记共为二十二篇，有几篇所述游迹甚广，不限于一国一区而已。亲爱的读者，请让我做你的导游。

二〇一四年六月于左岸

　　附注：陈幸蕙在二〇一〇年由尔雅出版社印行的《悦读余光中（游记文学卷）》，对我的一生游记论析精当，大可参考。

目 录

登楼赋 / 1

咦呵西部 / 9

望乡的牧神 / 25

高速的联想 / 40

轮转天下 / 48

记忆像铁轨一样长 / 57

山缘 / 68

飞鹅山顶 / 83

古堡与黑塔 / 91

德国之声 / 101

风吹西班牙 / 114

隔水呼渡 / 128

木棉之旅 / 148

梵天午梦

——泰国记游之一 / 156

黄绳系腕

——泰国记游之二 / 171

莫惊醒金黄的鼾声 / 177

红与黑

　　——巴塞罗那看斗牛 / 189

圣乔治真要屠龙吗? / 203

萤火山庄 / 230

山东甘旅 / 239

龙尾台东行 / 259

太鲁阁朝山行 / 265

登楼赋

汤汤堂堂。汤汤堂堂。当顶的大路标赫赫宣布："纽约三英里。"该有一面定音大铜鼓，直径十六英里，透着威胁和恫吓，从渐渐加紧、加强的快板撞起。汤堂倘汤。汤堂倘汤。F大调钢琴协奏曲的第一主题。敲打乐的敲打敲打，大纽约的入城式锵锵铿铿，犹未过哈得孙河，四周的空气，已经震出心脏病来了。一千五百英里的东征，九个州的车尘，也闯过克利夫兰、匹兹堡、华盛顿、巴尔的摩，那紧张，那心悸，那种本世纪高速的神经战，总不像纽约这样凌人。比起来，台北是婴孩，华盛顿，是一支轻松的牧歌。纽约就不同，纽约是一只诡谲的蜘蛛，一匹贪婪无餍的食蚁兽，一盘纠纠缠缠敏感的千肢章鱼。进纽约，有一种向电脑挑战的意味。夜以继日，八百万人和同一个繁复的电脑斗智，胜的少，败的多，总是。

定音鼓的频率在加速，加强，扭紧我们每一条神经。这是本世纪心跳的节奏，科学制造的新的野蛮。纽约客的心脏是一块铁砧，任一千种敲打乐器敲打敲打。汤汤堂堂。敲打格什温的节奏敲打浪子的节奏敲打奥涅格雷霆的节奏敲打伯恩斯坦电子啊电子的节奏。八巷的税道上滚动几百万只车辆，纽约客，纽约客全患了时间的过敏症。驰近哈

1

得孙河，车队咬着车队咬着车队的尾巴，机械的兽群争先恐后，抢噬每一块空隙每一秒钟。谁投下一块空隙，立刻闪出几条饿狼扑上去，眨眼间已经没有余尸。"林肯隧道"的阔大路牌，前顶而来。一时车群秩序大变。北上新英格兰的靠左，东去纽约的靠右，分成两股滚滚的车流。不久，我的白道奇，一星白沫，已经卷进交通的旋涡，循螺形的盘道，潜进哈得孙河底的大隧道了。一时车队首尾相衔，去车只见车尾红灯，来车射着白晃晃的首灯。红灯撞击着红灯冲击着浮沉的白灯白灯白灯。洞顶的无罩灯泡灯泡灯泡曳成一条光链子。两壁的方格子嵌瓷图案无始无终地向前延伸复延伸。半分钟后，闷闷的车声在洞里的闷闷回声，光之运动体的单调的运动，方格子图案的更单调的重复，开始发生一种催眠的作用。哈得孙河在上面流着，漂着各种吨位各种国籍的船舶船舶扬着不同的旌旗，但洞中不闻一声潺潺。汤堂倘汤。定音鼓仍然在撞着，在空中，在陆上，在水面，在水底。我们似乎在眼镜蛇的腹中梦游。虽然车行速度减为每小时四十英里，狭窄而单调的隧道中，反有晕眩的感觉。无处飘散，车尾排出的废气染污我们的肺叶。旋闭车窗，又感到窒息，似乎就要呕吐。迎面轰来的车队中，遇上一串高大而长的重载卡车，银色的铝车身充天塞地挤过来，首灯炯炯地探人肺腑，眼看就要撞上，呼啸中，庞伟的三十英尺全长，已经逆你的神经奔蹿过去。

终于，一英里半长的林肯隧道到了尽头，开始倾斜向上。天光开处，我们蛇信一般吐出来，吐回白昼。大家吁一口气，把车窗重新旋开。五月的空气拂进来，但里面没有多少春天，闻不到新剪修的草香，听不到鸟的赞叹。因为两边升起的，是钢筋水泥的横断山脉，金属的悬崖，玻璃的绝壁。才发现已经进入曼哈顿市区。从四十街转进南北行的第五街，才半下午，摩天楼屏成的谷地，阴影已然在加深。车群在横断山麓下滔滔地流着。满谷车辆。遍岸行人。千幢的建筑物，棋盘格子的玻璃上反映着对岸建筑物的玻璃反映着更多的冷面建筑。因为这是纽约，陌生的脸孔拼成的最热闹的荒原。行人道上，肩相摩，踵相接，生理的距离不能再短，心理的距离不能再长。联邦的星条旗在绝壁上丛丛绽开。警笛的锐啸代替了鸣禽。人潮涨涨落落，在大公司的旋转门口吸进复吐出。保险掮客。商店的售货员。来自欧洲的外交官。来自印度的代表。然后是银发的贵妇人戴着斜插羽毛的女帽。然后是雌雄不辨的格林尼治村民和衣着不羁的学生。鬈发厚唇猿视眈眈的黑人。白肤淡发青睐了然的北欧后裔。须眉浓重的是拉丁移民。尽管如此，纽约仍是最冷漠的荒原，梦游于其上的游牧民族，谁也不认识谁。如果下一秒钟你忽然死去，你以为有一条街会停下来，有一只眼睛会因此流泪？如果，下一秒钟你忽然撞车，除了交通失事的统计表，什么也不会因此改变。

红灯炯炯地瞪住我们，另有一种催眠的意味。整条街的车全被那眼神震慑住了。刹车声后，是引擎相互呼应的喃喃，如群猫组成的诵经班。不同种族的淑女绅士淑女，颤颤巍巍，在灯光变换前簇拥着别人也被别人簇拥着越过大街，把街景烘托得异常国际。绿灯上时，我们右转，进入交通量较小的横街，找到一家停车库。一个臂刺青花的大汉，把白色道奇开进地下的车库。我们走回第五街。立刻，人行道上的潮流将我们卷了进去。于是我们也参加挤人也被挤的行列，推着前浪，也被后浪所推动。不同的高跟鞋，半跟鞋，平底鞋，在波间起伏前进，载着不同的衣冠和裙裤。因为脸实在是没什么意义的。即使你看完那八百万张脸，结果你一张也不会记得。我奇怪，为什么没有一个达利或者恩斯特或者戴尔服什么的，作这样的一幅画，画满街的空车和衣履在拥挤，其中看不见一张脸面？因为这毋宁是更为真实。

所以 paradox 就在这里。你走在纽约的街上，但是你不知自己在哪里。你走在异国的街上，每一张脸都吸引着你，但是你一张脸也没有记住。在人口最稠的曼哈顿，你立在十字街口，说，纽约啊纽约我来了，但纽约的表情毫无变化，没有任何人真正看见你来了。你踏着纽约的地，呼吸着纽约的空气，对自己说，哪，这是世界上最贵的地面，最最繁华的尘埃，你感到把一个鼎鼎的大名还原成实体的那种兴奋和震颤，同时也感到深入膏肓的凄凉。纽约有成千的高架桥，水桥和陆桥，但没有一座能沟通相隔数英寸的两个寂寞。最寂寞的是灰鸽子们，在人行道上，在建筑物巨幅的阴影下在五月犹寒的海港中曳尾散步。现代的建筑物都是兽性的，灰死着钢的脸色好难看。

终于到了三十四街。昂起头，目光辛苦地企图攀上帝国大厦，又跌了下来。我们推动旋转玻璃门的铜把手，踏过欧洲大理石砌的光滑地面。一辆将要满载的电梯尚未闭门，正等我们进去。电梯倏地升空。十几双眼睛仰视门楣上的灯光。一长串的数字次第亮起。六十……七十……八十……八十六。我们在八十六层再转一次电梯，直到一百零二层。人群挤向四周的露天瞭望台。

忽然，全纽约都匍匐在你下面了。三十六万五千吨钢筋水泥，一千四百七十二英尺的帝国大厦，将我们举到四分之一英里的空中。第五街在下面。百老汇在下面。八百万人的市声在下面，复不可闻。我们立在二十世纪最敏感的触须上，二十世纪却留在千英尺下，大纽约的喧嚣在千英尺下，绕着帝国大厦的脚踝旋转旋转成骚音的旋涡，不能攀印第安纳的石灰石壁上来。脚踝踩入曼哈顿的心脏地带踩入第五街街面下五十多英尺，但触须的尖端刺入黄昏的淡霭里，高出一切一切之上。绝对的大寂寞。悬在上面，像一片云。已是五月初了，从大西洋吹来的风，仍然冷而且烈。大家翻起大衣的领子。太阳向新泽西的地平渐渐落下，西南方的暮云愈益苍茫，堆成一层深似一层的迟滞的暗紫色。哈得孙河对岸，泽西城半掩在烟霭里，像精灵设计的蜃楼海市。向左看，港口矗立着的雕像，至小，至远，该是自由女神了。更南是宽敞的第五街，在摩天楼队的夹峙下，形成深长的大峡谷，渐远渐狭，一直没入格林尼治和唐人街。但到了曼哈顿岛的南端，又有摩天楼簇簇涌起，挤扁华尔街上面的天空。那是全世界金融的中心，国际的贸易风，从那里吹起……

"风好大。我们还是绕去北边吧。"

"你应该穿那件厚大衣的。告诉过你，这是帝国大厦，不是小孩子搭的积木。"

帝国大厦外观

帝国大厦露天瞭望台

"从这里看下去，那些所谓摩天楼，不都是积木砌成的？"

"那是因为，我们自己在世界最高的建筑物上，底下那些侏儒，任移一座到其他都市去，怕不都出类拔萃，雄睨全城。"

绕到朝北的看台上，建筑物的秩序呈现另一种气象。落日更低，建筑物的大片阴影投得更远，更长。背日的大峡谷陷入更深更深的黑影。从这种高度俯瞰黑白分割的街面，钢的绝壁石灰石的绝壁千英尺一挥垂直地切下去，空间在幻觉中微微摆荡，荡成一种巨大的晕眩。一失足你想象自己向下坠落，曳长长的绝望的惊呼加速地向下坠落，相对地，建筑物交错的犬齿犬齿加速地向上噬来，街的死亡面向上拍来，你犹悬在空中，成为满街眼睛的箭靶。

"你说，一个人在坠楼着地之前，会不会把一生的事超速地复阅一遍？"

"你想到哪里去了？"

"我不过说说罢了。你看看下面的街，要不要我把你扶高些？"

"我才不要！人家脚都软了。"

"如果我是一只燕子，一定飞下去，啄一顶最漂亮的女帽来送你。"

"那我就变成一只雌燕子——"

"我们一起飞回中国去。"

"也不要护照。也不要任何行李。"

"我是说，回到抗战前的中国。"

"那再也不可能了。"

"太阳降下去的方向，便是中国。诺，就在那边，在新泽西州的那边还要那边。"

接着两人便没有什么好说的了。高低不齐，挤得引颈探首的摩天楼<u>丛</u>，向阳的一面，犹有落日淡淡的余晖，但阴影已经愈曳愈长。所有的街道都躲在黑暗里。暮色从每一个角落里升了起来，不久便要淹没曼哈顿了。那边的联合国正当夕照，矗立如一面巨碑。克莱斯勒的尖塔戳破暮色，高出魁梧的泛美大厦，和其后的中央火车站与华道夫旅馆。正是下班的时分。千扇万扇玻璃窗后，有更多的眼睛在眺望，向远方。所以这便是有名的纽约城啊，世界第一大都市，人类文明的大脑，一切奢侈的发源地，纽约客和国际浪子的蚁丘和蜂窝。三百多年以前，下面只是一块荒岛，曼哈顿族的红人将它卖给荷兰人，代价，二十四元。但纽约愈长愈高，从匍匐的婴孩长成顶天的巨人，大半个纽约悬在半空。风，在日落时从港外吹来，吹向大陆，吹过最国际最敏感的纽约，将此地的一切吹至世界的每一个角落。因为这里是现代的尼尼微和庞贝，历史在这座楼上大概还要栖留片刻。洪蒙的暮色里，纽约的面貌显得更陌生。再也数不清的摩天楼簇簇向远处伸延，恍惚间，像一列破碎的山系，纷然杂陈着断崖与危石，而我立在最高峰上，前，无古人，后，无来者，一任苍老的风将我雕塑，一块飞不起的望乡石，石颜朝西，上面镌刻的，不是拉丁的格言，不是希伯来的经典，是一种东方的象形文字，隐隐约约要诉说一些伟大的美的什么，但是底下的八百万人中，没有谁能够翻译。纽约啊纽约，你的电脑能不能测出？

一九六六年十月十七日

咦呵西部

一

一过密苏里河，内布拉斯加便摊开它全部的浩瀚，向你。坦坦荡荡的大平原，至阔，至远，永不收卷的一幅地图。咦呵西部。咦呵咦呵咦——呵——我们在车里吆喝起来。是啊，这就是西部了。超越落基山之前，整幅内布拉斯加是我们的跑道。咦呵西部。昨天量艾奥瓦的广漠，今天再量内布拉斯加的空旷。

芝加哥在背后，矮下去，摩天楼群在背后。旧金山终会在车前崛起，可兑现的预言。七月，这是。太阳打锣太阳擂鼓的七月。草色呐喊连绵的鲜碧，从此地喊到落基山那边。穿过印第安人的传说，一连五天，我们朝西奔驰，踹着篷车的陈迹。咦呵西部。滚滚的车轮追赶滚滚的日轮。日轮更快，旭日的金黄滚成午日的白热滚成落日的满地红。咦呵西部。美利坚大陆的体魄裸露着。如果你嗜好平原，这里有巨幅巨幅的空间，任你伸展，任你射出眺望像亚帕奇的标枪手，抖开浑圆浑圆的地平线像马背的牧人。如果你瘾在山岳，如果你是崇石狂的患者米颠，科罗拉多有成亿成兆的岩石，任你——跪拜。如果你什么也不要，你说，

9

你仍拥有犹他连接内华达的沙漠，在什么也没有的天空下，看什么也没有发生在什么也没有之上。如果你什么也不要，要饥饿你的眼睛。

咦呵西部，多辽阔的名字。一过密苏里河，所有的车辆全撒起野来，奔成嗜风沙的豹群。直而且宽而且平的超级国道，莫遮拦地伸向地平，引诱人超速，超车。大伙儿施展出七十五、八十英里的全速。眨眨眼，几条豹子已经窜向前面，首尾相衔，正抖擞精神，在超重吨卡车的犀牛队。我们的白豹追上去，猛烈地扑食公路。远处的风景向两侧闪避。近处的风景，躲不及的，反向挡风玻璃迎面泼过来，溅你一脸的草香和绿。

风，不舍昼夜地刮着，一见日头，便刮得更烈，更热。几百英里的草原在风中在蒸腾的暑气中晃动如波涛。风从落基山上扑来，时速三十英里，我们向落基山扑去。风挤车，车挤风。互不相让，车与风都发脾气地啸着。虽是七月的天气，拧开通风的三角窗，风就尖啸着灌进窗来，呵得你两腋翼然。

眨眼间，豹群早已吞噬了好几英里，将气喘咻咻的犀牛队丢得老远。于是豹群展开同类的追逐，维持高速兼长途的马拉松。底特律产的现代兽群，都有很动听的名字。三百四十马力的凯迪拉克，三百六十五马力的科维特，以及绰号野马的麦士坦以及其他，在摩天楼围成的峡谷中憋住的一腔闷气，此时，全部吐尽，在地旷人稀的西部，施出缩地术来。一时圆颅般的草原上，孤立的矮树丛和偶然的红屋，在两侧的玻璃窗外，霍霍逝去，向后滑行，终于在反光镜中缩至无形。只剩下右前方的一座远丘，在大撤退的逆流中作顽固的屹立。最后，连那座顽固也放弃了追赶，绿底白字的路标，渐行渐稀。

"看看地图，我们到了哪里？"

"刚才的路标怎么说？"

"Arlington."

"那就快到 Fremont 了。"

"今天我们已经开了一百七八十英里路了。"

"今晚究竟要在哪里过夜呢？"

"你看看地图吧。开得到 North Platte 吗？"

"开不到。绝对开不到。"

"那至少要开到 Grand Island。今天开不到大岛，明天就到不了丹佛，你累不累？"

"还好。坐惯了长途，就不累了。"

"是啊，一个人的肌肉是可以训练的，譬如背肌。习惯了之后，不一次一口气开个三四百英里，还不过瘾呢。不过一个人开车，就是太寂寞。你来了以后，长途就不那么可怕了。以前，一个人开长途，会想到一生的事情。抗战的事情，小时候的事情。开得愈快，想得愈远。想累了就唱歌，唱厌了就吟唐诗，吟完了又想。有时候，扭开收音机听一会。还有一次，就幻想你坐在我右边，向你独语，从 Ohio 一直嘀咕到 Pennsylvania……"

"怪不得我在家里耳朵常发烧。"

"算了，还讲风凉话！你们在国内，日子过得快。在国外，有时候一个下午比一辈子还长。"

"太阳又偏西了，晒得好热。"

"其实车外蛮凉的。不信你摸玻璃。"

11

"真的哪。再说热，还是比台湾凉快。"

"那当然了。你等到九月看，早晚冷得你要命，有时候还要穿大衣。"

"听说旧金山七月也很凉快。"

"旧金山最热最热也不过华氏七十多度。"

"真的啊？我们到旧金山还有好多路？"

"我想想看。呃——大概还有，从 Grand Island 去，大概还有一千——不忙，有人要超车。这小子，开得好快，我们已经七十五了，他至少有八十五英里。你说，这是什么车？"

"——Mustang。"

"Thunderbird。你不看，比野马长多了。从大岛去旧金山，我想，至少至少，还有一千五百多英里，就是说，还有两千五六百公里。"

"那好远。还要开几天？"

"不耽搁的话，嗯，五天吧。不过——你知道吧，从芝加哥到旧金山，在中国，差不多等于汉口到哈密了。在大陆的时候，这样子的长途简直不能想象——"

"绝对不可能！"

"小时候，听到什么新疆、青海，一辈子也不要想去啊。在美国，连开五六天车就到了。哪，譬如内布拉斯加，不说有甘肃长，至少也有绥远那么大，拼命开它一天，还不是过了。美国的公路真是——将来回国，我最怀念的，就是这种 superhighway——"

"小心！对面在超车！"

"该死的家伙！莫名其妙！这么近还要超车，命都不要了！我真应该按他喇叭的！"

"真是危险！"

"可不是！差一点回不了厦门街。真是可恶。有一次在
纽约——"

"好热哟，太阳正射在身上。"

"我们去 Fremont 歇一歇吧。"

"也好。"

二

七月的太阳，西晒特别长。在费利蒙吃罢晚餐，又去
一家电影院避暑。再出来时，落日犹曳着满地的霞光，逡
巡在大草原的边缘。再上路时，已经快九点了。不久暮色
四合，旷野上，只剩下我们的一辆车，独闯万亩的苍茫。
捻亮车首灯，一片光扑过去，推开三百英尺的昏黑。小道
奇轻快地向前窜着，不闻声息，除了车轮卷地，以及小昆
虫偶或扑打玻璃的微响。毕竟这是七月之夜，暑气未退的
草原上，有几亿的小生命在鼓动翅膀？不到十五分钟，迎
着车灯扑来的蚊蚋、甲虫及其他，已经血浆飞溅，陈尸在
挡风玻璃上，密密麻麻地，到严重妨碍视域的程度。而新
的殉光者，仍不断地拼死扑来。即使喷洒洗涤剂且开动扫
雨器，仍不能把虫尸们扫净。普拉特河静静地向东流，去
赴边境上，密苏里河的约会。我们沿普拉特河西驶，向分
水岭下的河源。内布拉斯加之夜在车窗外酿造更浓的不透
明，且拌和草香与树的鼾息与泥土的鸡尾酒。我们在桑德
堡的无韵诗里无声地前进。美利坚在我们的四周做梦。隔

13

了很久，才会遇见东行的车辆，迎面驶来。两个陌生人同时减低首灯的强光，算是交换一个沉默的哈啰。但一瞬间，便朝相反的方向，投入相同的夜，不分州界，也不分国界的黑天鹅绒之夜了。

三

大岛之后是丹佛，丹佛之后便是落基山了。

丹佛，芝加哥和西海岸间唯一的大城，落基山天栈的入口，西部大英雄水牛比尔埋骨之地。昔日篷车队扬尘的红土驿道，铺上了柏油，文明便疾驶而来，疾驶而去。

咦呵西部。我们也是疾驰而来的远游客啊，骑的不是英雄的白驹，是底特律种的白色道奇。饶是底特律种的一百四十五马力的白兽或雪豹，上了落基大山，一样得小心翼翼，减速蛇行。于是内布拉斯加的阳关大道，蜿蜒成一盘接一盘的忍耐和惊险。方向盘也是一种轮盘，赌下一个急转弯的凶吉。现代的车队，紧跟着一辆二十轮的铝壳大卡车，形成一条长长的蜈蚣。如果有谁冒冒失失要超车，千仞下，将有一个黑酋长在等他，名字叫死亡。出了丹佛才二三十英里，七月便赖在底下的红土高原，不肯追上来了。绰号"一里高城"的丹佛，仍在华氏八十多度中喘气。到了情关（Loveland Pass），气温骤降二十多度，现代骑士们，在峭达一万二千英尺的情土上，皆寒心而颤抖起来。车队在雪线上走钢索，左倾不得，右倾也不得。绕过左边的石壁，视域豁豁敞开，一万四千英尺的雪峰群赫赫在望。左面是艾文思山和更高的格雪峰，右面是哈加峰和奇诡的赤峰。森严的气象当顶盖下，扪不到撑不开的皑皑压迫着黝黯与黛青，凛凛俯视我们。万籁在下，火炎炎的酷暑在下。但此地孤峻而冷，矗一座冬之塔。即使全世界在下面齐呼，说夏天来了啊太阳在平原上虐待我们啊怎么你们还是在旁观，你以为哈加峰会扔一粒松子下去，为他们遮荫？事实上，过了情关，世界便关在脚底，冥冥不可闻了。面对聋哑的山岳如岳，呼吸困难，分不清因为空气稀薄，或是一口气吸不进全部的磅礴。睫毛太纤细，怎样挑得起这些沉甸的雄奇？

　　因为这是落基大山，最最有名的岩石集团。群峰横行，挤成千排交错的狼牙，咬缺八九州岛的蓝天。郁郁垒垒，千百兆吨的花岗岩片麻岩，自阿拉斯加自加拿大西境滚滚辗来，龙脉参差，自冰河期自火山的记忆蟠来，有一只手说，好吧，就在此地，于是就劈出科罗拉多州，削成大半个西部。因为这是落基大山，北美洲的背脊，一切江河的父亲。大陆的分水岭，派遣江河向东海岸向西海岸远征，且分割气候，屏障成迟到的上午和早来的黄昏。因为这是落基大山，年富而且男性，鼠蹊下，正繁殖热烘烘的黄铜与金。而且，也没有任何剃刀，敢站起来说，它可以为他剃须。

　　但如果米芾当真要创一个拜石教，我倒要建议他不忙在此地设庙了。情关南北，一万四千英尺的高峰交臂叠肩，怕不有数十座，但山势连绵，苍茫一体，这翠连环好难拆。至于奇峰崛起，或是无端端地数石耸然对立，或是从天外凭空插下一柄巨石若斧，或是毫无借口地从平地长出一根顽石如笋，或是谁莫名其妙切出一整幅的绝壁像切蛋糕，

15

怎么说也不能令人相信，那真是要好怪有好怪——至于这种奇迹，我说，就要过了大分水岭，才朝拜得到了。

科罗拉多西陲，峙立犹他州入口附近，悍然俯觑大章克申（Grand Junction）的不毛石山，便是这种奇迹之一。蟠蛟走蟒，饿成爪形的山系，水浸风吹，凿成体魄慑人的雕塑巨构，在平旷的科罗拉多河域上，供数十英里的峥嵘。那气象，全看你怎样去赞叹。欲观其实，则你看见崚嶒竞起的连嶂之上有连嶂。欲观其虚，则连嶂阻隔，形成好深邃好险峭的峡谷。寸草不生的巨幅绝壁上，露出层次判然的地质年代，造石的纹路切得好整齐。氧化铁的砂岩，在湿度近零能见度至远的高原气候里，迎着灿亮但不燠闷的阳光，晃动黄褐欲赤的面容。阔大的肃穆并列着，如一页页公开的史前秘密，恐怕连印第安的老祭司也读不出什么暗示。但表情笨拙的岩石，反而令你感到单纯的温暖和亲切。

车在百折的危崖旁继续爬行，大气稀薄的高亢之上，引擎温度可忧地在上升。每每转过一个峰头，停在长且宽的峡谷尽处。两个石壁霎然推开如门，一时平原在门外向你匍匐，几个郡伏在你脚下，刹那，你是神。你是米南宫，你面石而坐，坐众石之间。即使红蕃摇旄挥戈鼓声盈耳来追你，米南宫，你也舍不得走了。

至于岩石们自己，应该是无所谓的。面容古朴而迟钝，不悲，不喜，如一列列红人酋长僵坐在那里，在思索一些脑力不能负担的玄学，就这样以相同的沉默接受太阳，接受风雨和一切，高原上，石的哑剧永远在演出，很少观众，也很难见到什么动作。只要太阳有耐性看下去，我想，他们一时还不会就结束。但是我们也不必担心了，米芾。

四

滚下落基山的西坡，就卷起了大半个科罗拉多州了。绝对有毒的太阳，在犹他的沙漠上等待我们。十亿烛光的刑讯灯照着，就只等我们去自首了。咦呵西部我来了。

咦呵咦呵我来了，没遮没拦的西部。犹他。内华达。令人苍老的名字，曳着多空洞多辽阔的元音，而且同韵。犹他犹他内华达——令人迷失令人四顾茫然的咒语。冰河期的洪泽大撤退后，一切都距离得很远很远很远。芝加哥在吃奶纽约在换牙之前就是这样子。淘金潮湿不了沙漠。篷车队之前就是，联邦的蓝骑兵之前，呼阵的红蕃武士之前，喝道而来的火车之前就是这样子。风为他沐浴，落日为他文身。五月花之前哥伦布船长之前早就是这个样子。大智若愚的样子，绝无表情的荒砂台地，兼盲兼聋兼会装死，什么也看不见听不见而且一躺下去就是我操他表妹好几百英里再也别想他爬起来了。说他不毛，他忽然就毛几丛给你看看。紫蕊满地爬的魔鬼指。长颈长茎的龙舌兰。红英烂漫大盏大盏的鹿角羊齿。大球大球的紫针插。以及莫名其妙的抵死不肯剃胡子的那伙仙人掌，绰号沙瓜罗、雀剌、千刺梨以及其他。植物里的Beatniks，名字都蛮好听的，且相信存在主义。也就罢了。以前总觉得沙漠之为物——或者为人，随你怎么说——干净是干净没话说，就是缺那么一点点幽默感。大谬不然。他只是装死罢了。仔细看，他还是在呼吸的。嘘息拂动，不时会有一缕沙，在炎风中螺纹一般盘旋上升，像龙卷风的小型样品。黄沙浩浩，假面具下窝藏多少鼠和狐，蜥蜴和蜘蛛？生命以不同的方式在沙下在沙面在沙上存在而且活动。旱灾到底不是那样不美丽的一种天谴。

去盐湖城的六号公路上，车辆仍然在奔驰，车首灯下挂着水囊。大气炎炎，自沙面蒸起，幻化单调的景象。煎熔了的柏油在轮胎下哭泣。水！水啊水啊哪里有清凉的水？海神在旧金山湾外听不见此地的旱灾。最近的加油站在三十英里外。最近的湖距此两个半小时。水在降低，引擎的热度可忧地在上升。因为这是沙漠的七月，拜火教在焚烧所有的异教徒，且扛着太阳在示威。我们不容于天地之间。辐射热当空炙下来，曲折反射成网。车厢是烤箱，翻过来覆过去是一样的不可逃避。深绿的太阳眼镜软弱地抵抗十亿烛光的刑讯灯。犹他的太阳鞭笞着我们。一连七小时的疲劳审问，在最白热的牢狱最最黑暗最最隔音的斗室，我已经准备招供了，招认我是拜水教的信徒我私恋水神私恋所有湖泊的溪涧的水神事实上我正企图越境去投奔。

"水壶给我。"

"一滴水都没有了。"

"该死的犹他！除了沙，什么也没有！科罗拉多只有一堆红石。犹他，穷得剩下一把黄沙。"

"骂也没有用，还有一百多英里才到盐湖城呢。"

"就不要提盐湖了。想想都令人喉痛。"

"真是。这样热！四面都是黄沙。"

"我们在西部片里了。你看，那边一列红土岗子。应该冒出红蕃在上面列阵才对。"

"只要他们给我水喝，就被他们捉去也甘心。"

"算了吧。先剥我的头皮，再俘你去给酋长生小红蕃。"

"不要瞎说！"

"你看看自己。不是晒得红蕃一样红通通油光光的？这种沙漠里的太阳最毒辣。狠狠熬上三天，这两条臂膀准烙上犹他的州徽。回国去，可以向人炫耀，看哪，我是从犹他的炼狱里逃出来的，这便是我的惩罚。"

"你不是崇拜阿拉伯的劳伦斯吗？才这么几天，又不是骑骆驼，就满口炼狱炼狱的了。"

"我倒觉得你煨得更腴了，雌得一塌糊涂！女人本来就应该晒得红一截白一截的，那样特别诱——"

"Oh, shut up! 看！前面的火车！好长好长！你说是不是去盐湖城的？啊，是吗？真像西部片子一样！火车走得好快！你说，就凭骑马追得上火车吗？我倒不信。"

"我也不信，骑马最多四十英里。这火车怕不有七十多英里。"

"我们追追看。"

"咦呵西部！劫火车的来了！"

五

那天我们一路追那辆火车，追到盐湖城。那确是一场够刺激的比赛，尽管对方不知道它是假想敌。在平野上，看那种重吨而长的现代兽呼啸踹奔，黑而漂亮，是令人振奋且诱人追逐的。几度它窜进了山洞，令我们奇怪它怎么忽然失踪了。

　　三天后，我们闯过了这一大片荒原，驰近加州的边境。会施术的太阳还不肯放过我们。每天从背后追来，祭起火球。每天下午他都超过我们，放起满地的火，企图在西方的地平拦截。幸而我们都闯过来了，没有归化为拜火的蜥蜴和蜘蛛，但我们的红肤泄漏了受刑的经过。我们想，一进加州就安全了。水。我们在梦里总是看见水，清凉而汪洋而慷慨的蓝色，蓝色的生命。我们想，有一个湖就好了。

　　我们果然有了一个湖。

　　湖在内华达的西部。由于她在派尤特印第安人的保护区内，虽然柔丽得像一个印第安小公主，到底还没有出嫁，有勇气闯进去幽会的单身汉一直不多。由于她的诱惑不是公开的，我说，没有白人游客成群来去，像他们集体蹂躏尼亚加拉大瀑布那样：因此我们更有理由认为，她是我们的。我们相互保证，无论将来是战争或是和平，她永远属于我们。就这样将她留在寂天寞地的内华达山国，虽然没有什么不放心，究竟有些难以分割。尽管有一天，我们可能回去看她，只怕她还是那样年轻，而我们却老得狼狈了。

　　派尤特族人叫她金字塔湖（Pyramid Lake），倒令我们想起尼罗河畔，另一种沙漠熏成的暗媚。而无论是爱伊达或者波卡杭达，她给人的印象，总是一种丰满的妖艳，一种茶褐色的秘密，被湛湛的蓝水汪汪的蓝所照亮。内华达的大盆地，比犹他更阔大。原子武器的试验场，不毛的大漠中闪闪怒开炸弹的死亡昙花昙花幻化成有毒的菌啊膨胀得多诡谲的白菌。任你蹂躏人造的炼狱，此地的山中一无所闻。世界很少闯进来过。越战和东柏林，像恺撒的战争一样不现实。华尔街的股票涨起又落下，你以为平滑的湖

面会牵动一条波纹？站在金字塔湖边，我们恍然了，面对
这隔音的隔世的隔音。山静着公元前的静。湖蓝着忘记身
世的蓝。不知名的白水禽，以那样的蓝为背景，翔着一种
不自知的翩翩，不芭蕾给谁看也不看我们。

因为那是金字塔湖，冰河期的洪泽龙潭（Lake Lahon-
tan）浸吞之地。大半个内华达泡在森森的龙潭之中，直到
冰河期宣告大退却，仅留下零零落落的几汪小湖。金字塔
便是遗孤之一。困在内华达的犬齿山阵里，已经是高海拔
的湖面，倒映海拔更高的山峰。七千八百英尺的拔伦峰蔽
于北。八千一百英尺的托哈肯阻于东。更高的巴拉山和土
垒峰围成西南的崇峻。整块内华达结成一片咸咸的台地，
黏着西犹他的大盐湖沙漠。说那是沙漠，并不正确，因为
不毛的童山之间，尽是含盐甚浓的白沙黏土。寸绿不生，
氯化钠的荒原有一种死亡的美。白色的死亡散布在金字塔
湖四周，像一块块病态的白癣皮，形成了烟涧沙和黑石沙
漠，形成了咸原和亨伯特洼地，和涸了的温尼缪加湖。

最大的一块，南北百英里，东西四十英里，横阻在盐
湖城和内华达之间。那便是险恶的大盐湖沙漠，我们曾在
其上抛锚。地质学家说，此地原是古代的庞巍泽（Lake
Bonneville），渐渐干去，留下了沙漠，未干的部分，形成
有名的大盐湖。站在金字塔湖的洁蓝之上，我们想起那夜
在大盐湖泛舟的经验，胃里泛起一股酸涩。多狰恶的水之
汇合！七十五英里长，五十英里阔，十三呎深的巨盐池，
西半球的死海，盛多少万吨的盐！平底船在腥咸的黑波间
颠踬前进，沙漠的热风吹来，拂我们满脸满臂的盐花，像
为了悲悼什么而刚刚哭过。鼻孔如煽，火辣辣的喉头难咽

口水。黑舌黑舌舔过的地方，以手扶舷，立刻黏上薄薄的一层粗盐。无月夜。岸上也无光。四周吮吸有声的是黑波不可测的黑波黑涛黑波涛，浴几匹轮廓可疑的岛。众人在昏茫中交换忧虑的面容，似乎在说，今夜大概是难以幸免了。不是水鬼，也溺为阴诈的腌鱼。

"水里是没有鱼的，"向导安慰我们，"这大盐湖含盐量五分之一，除了死海，便是最咸的海了。所以一条鱼也没有。可是水里还是有生命的——"

"什么生命?"一个声音不安地说。

"哦，没有什么，只是一种极小极小的虾，淡红色的，叫盐虾，满湖都是，今晚浪是大些。放心，船没事，就算有人要跳水自杀，也沉不下去的。"

"那不是可以放心大胆游泳到对岸去吗?"

"是有人试过。死了。"

"死了? 为什么?"

"湖好宽，你不看? 游到半路，力尽了，灌了太多咸水。"

那真是一次自虐的死亡航行。想起来，犹有余悸。大分水岭的晕眩之后沙漠的煎烤之后盐池的腌渍之后，才遁入金字塔原始的静谧，安全。从南方进入印第安保护区，一路是空廓廓的平台地。山路渐渐斜下去，视野向前向下作纵深的推移。忽然，我说是忽然，因为在你来得及准备之前，一汪最抒情的蓝便向你车首卷了过来。谁能一口气咽下这么开阔的静呢? 下一瞬，十英里的清澄便匍匐在你脚下了。停车在阔软如双人床的沙岸上。我们向完整的纯蓝奔去，拨开被高原的太阳晒得又干又松的空气。已经是七月中旬了，湖水却冰得踝骨发痛。遂在水边的凝灰岩上坐下来怔怔地望湖。古代热喷泉的遗迹，多孔如海绵的凝灰岩，像一些笨重的哑谜，散乱成堆地在湖边排成费解的阵图。纯净的阳光照在上面，增加多少阴影的侧面。我们倚坐的一块特别大，玲珑的白珊瑚凝结成一具巨型的螺壳，壳缘回旋，我们立在螺中，探出头去，望远处峻嶒的瘦石，僵立成贾科梅蒂的画廊，排出参差的小小列屿，迤逦入水，止于一座圆锥形的褐色小峰。那便是金字塔了。

忽然有异声来自背后。回头眺寻，发现有波动的褐色曳成一线，自巴拉山下的牧场向这边蜿蜒游来。"是马群！是马群！"我们跳出螺壳，向上面跑去。不久我们便看清楚，那是十几匹栗色马中间夹一匹白驹，正向我们扬尾奔驰。兴奋的等待中，马群已经踢起滚滚的尘埃，首尾相衔，十码外，正超越前面的公路。一时马蹄拔地，艳阳下，晒得汗光生油的黄褐肌腱澎湃如涨潮，长颈和丰臀起伏流动，修鬣和尾巴扬在风中。白驹紧随母亲，通体纯白，对照鲜明地在褐流中浮沉前进，栗色的驿披着黑鬣，黄色的駓曳着金鬣，奔腾中，一匹比一匹俊逸，不能决定最喜欢哪一匹神骏。但那只是几分钟的过程，褐波如泻，一转瞬便只见消逝中的背影了。金字塔湖更显得寂静。

但我们不能久留。今晚我们必须到里诺。世界在外面现代在外面等待我们，等我们去增加拥挤去忍受现代街道的喧嚷和寂寞和摩天大厦千窗漠视的冷酷。美仅仅是一种迷信，是否永恒，还很难说，因为谁也不能跳出时间之流。也许地球有一天会化成一阵烟，不预先寄一套莎剧给火星人保管，怎能确知莎士比亚为永恒？也许有禽兽比马比孔雀更美丽，当时未登诺亚的方舟。也许疑来疑去，龙并非一种显赫的传说。蛇鼠遍地，蚊蝇繁殖，虎在亚洲日减，鹰在西部可能要绝迹。也许我们不该诉苦，说美是如何短暂。也许恰恰相反，我们该庆祝，因为美仍然可能，即使仅仅是一瞬。咦呵西部，天无碍，地无碍，日月闲闲，任鸟飞，任马驰，任牛羊在草原上咀嚼空旷的意义。但我们不能久留。有一条海船在洛杉矶等我，东方，有一个港在等船。九命猫。三窟兔。五分尸。因为我们不止生活在一个世界，虽然不一定同时。因为有一个幼婴等待认她的父亲，有一个父亲等待他的儿子。因为东方的大蛛网张着，等待一只脱网的蛾，一些街道，一些熟悉的面孔织成的网，正等待你投入，去呼吸一百万人吞吐的尘埃五千年用剩的文化。而俯仰于其中，而伤风于其中，而患得患失于其中。今晚我们必须到里诺，里诺，西部的后门，扑克牌搭成的赌都。咦呵西部。但我们必须回去，没有选择。咦呵艾奥瓦。咦呵内布拉斯加。咦呵科罗拉多。咦呵犹他和内华达。咦呵西部。

一九六六年九月十九日

望乡的牧神

那年的秋季特别长，一直拖到感恩节，还不落雪。事后大家都说，那年的冬季，也不像往年那么长，那么严厉。雪是下了，但不像那么深，那么频。幸好圣诞节的一场还积得够厚，否则圣诞老人就显得狼狈失措了。

那年的秋季，我刚刚结束了一年浪游式的讲学，告别了第三十三张席梦思，回到密歇根来定居。许多好朋友都在美国，但黄用和华苓在艾奥瓦，梨华远在纽约，一个长途电话能令人破产。咪咪手续未备，还阻隔半个大陆加一个海加一个海关。航空邮简是一种迟缓的箭，射到对海，火早已熄了，余烬显得特别冷。

那年的秋季，显得特别长。草，在渐渐寒冷的天气里，久久不枯。空气又干，又爽，又脆。站在下风的地方，可以嗅出树叶，满林子树叶散播的死讯，以及整个中西部成熟后的体香。中西部的秋季，是一场弥月不熄的野火，从浅黄到血红到暗赭到郁沉沉的浓栗，从艾奥瓦一直烧到俄亥俄，夜以继日以继夜地维持好几十郡的灿烂。云罗张在特别洁净的蓝虚蓝无上，白得特别惹眼。谁要用剪刀去剪，一定装满好几箩筐。

那年的秋季特别长，像一段雏形的永恒。我几乎以为，站在四围的秋色里，那种圆溜溜的成熟感，会永远悬在那

25

里，不坠下来。终于一切瓜一切果都过肥过重了，从腴沃中升起来的仍垂向腴沃。每到黄昏，太阳也垂垂落向南瓜田里，红橙橙的，一只熟得不能再熟下去的，特大号的南瓜。日子就像这样过去。晴天之后仍然是晴天之后仍然是完整无憾饱满得不能再饱满的晴天，敲上去会敲出音乐来的稀金属的晴天。就这样微酩地饮着清醒的秋季，好怎么不好，就是太寂寞了。在西密歇根大学，开了三门课，我有足够的时间看书，写信。但更多的时间，我用来幻想，而且回忆，回忆在有一个岛上做过的有意义和无意义的事情，一直到半夜，到半夜以后。有些事情，曾经恨过的，再恨一次；曾经恋过的，再恋一次；有些无聊，甚至再无聊一次。一切都离我很久，很远。我不知道，我的寂寞应该以时间或空间为半径。就这样，我独自坐到午夜以后，看窗外的夜比《圣经·旧约》更黑，万籁俱死之中，听两颊的胡髭无赖地长着，应和着腕表巡回的秒针。

这样说，你就明白了。那年的秋季特别长。我不过是个客座教授，悠悠荡荡的，无挂无牵。我的生活就像一部翻译小说，情节不多，气氛很浓：也有其现实的一面，但那是异国的现实，不算数的。例如汽车保险到期了，明天要记得打电话给那家保险公司；公寓的邮差怪可亲的，圣诞节要不要送他件小礼品等等。究竟只是一部翻译小说，气氛再浓，只能当做一场逼真的梦罢了。而尤其可笑的是，读来读去，连一个女主角也不见。男主角又如此地无味。这部恶汉体的（picaresque）小说，应该是没有销路的。不成其为配角的配角，倒有几位。劳悌芬便是其中的一位。在我教过的一百六十几个美国大孩子之中，劳悌芬和其他少数几位，大概会长久留在我的回忆里。一切都是巧合。有一个黑发的东方人，去到密歇根。恰巧会到那一个大学。恰巧那一年，有一个金发的美国青年，也在那大学里。恰巧金发选了黑发的课。恰巧谁也不讨厌谁。于是金发出现在那部翻译小说里。

那年的秋季，本来应该更长更长的。是劳悌芬，使它显得不那样长。劳悌芬，是我给金发取的中文名字。他的本名是 Stephen Cloud。一个姓云的人，应该是洒脱的。劳悌芬倒不怎么洒脱。他毋宁是有些腼腆的，不像班上其他的男孩，爱逗着女同学说笑。他也爱笑，但大半是坐在后排，大家都笑时他也参加笑，会笑得有些脸红。后来我才发现他是戴隐形眼镜的。

同时，秋季愈益深了。女学生们开始穿大衣来教室。上课的时候，掌大的枫树落叶，会簌簌叩打大幅的玻璃窗。我仍记得，那天早晨刚落过霜，我正讲到杜甫的"秋来相顾尚飘蓬"。忽然瞥见红叶黄叶之上，联邦的星条旗扬在猎猎的风中，一种摧心折骨的无边秋感，自头盖骨一直麻到十个指尖。有三四秒钟我说不出话来。但脸上的颜色一定泄漏了什么。下了课，劳悌芬走过来，问我周末有没有约会。当我的回答是否定时，他说：

"我家在农场上，此地南去四十多英里。星期天就是万圣节了。如果你有兴致，我想请你去住两三天。"

所以三天后，我就坐在他西德产的小汽车右座，向南方出发了。十月底的一个半下午，小阳春停在最美的焦距上，湿度至小，能见度至大，风景呈现最清晰的轮廓。出了卡拉马祖（Kalamazoo），密歇根南部的大平原抚得好空好阔，浩浩乎如一片陆海，偶然的农庄和丛树散布如列屿。在这样响当当的晴朗里，这样高速这样平稳地驰骋，令人幻觉是在驾驶游艇。一切都退得很远，腾出最开敞的空间，让你回旋。秋，确是奇妙的季节。每个人都幻觉自己像两万英尺高的卷云那么轻，一大张卷云卷起来称一称也不过几磅。又像空气那么透明，连忧愁也是薄薄的，用裁纸刀这么一裁就裁开了。公路，像一条有魔术的白地毡，在车头前面不断舒展，同时在车尾不断卷起。

如是卷了二十几英里，西德的小车在一面小湖旁停了下来。密歇根原是千湖之州，五大湖之间尚有无数小泽。像其他的小泽一样，面前的这个湖蓝得染人肝肺。立在湖边，对着满满的湖水，似乎有一只幻异的蓝眼瞳在施术催眠，令人意识到一种不安的美。所以说秋是难解的。秋是一种不可置信而居然延长了这么久的奇迹，总令人觉得有点不妥。就像此刻，秋色四面，上面是土耳其玉的天穹，下面是普鲁士蓝的清澄，风起时，满枫林的叶子滚动香熟的灿阳，仿佛打翻了一匣子的玛瑙。莫奈和西斯莱死了，印象主义的画面永生。

这只是刹那的感觉罢了。下一刻，我发现劳悌芬在喊我。他站在一株大黑橡下面。赤褐如焦的橡叶丛底，露出一间白漆木板钉成的小屋。走进去，才发现是一爿小杂货店。陈设古朴可笑，饶有殖民时期风味。西洋杉铺成的地板，走过时轧轧有声。这种小铺子在城市里是已经绝迹了。店主是一个满脸斑点的胖妇人。劳悌芬向她买了十几根红白相间的竿竿糖，满意地和我走出店来。

橡叶萧萧，风中甚有寒意。我们赶回车上，重新上路。劳悌芬把糖袋子递过来，任我抽了两根。糖味不太甜，有点薄荷在里面，嚼起来倒也津津可口。劳悌芬解释说：

"你知道，老太婆那家小店，开了十几年了。生意不好，也不关门。读初中时，我就认得她了，也不觉得她的糖有什么好吃。后来去卡拉马祖上大学，每次回家，一定找她聊天，同时买点糖吃，让她高兴高兴。现在居然成了习惯，每到周末，就想起薄荷糖来了。"

"是蛮好吃。再给我一根。你也是，别的男孩子一到周末就约 chick 去了，你倒去看祖母。"

劳悌芬红着脸傻笑。过了一会，他说：

"女孩子麻烦。她们喝酒，还做好多别的事。"

"我们班上的好像都很乖。例如路丝——"

"哦，满嘴的存在主义什么的，好烦。还不如那个老婆婆坦白！"

"你不像其他的美国男孩子。"

劳悌芬耸耸肩，接着又傻笑起来。一辆货车挡在前面，他一踩油门，超了过去。把一袋糖吃光，就到了劳悌芬的家了。太阳已经偏西。夕照正当红漆的仓库，特别显得明艳映颊。劳悌芬把车停在两层的木屋前，和他父亲的旅行车并列在一起。一个丰硕的妇人从屋里探头出来，大呼说：

"Steve！我晓得是你！怎么这样晚才回来！风好冷，快进来吧！"

劳悌芬把我介绍给他的父母，和弟弟侯伯（Herbert）。终于大家在晚餐桌边坐定。这才发现，他的父亲不过五十岁，已经满头白发，可是白得整齐而洁净，反而为他清瘦的面容增添光辉。侯伯是一个很漂亮的，伶手俐脚的小伙子。但形成晚餐桌上暖洋洋的气氛的，还是他的母亲。她是一个胸脯宽阔，眸光亲切的妇人，笑起来时，启露白而齐的齿光，映得满座粲然。她一直忙着传递盘碟。看见我饮牛奶时狐疑的脸色，她说：

"味道有点怪，是不是？这是我们自己的母牛挤的奶，原奶，和超级市场上买到的不同。等会你再尝尝我们自己的榨苹果汁看。"

"你们好像不喝酒，"我说。

"爸爸不要我们喝，"劳悌芬看了父亲一瞥，"我们只喝牛奶。"

"我们是清教徒，"他父亲眯着眼睛说，"不喝酒，不抽烟。从我的祖父起就是这样子。"

接着他母亲站起来，移走满桌子残肴，为大家端来一碟碟南瓜饼。

"Steve，"他母亲说，"明天晚上汤普森家的孩子们说了要来闹节的。'不招待，就作怪'，余先生听说过吧？糖倒是准备了好几包。就缺一盏南瓜灯。地下室有三四只空南瓜，你等会去挑一只雕一雕。我要去挤牛奶了。"

等他父亲也吃罢南瓜饼，起身去牛栏里帮他母亲挤奶时，劳悌芬便到地下室去。不久，他捧了一只脸盆大小的空干南瓜来，开始雕起假面来。他在上端先开了两只菱形的眼睛，再向中部挖出一只鼻子，最后，又挖了一张新月形的阔嘴，嘴角向上。接着他把假面推到我的面前，问我像不像。相了一会，我说：

"嘴好像太小了。"

于是他又把嘴向两边开得更大。然后他说：

"我们把它放到外面去吧。"

我们推门出去。他把南瓜脸放在走廊的地板上，从夹克的大口袋里掏出一截白蜡烛，塞到蒂眼里，企图把它燃起。风又急又冷，一吹，就熄了。徒然试了几次，他说：

"算了，明晚再点吧。我们早点睡。明天还要去打野兔子呢。"

第二天下午，我们果然背着猎枪，去打猎了。这在我说来，是有点滑稽的。我从来没有打猎的经验。军训课上，是射过几发子弹，但距离红心不晓得有多远。劳悌芬却兴致勃勃，坚持要去。

"上个周末没有回家。再上个周末，帮爸爸驾收割机收黄豆。一直没有机会到后面的林子里去。"

劳悌芬穿了一件粗帆布的宽大夹克，长及膝盖，阔腰带一束，显得五英尺十英寸上下的身材，分外英挺。他把较旧式的一把猎枪递给我，说：

"就凑合着用一下吧。一九五八年出品，本来是我弟弟用的。"看见我犹豫的颜色，他笑笑说："放松一点。只要不向我身上打就行。很有趣的，你不妨试试看。"

我原有一肚子的话要问他。可是他已经领先向屋后的橡树林欣然出发了。我端着枪跟上去。两人绕过黄白相间的耿西牛群的牧地，走上了小木桥彼端的小土径，在犹青的乱草丛中蜿蜒而行。天气依然爽朗朗地晴。风已转弱，阳光不转瞬地凝视着平野，但空气拂在肌肤上，依然冷得人神志清醒，反应敏锐。舞了一天一夜的斑斓树叶，都悬在空际，浴在阳光金黄的好脾气中。这样美好而完整的静谧，用一发猎枪子弹给炸碎了，岂不是可惜？

"一只野兔也不见呢。"我说。

"别慌。到前面的橡树丛里去等等看。"

我们继续往前走。我努力向野草丛中搜索，企图在劳悌芬之前发现什么风吹草动；如此，我虽未必能打中什么，至少可以提醒我的同伴。这样想着，我就紧紧追上了劳悌芬。蓦地，我的猎伴举起枪来，接着耳边炸开了一声脆而短的骤响。一样毛茸茸的灰黄的物体从十几码外的黑橡树上坠了下来。

"打中了！打中了！"劳悌芬向那边奔过去。

"是什么？"我追过去。

等到我赶上他时，他正挥着枪柄在追打什么。然后我发现草坡下，劳悌芬脚边的一个橡树窟窿里，一只松鼠在抽搐。不到半分钟，它就完全静止了。

"死了。"劳悌芬说。

"可怜的小家伙。"我摇摇头。我一向喜欢松鼠。以前在艾奥瓦念书的时候，我常爱从红砖的古楼上，俯瞰这些长尾多毛的小动物，在修得平整的草地上嬉戏。我尤其爱看它们躬身而立，捧食松果的样子。劳悌芬捡起松鼠。它的右腿渗出血来，修长的尾巴垂着死亡。劳悌芬拉起一把草，把血斑拭去说：

"它掉下来，带着伤，想逃到树洞里去躲起来。这小东西好聪明。带回去给我父亲剥皮也好。"

他把死松鼠放进夹克的大口袋里，重新端起了枪。

"我们去那边的树林子里再找找看。"他指着半英里外的一片赤金和鲜黄。想起还没有庆贺猎人，我说：

"好准的枪法，刚才！根本没有看见你瞄准，怎么它就掉下来了。"

"我爱玩枪。在学校里，我还是预备军官训练队的上校呢。每年冬季，我都带侯伯去北部的半岛打鹿。这一向眼睛差了。隐形眼镜还没有戴惯。"

这才注意到劳悌芬的眸子是灰蒙蒙的，中间透出淡绿色的光泽。我们越过十二号公路。岑寂的秋色里，去芝加哥的车辆迅疾地扫过，曳着轮胎磨地的咝咝，和掠过你身边时的风声。一辆农场的拖拉机，滚着齿槽深凹的大轮子，施施然辗过，车尾扬着一面小红旗。劳悌芬对车上的老叟挥挥手。

"是汤普森家的丈人。"他说。

"车上插面红旗子干吗？"

"哦，是州公路局规定的。农场上的拖拉机之类，在公路上穿来穿去，开得太慢，怕普通车辆从后面撞上去。挂一面红旗，老远就看见了。"

说着，我们一脚高一脚低走进了好大一片刚收割过的田地。阡陌间歪歪斜斜地还留着一行行的残梗，零零星星的豆粒，落在干燥的土块里。劳悌芬随手折起一片豆荚，把荚剥开。淡黄的豆粒滚入了他的掌心。

"这是汤普森家的黄豆田。尝尝看，很香的。"

我接过他手中的豆子，开始吃起来。他折了更多的豆荚，一片一片地剥着。两人把嚼不碎的豆子吐出来。无意间，我哼起"高粱肥，大豆香，遍地黄金少灾殃……"

"嘿，那是什么？"劳悌芬笑起来。

"二次大战时大家都唱的一首歌……那时我们都是小孩

33

子。"说着，我的鼻子酸了起来。两人走出了大豆田，又越过一片尚未收割的玉蜀黍。劳悌芬停下来，笑得很神秘。过了一会，他说：

"你听听看，看能听见什么。"

我当真听了一会。什么也没有听见。风已经很微。偶尔，玉蜀黍的干穗壳，和邻株磨出一丝窸窣。劳悌芬的浅灰绿瞳子向我发出问询。

我茫然摇摇头。

他又笑起来。

"玉米田，多耳朵。有秘密，莫要说。"

我也笑起来。

"这是双关语，"他笑道，"我们英语管玉米穗叫耳朵。好多笑话都从它编起。"

接着两人又默然了。经他一说，果然觉得玉蜀黍秆上挂满了耳朵。成千的耳朵都在倾听，但下午的遗忘覆盖一切，什么也听不见。一枚硬壳果从树上跌下来，两人吓了一跳。劳悌芬俯身拾起来，黑褐色的硬壳已经干裂。

"是山胡桃呢。"他说。

我们继续向前走。杂树林子已经在面前。不久，我们发现自己已在树丛中了。厚厚的一层落叶铺在我们脚下。卵形而有齿边的是桦，瘦而多棱的是枫，橡叶则圆长而轮廓丰满。我们踏着千叶万叶已腐的，将腐的，干脆欲裂的秋季向更深处走去，听非常过瘾也非常伤心的枯枝在我们体重下折断的声音。我们似乎践在暴露的秋筋秋脉上。秋月下午那安静的肃杀中，似乎，有一些什么在我们里面死去。最后，我们在一截断树干边坐下来。一截合抱的黑橡树干，横在枯枝败叶层层交叠的地面，龟裂的老皮形成阴郁的图案，记录霜的齿印，雨的泪痕。黑眼眶的树洞里，覆盖着红叶和黄叶，有的仍有潮意。

两人靠着断干斜卧下来，猎枪搁在断柯的杈丫上。树影重重叠叠覆在我们上面，蔽住更上面的蓝穹。落下来的锈红蚀褐已经很多，但仍有很多的病叶，弥留在枝柯上面，犹堪支撑一座两丈多高的镶黄嵌赤的圆顶。无风的林间，不时有一张叶子飘飘荡荡地堕下。而地面，纵横的枝叶间，会传来一声不甚可解的窸窣，说不出是足拨的或是腹游的路过。

"你看，那是什么?"我转向劳悌芬。他顺着我指点的方向看去。那是几棵银桦树间一片凹下去的地面，里面的桦叶都压得很平。

"好大的坑。"我说。

"是鹿，"他说，"昨夜大概有鹿来睡过。这一带有鹿。如果你住在湖边，就会看见它们结队去喝水。"

接着他躺了下来，枕在黑皮的树干上，穿着方头皮靴的脚交叠在一起。他仰面凝视叶隙透进来的碎蓝色。如是仰视着，他的脸上覆盖着纷沓的游移的叶影，红的朦胧叠着黄的模糊。他的鼻子投影在一边的面颊上，因为太阳已沉向西南方，被桦树的白干分割着的西南方，牵着一线金熔熔的地平。他的阔胸脯微微地起伏。

"Steve，你的家园多安静可爱。我真羡慕你。"

仰着的脸上漾开了笑容。不久，笑容静止下来。

"是很可爱啊，但不会永远如此。我可能给征到越南去。"

"那样，你去不去呢？"我说。

"如果征到我，就必须去。"

"你——怕不怕？"

"哦，还没有想过。美国的公路上，一年也要死五万人呢。我怕不怕？好多人赶着结婚。我同样地怕结婚。年纪轻轻的，就认定一个女孩，好没意思。"

"你没有女朋友吗？"我问。

"没有认真的。"

我茫然了。躺在面前的是这样的一个躯体，结实，美好，充溢的生命一直到指尖和趾尖。就是这样的一个躯体，没有爱过，也未被爱过，未被情欲燃烧过的一截空白。有一个东方人是他的朋友。冥冥中，在一个遥远的战场上，将有更多的东方人等着做他的仇敌。一个遥远的战场，那里的树和云从未听说过密歇根。

这样想着，忽然发现天色已经晚了。金黄的夕暮淹没了林外的平芜。乌鸦叫得原野加倍地空旷。有谁在附近焚烧落叶，空中漫起灰白的烟来，嗅得出一种好闻的焦味。

"我们回去吃晚饭吧，"劳悌芬说。

那年的秋季特别长，似乎，万圣节来得也特别迟。但到了万圣节，白昼已经很短了。太阳一下去，天很快就黑了，比《圣经》的封面还黑。吃过晚饭，劳悌芬问我累不累。

"不累。一点儿也不累。从来没有像这样好兴致。"

"我们开车去附近逛逛去。"

"好啊——今晚不是万圣节前夕吗？你怕不怕？"

"怕什么？"劳悌芬笑起来，"我们可以捉两个女巫回来。"

"对！捉回来，要她们表演怎样骑扫帚！"

全家人都哄笑起来。劳悌芬和我穿上厚毛衫与夹克。推门出去，在寒颤的星光下，我们钻进西德的小车。车内好冷，皮垫子冰人臀股，一切金属品都冰人肘臂。立刻，车窗上就呵了一层翳翳的雾气。车子上了十二号公路，速度骤增，成排的榆树向两侧急急闪避，白脚的树干反映着首灯的光，但榆树的巷子外，南密歇根的平原罩在一件神秘的黑巫衣里。劳悌芬开了暖气。不久，我的膝头便感到暖烘烘了。

"今晚开车特别要小心，"劳悌芬说，"有些小孩子会结队到邻近的村庄去捣蛋。小孩子边走边说笑，在公路边上，很容易发生车祸。今年，警察局在报上提醒家长，不要让孩子穿深色的衣服。"

"你小时候有没有闹过节呢？"

"怎么没有？我跟侯伯闹了好几年。"

"怎么一个捣蛋法？"

"哦，不给糖吃的话，就用烂泥糊在人家门口。或在窗子上画个鬼，或者用粉笔在汽车上涂些脏话。"

"倒是蛮有意思的。"

"现在渐渐不作兴这样了。父亲总说，他们小时候闹得比我们还凶。"

说着，车已上了跨越大税路的陆桥。桥下的车辆四巷来去地疾驶着，首灯闪动长长的光芒，向芝加哥，向托莱多。

"是印第安纳的超级税道。我家离州界只有七英里。"

"我知道。我在这条路上开过两次的。"

"今晚已经到过印第安纳了。我们回去吧。"

说着，劳悌芬把车子转进一条小支道，绕路回去。

"走这条路好些，"他说，"可以看看人家的节景。"

果然远处霭着几星灯火。驶近时，才发现是十几户人家。走廊的白漆栏杆上，皆供着点燃的南瓜灯，南瓜如面，几何形的眼鼻展览着布拉克和毕加索，说不清是恐怖还是滑稽。有的廊上，悬着骑帚巫的怪异剪纸。打扮得更怪异的孩子们，正在拉人家的门铃。灯火自楼房的窗户透出来，映出洁白的窗帷。

接着劳悌芬放松了油门。路的右侧隐约显出几个矮小的人影。然后我们看出，一个是王，戴着金黄的皇冠，持着令牌，披着黑色的大氅。一个是后，戴着银色的后冕，曳着浅紫色的衣裳。后面一个武士，手执斧钺，不过四五岁的样子。我们缓缓前行，等小小的朝廷越过马路。不晓得为什么，武士忽然哭了起来。国王劝他不听，气得骂起来。还是好心的皇后把他牵了过去。

劳悌芬和我都笑起来。然后我们继续前进。劳悌芬哼起《出埃及记》中的一首歌，低沉之中带点凄婉。我一面听，一面数路旁的南瓜灯。最后劳悌芬说：

"那一盏是我们家的南瓜灯了。"

我们把车停在铁丝网成的玉蜀黍圆仓前面。劳悌芬的母亲应铃来开门。我们进了木屋，一下子，便把夜的黑和冷和神秘全关在门外了。

"汤普森家的孩子们刚来过，"他的妈妈说，"爱弟装亚述王，简妮装贵妮薇儿，佛莱德跟在后面，什么也不像，连'不招待，就作怪'都说不清楚。"

"表演些什么?"劳悌芬笑笑说。

"简妮唱了一首歌。佛莱德什么都不会,硬给哥哥按在地上翻了一个筋斗。"

"汤姆怎么没来?"

"汤姆吗?汤姆说他已经长大了,不搞这一套了。"

那年的秋季特别长,似乎可以那样一直延续下去。那一夜,我睡在劳悌芬家楼上,想到很多事情。南密歇根的原野向远方无限地伸长,伸进不可思议的黑色的遗忘里。地上,有零零落落的南瓜灯。天上,秋夜的星座在人家的屋顶上电视的天线上在光年外排列百年前千年前第一个万圣节前就是那样的阵图。我想得很多,很乱,很不连贯。高粱肥。大豆香。从越战想到韩战想到八年的抗战。想冬天就要来了空中嗅得出雪来今年的冬天我仍将每早冷醒在单人床上。大豆香。想大豆在密歇根香着在印第安纳在俄亥俄香着的大豆在另一个大陆有没有在香着?劳悌芬是个好男孩我从来没有过弟弟。这部翻译小说,愈写愈长愈没有情节而且男主角愈益无趣,虽然气氛还算逼真。南瓜饼是好吃的,比苹果饼好吃些。高粱肥。大豆香。大豆香后又怎么样?我实在再也吟不下去了。我的床向秋夜的星空升起,升起。大豆香的下一句是什么?

那年的秋季特别长,所以说,我一整夜都浮在一首歌上。那些尚未收割的高粱,全失眠了。这么说,你就完全明白了,不是吗?那年的秋季特别长。

一九六六年十月二十四日追忆

望乡的牧神

39

高速的联想

那天下午从九龙驾车回马料水，正是下班时分，大埔路上，高低长短形形色色的车辆，首尾相衔，时速二十五英里。一只鹰看下来，会以为那是相对爬行的两队单角蜗牛，单角，因为每辆车只有一根收音机天线。不料快到沙田时，莫名其妙地塞起车来，一时单角的蜗牛都变成了独须的病猫，废气暖暖，马达喃喃，像集体在腹诽狭窄的公路。熄火又不能，因为每隔一会，整条车队又得蠢蠢蠕动。前面究竟在搞什么鬼，方向盘的舵手谁也不知道。载道的怨声和咒语中，只有我沾沾自喜，欣然独笑。俯瞥仪表板上，从左数过来第七个蓝色钮键，轻轻一按，我的翠绿小车忽然离地升起，升起，像一片逍遥的绿云牵动多少愕然仰羡的眼光，悠悠扬扬向东北飞逝。

那当然是真的：在拥挤的大埔路上，我常发那样的狂想。我爱开车。我爱操纵一架马力强劲反应灵敏野蛮又柔驯的机器，我爱方向盘在掌中微微颤动四轮在身体下面平稳飞旋的那种感觉，我爱用背肌承受的压力去体会起伏的曲折的地形山势，一句话，我崇拜速度。阿拉伯的劳伦斯曾说："速度是人性中第二种古老的兽欲。"以运动的速度而言，自诩万物之灵的人类是十分可怜的。褐雨燕的最高时速，是二百九十点五英里。狩猎的鹰在俯冲下扑时，能快到每小时一百八十英里。比赛的鸽子，有九十六点二九英里的时速。兽中最速的选手是豹和羚羊：长腿黑斑的亚洲豹，绰号"猎豹"者，在短程冲刺时，时速可到七十英里，可惜五百码后，就降成了四十多英里了；叉角羚羊奋蹄疾奔，可以维持六十英里时速。和这些相比，"动若脱兔"只能算"中驷之才"：英国野兔的时速不过四十五英里。"白驹过隙"就更慢了，骑师胯下的赛马每小时只驰四十三点二六英里。人的速度最是可怜，一百码之外只能达到二十六点二二英里的时速。

可怜的凡人，奔腾不如虎豹，跳跃不如跳蚤，游泳不如旗鱼，负重不如蚂蚁，但是人会创造并驾驭高速的机器，以逸待劳，不但突破自己体能的极限，甚至超迈飞禽走兽，意气风发，逸兴遄飞之余，几疑可以追神迹，蹑仙踪。高速，为什么令人兴奋呢？生理学家一定有他的解释，例如循环加速，心跳变剧等等。但在心理上，至少在潜意识里，追求高速，其实是人与神争的一大欲望：地心引力是自然的法则，也就是人的命运，高速的运动就是要反抗这法则，虽不能把它推翻，至少可以把它的限制压到最低。赛跑或赛车的选手打破世界纪录的那一刹那，是一闪宗教的启示，因为凡人体能的边疆，又向前推进了一步，而人进一步，便是神退一步，从此，人更自由了。

滑雪、赛跑、游泳、赛车、飞行等等的选手，都称得上是英雄。他们的自由和光荣是从神手里，不是从别人的手里，夺过来的。他们所以成为英雄，不是因为牺牲了别人，而是因为克服了自然，包括他们自己。

若论紧张刺激的动感，高速运动似乎有这么一个原则：

就是，凭借的机械愈多，和自然的接触就愈少，动感也就减小。赛跑，该是最直接的运动。赛马，就间接些，但凭借的不是机械，而是一匹汗油生光肌腱勃怒奋鬣扬蹄的神驹。最间接的，该是赛车了，人和自然之间，隔了一只铁盒，四只轮胎。不过，愈是间接的运动，就愈高速，这对于生就低速之躯的人类说来，实在是一件难以两全的事情。其他动物面对自己天生的体速，该都是心安理得，受之怡然的吧？我常想，一只时速零点零三英里的蜗牛，放在跑车的挡风玻璃里去看剧动的世界，会有怎样的感受？

许多人爱驾敞篷的跑车，就是想在高速之中，承受、享受更多的自然：时速超过七十五英里、八十英里、九十英里，全世界轰然向你扑来，发交给风，肺交给激湍洪波的气流，这时，该有点飞的感觉了吧。阿拉伯的劳伦斯有耐性骑骆驼，却不耐烦驾驶汽车；他认为汽车是没有灵性的东西，只合在风雨中乘坐。从沙漠回到文明，才下了驼背，他便跨上电单车，去拜访哈代和萧伯纳。他在电单车上，每月至少驰骋二千四百英里，快的时候，时速高达一百英里，终因车祸丧生。

我骑过五年单车，也驾过四年汽车，却从未驾过电单车，但劳伦斯驰骤生风的豪情，我可以仿佛想象。电单车的骁腾骠悍，远在单车之上，面冲风抢路身随车转的那种投入感，更远胜靠在桶形椅背踏在厚地毯上的方向舵手。电影《逍遥游》（*Easy Rider*）里，三骑士在美国西南部的沙漠里直线疾驰的那一景，在摇滚乐亢奋的节奏下，是现代电影的高潮之一。我想，在潜意识里，现代少年是把桀骜难驯的电单车当马骑的：现代骑士仍然是戴盔着靴，而两脚踏镫双肘向外分掌龙头两角的骑姿，却富于浪漫的夸张，只有马达的厉啸逆入神经面过，比不上古典的马嘶。现代车辆的引擎，用马力来标示电力，依稀有怀古之风。准此，则敞篷车可以比拟远古的战车，而四门的"轿车"（sedan）更是复古了。六十年代的中期，福特车厂驱出的"野马"（Mustang）号拟跑车，颈长尾短，骠悍异常，一时纵横于超级公路，逼得克莱斯勒车厂只好放出一群修矫灵猛的"战马"（Charger）来竞逐。

我学开车，是在一九六四年的秋天。当时我从皮奥瑞亚去艾奥瓦访叶珊与黄用，一路上，火车误点，灰狗的长途车转车费时，这才省悟，要过州历郡亲身去纵览惠特曼和桑德堡诗中体魄雄伟的美国，手里必须有一个方向盘。父亲在台湾闻言大惊，一封航空信从松山飞来，力阻我学驾车。但无穷无尽更无红灯的高速公路在复阔自由的原野上张臂迎我，我的逻辑是：与其把生命交托给他人，不如握在自己的手里。学了七小时后，考到了驾驶执照。发那张硬卡给我的美国警察说："公路是你的了，别忘了，命也是你的。"

奇妙的方向盘，转动时世界便绕着你转动，静止时，公路便平直如一条分发线。前面的风景为你剖开，后面的背景呢，便在反光镜中缩成微小、更微小的幻影。时速上了七十英里，反光镜中分巷的白虚线便疾射而去如空战时机枪连闪的子弹，万水千山，记忆里，漫漫的长途远征全被魔幻的反光镜收了进去，再也不放出来了。"欢迎进入内布拉斯加"，"欢迎来加利福尼亚"，"欢迎来内华达"，闯州穿郡，记不清越过多少条边界，多少道税关。高速令人兴奋，因为那纯是一个动的世界，挡风玻璃是一望无餍的窗子，光景不息，视域无限，油门大开时，直线的超级大道变成一条巨长的拉链，拉开前面的远景蜃楼摩天绝壁拔地倏忽都削面而逝成为车尾的背景被拉链又拉拢。高速，使整座雪山簇簇的白峰尽为你回头，千顷平畴旋成车轮滚滚的辐辏。春去秋来，多变的气象在挡风窗上展示着神的容颜：风沙雨露和冰雪，烈日和冷月，沙漠里的飞蓬，草原夏夜密密麻麻的虫尸，扑面踹来大卡车轮隙踢起的卵石，这一切，都由那一方弧形的大玻璃共同承受。

从海岸到海岸，从极东的森林洞（Woods Hole）浸在大西洋的寒碧到太平洋暖潮里浴着的长堤，不断的是我的轮印横贯新大陆。坦荡荡四巷并驱的大道自天边伸来又没向天边，美利坚，卷不尽展不绝一幅横轴的山水只为方向盘后面的远眺之目而舒放。现代的徐霞客坐游异域的烟景，为我配音的不是古典的马蹄得得风帆飘飘，是八汽缸引擎轻快的低吟。

廿轮轰轰地翻滚，体格修长而魁梧的铝壳大卡车，身长数倍于一辆小轿车，超它时全身的神经紧缩如猛收一张网，胃部隐隐地痉挛，两车并驰，就像在狭长的悬崖上和一匹犀牛赛跑，真是疯狂。一时小车惊窜于左，重吨的货柜车奔腾而咆哮于右，右耳太浅，怎盛得下那样一旋涡的骚音？一九六五年初，一个苦寒凛冽的早晨，灰白迷蒙的天色像一块毛玻璃，道奇小车载我自芝加哥出发，辗着满地的残雪碎冰，一日七百英里的长征，要赶回葛底斯堡去。出城的州际公路上，遇上了重载的大货车队，首尾相衔，长可半里，像一道绝壁蔽天水声震耳的大峡谷，不由分说，将我夹在缝里，挟持而去。就这样一直对峙到印第安纳州境，车行渐稀，才放我出峡。

后来驾车日久，这样的超车也不知经历过多少次了，浑不觉廿轮卡车有多威武，直到前几天，在香港的电视上看到了斯皮尔伯格导演的悚栗片《决斗》（Duel）。一位急于回家的归客，在野公路上超越一辆庞然巨物的油车，激怒了高据驾驶座上的隐身司机，油车变成了金属的恐龙怪兽，挟其邪恶的暴力盲目的冲刺，一路上天崩地塌火杂杂衔尾追来。反光镜里，惊瞥赫现那油车的车头已经是一头狂兽，而一进隧道，车灯亮起，可骇目光灼灼黑凛凛一尊妖牛。看过斯皮尔伯格后期作品《大白鲨》，就知道在《决斗》里，他是把那辆大油车当做一匹猛兽来处理的，但它比大白鲨更凶顽更神秘，更令人分泌肾上腺素。

香港是一个弯曲如爪的半岛旁错落着许多小岛，地形分割而公路狭险，最高的时速不过五十英里，一般时速都在四十英里以下，再好的车再强大的马力也不能放足驰骤。低速的大埔路上，蜗步在一串慢车的背影之后，常想念美国中西部大平原和西南部沙漠里，天高路邈，一车绝尘，那样无阻的开阔空旷。虽说能源的荒年，美国把超级公路的速限降为每小时五十五英里，去年八月我驶车在南加州，时速七十英里，也未闻警笛长啸来追逐。

更念烟波相接，一座多雨的岛上，多少现代的愚公，亚热带小阳春的艳阳下在移山开道，开路机的履带轧轧，铲土机的巨螯孔武地举起，起重机碌碌地滚着辘轳，为了铺一条巨毡从基隆到高雄，迎接一个新时代的驶来。那样壮阔的气象，四衢无阻，千车齐毂并驰的路景，郑成功、

45

中文大学教授宿舍第6苑（一九七六年摄）

吴凤没有梦过，阿美族、泰雅族的民谣从不曾唱过。我要拣一个秋晴的日子，左窗亮着金艳艳的晨曦，从台北而发，穿过牧神最绿最翠的辖区，腾跃在世界最美丽的岛上；而当晚从高雄驰回台北，我要驰速限甚至纵一点超速，在亢奋的脉搏中，写一首现代诗歌咏带一点汽油味的牧神，像陶潜和王维从未梦过的那样。

更大的愿望，是在更古老更多回声的土地上驰骋。中国最浪漫的一条古驿道，应该在西北。最好是细雨霏霏的黎明，从渭城出发，收音机天线上系着依依的柳枝。挡风窗上犹浥着轻尘，而渭城已渐远，波声渐渺。甘州曲，凉州词，阳关三叠的节拍里车向西北，琴音诗韵的河西孔道，右边是古长城的雉堞隐隐，左边是青海的雪峰簇簇，白耀天际，我以七十英里高速驰入张骞的梦高适岑参的世界，轮印下重重叠叠多少古英雄长征的蹄印。

一九七七年元月

轮转天下

上星期三去澳门演讲，下午退潮时分，朋友带我沿着细叶榕垂荫的堤岸散步。正是端午前夕，满街的汽车匆匆，忽见榕荫低处，竟有青篷红架的三轮车三三两两，以我行我素的反潮流低速，悠然来去，乘客和车夫都似乎没把倏猛的汽车放在眼里。这一惊一喜，真像时光倒流了——没有七十年，也有十七年。

我们这一角世界，曾经靠三只轮子来推动："三轮车，跑得快，上面坐个老太太，要五毛，给一块，你说奇怪不奇怪？"是我几个女儿小时候最熟的童歌。但那三轮的时代早已消失，收进汽车的反光镜里去了。

这世界就像哪吒一样，我们都在飞旋的轮上来去。当初发明轮子的那人，不论灵思是否得自日轮或月轮，真是一大天才。从此，人类"不胫而走"，实在是空间的一大突破。不过这重大的发明也不是一突就破的。据说最早的轮子是实心眼儿的，像只木盘，直到将近四千年前才空了心，成了老子所说的"三十辐，共一毂"。

最早的车是否独轮车，要问考古学家，但这种元老级的交通工具，我小时却也坐过。这种车北人叫手推车，川人叫鸡公车。抗战初年，我曾和另一个小难民分坐两侧，由一个庄稼汉伛了身子推着，在机械化的日本部队之前，颠摆而逃。后来到了四川又坐过一次，当然不再是为了逃难，但在蜀道难的崎岖路上，那一步三挤轧的独轮，跟跄而行，真使千山为之痉挛。当时我这小小乘客满脑子都是《三国演义》，不禁想入非非，幻觉是在乘木牛流马，又想"尔来四万八千岁，不与秦塞通人烟"，这样坐车，也难怪要通不了。想着想着，忽然那车夫大喝一声，"小娃儿坐好！"

  抗战八年，我在四川度过七年半，正是我的中学时代。那家中学在重庆北郊六十里一座小河镇的附近，并不临河，与镇上只通青石板路，无论去什么地方全靠步行，否则就得花钱坐滑竿或骑瘦小的川马。那几年的蜀山蜀水，全在石板路或土径上从容领略，算是我的"无轮时代"，现在回想起来，此生所见的一切青山碧水，无论在海内或海外，总以一步步走过的最感亲切。偶然，父亲从城里带回来一本洋月历，有一个月的插图是一列火车在落基山下逶迤驶过，令乡下孩子常对着那千轮车悠然出神。那时四川之大，所谓天府之国并无铁路，其实有牧神做邻居，没有轮子又有何妨？

  抗战结束，三峡之水从唐诗里流泻出来，送我的归舟一路到南京。我进了大学，也进了"二轮时代"。十九岁才跨上自行车，比起许多少年来，这新的自由来得太晚，却也令我意气风发，对空间起了新的概念。两臂微张而前探，上身微弯而前倾，两腿周而复始地上下踹踏，双轮一动，风景立刻就为我奔驰，风，就起自两颊，于是飘飘然有了半飞的幻觉。那一代的金陵少年，谁不是风随轮转发随风飘的单车骑士呢？从此玄武湖一带便入了我们的势力范围，只要有一堂空课，便去湖光柳影里驰骋一番，带回来一身荷香，或是一包香喷喷的菱角。

当然，不是所有的二轮都叫自行车。那时南京的大街，在汽车正道的两侧，还有卵石砌成的边道可行马车。那马车夫头戴毡帽，身披褐衣，高据御座，一手控辔，一手挥鞭，一面打着唿哨赶马。我觉得那情调古老而浪漫，每次从鼓楼去新街口，总爱并肩坐在马车夫的身边，一路左倾右侧，听卵石道上马蹄各各的节奏。

另一种二轮车，在当时也很流行的，是黄包车，又叫东洋车，正式的名称应叫人力车。英文译为"rickshaw"，乃是"力车"的近音，也是日文"jinrikisha"（人力车）的缩写。年轻的读者，即使没有坐过，大概也听说过或者读过那本哀沉的小说《骆驼祥子》，知道这种二轮车坐起来未必舒服，拉起来呢，却非常辛苦。拉这种车，重心高而不稳，阴天则冒雨顶风，晴天则烈日炙烤，吃尽车尘；上坡，是跟土地公拔河角力，下坡呢，却不承土地公之情，脚上要自备煞车。有时候车上还一大一小，挤坐着两个人，微薄的车资，竟要车夫做超人。若是车新铃响，车夫又年轻健硕，阔步起起，倒也罢了。最怕上面高坐的是大肚腩的胖客，前面拖的却是半衰的瘦子，这景象，最易激起悲天悯人之情。要是上面那重磅乘客是一个"西人"，那就更损龙种的自尊，也就难怪一九二五年，长沙街头，排外的学生们要喝令黄包车上的花旗客下车步行。今日香港的码头上，仍然供着一排油漆鲜明的黄包车，充当观光的道具，要说这是什么中国文化的遗迹，岂不气煞了五霸七雄驰驱的战车？当年黄包车的乘客虽然多为中国同胞，这种"苦力车"却总是给我殖民地的不快联想。前几天在码头附近，汽车的长龙之间，忽然闪出二辆黄包车，上面坐着西人，在车队的夹缝里穿来插去。乘客东张西望，兴高采烈，也许是吉卜林和毛姆的旧小说看多了，也许看的只是韩素音的廉价杂碎吧，但两个车夫拉的是短程，倒也轻松自在。当时我心理毫无准备，这唐突的一幕仍然勾起人时光的错觉，刹那之间，惊愕、滑稽、不快之情，再也理不清。

马车是二轮加四蹄，黄包车是二轮加双足，到底比不上自行车只用二轮滚地，自力更生。我的自行车在六朝的尘香里飞滚了不久，战云转恶，红旗渡江，我也就转去了厦门大学。从市区的公园路到南普陀去上课，沿海要走一段长途，步行几不可能。母亲怜子，拿出微薄积蓄的十几分之一，让我买了一辆又帅又骁的兰陵牌跑车。从此海边的沙路上，一位兰陵侠疾驰来去，只差一点就追上了海鸥，真的是泠然善也。那辆车，该直的地方修长英挺，该弯的地方流线如波，该圆的地方圆满无憾；车架的珐琅蓝上绘着亮金的细线，特别富丽动人。跨上去时，窄而饱满的轮胎着地而不粘地，圆滚无阻，真个是虫蚁不觉，沙尘不惊，够潇洒的。二十岁的少年得此坐骑，真可踌躇满志，所以不是在骑，便是在擦，在欣然端详。

厦大才读一学期，战火南蔓，又迁来香港，失学了一年。那一年我住在铜锣湾道，屋小人多，行则摩肩，坐则促膝，十分苦闷，遁世的良方，是埋头耽读维多利亚时代的大部头小说。未能忘情于二轮生风的日子，曾有两次还跟厦大的同学租了自行车，在夜静车稀的海边大道闲驶，重温南普陀逐鸥的记忆。

最后转入台湾大学三年级，才又恢复了骑士的身份，镇日价在古亭区的正街横巷里，穿梭来去。那是三十二年前的台北，民风在安贫之中显得敦厚淳朴，在可以了解的东洋风味背后，有一种浑然可亲的土气。上下班的时候，停在红灯前的，不是今日火爆爆羁勒不住的各式汽车、卡车、摩托车，而是日式的笨重自行车，绿灯亮时，平着脚板心再踩动那些"东洋铁牛"的，也不是今日野狼骑士的意大利马靴，而是厚敦敦实笃笃的木屐，或是日式便鞋。

我买了一辆英制的赫九力士，在东洋铁牛之间倏忽穿梭，正自鸣得意，却在上课一星期后丢了坐骑，成了《单车失窃记》的苦主。怀着满腔悲哀坐公交车，我发誓要存足稿费再买一辆。看官有所不知，那时候一辆赫九力士值新台币五百元，相当于荐任级的月薪，而我的一首抒情诗呢，"中央副刊"只给五元。也就是说，要写足两本诗集，才能翻身重登赫九力士，恢复昔日街头的雄风。当年我在台大发奋投稿，跟自行车也不无关系。为了提高生产额，也写了好几篇散文。如此过了两三个月，只存到二百元的光景，家中怜我情苦，只好优先贷款，让我提早实现复车大计。不久第二匹赫九力士的铃声响处，又载着意气昂扬的武士，去上中世纪文学了。

台北地平街宽，加以那时汽车又少，正是自行车骋骛的好城市。缺点是灰尘太大，又常下雨，好在处处骑楼，可以避雨。最怕是大风欺人，令人气结而脚酸，但有时豪气一起，就与大气为敌，几乎是立在镫上，顶风猛踩，悲壮不让西绪福斯，浪漫可比唐吉诃德，似乎全世界的风都灌进我的肺里来了。那时台大的大王椰道上犹是绿肥红瘦，称不上什么杜鹃花城，我们在椰影下放轮直驶，不到一分钟就出了校门。从城南的同安街去中山北路二段会见女友，最快的纪录是十八分钟。一场雷阵雨过后，夏夜凉了下来，几个同学呼啸而聚，在两侧水田的乱蛙声里，排齐了龙头催轮并进，谈笑间已到新店。等到夜深潭空，兴尽回驰，路上车灯已稀，连蛙声也已散不成阵了。这坐骑是随我征伐最久的一匹，在台北盆地里追风逐尘三年有半，有一天停在文星书店的门外，可恨竟被人偷去。于是我进入了"三轮时代"。

中文大学教授宿舍第 6 苑后面的草地（一九七六年摄）

踩三轮比起拉两轮来，总是一大进步，至少要省气力。至少车夫自己也坐在车上，较多歇脚的机会，如果地势平坦，踩一阵也可以歇一阵，让车子乘势滑行，不用像骆驼祥子那样步步踏实。遇到顺风或下坡，就更省力了；最怕是顶头风或上坡路，有时还得下车来拖。

三轮车出现在中国的街头，记得是在抗战之后，但是各地的车形颇不一样。京沪的和台北相同，都是车夫在前，在澳门见到的也是这一型。厦门的则把车夫座放在乘客座的旁边，有点像一次大战时的军用摩托车。至于西贡和曼谷的，则把乘客座放在前面，倒是便于观光。去台湾以前，当时也坐过三轮车，但是经常乘坐，甚至在五十年代末期家中自备了一辆，却是在台北。

我家先后雇过五位三轮车夫，相处得都很融洽，也许因为我们的要求不苛。如果哪天车夫已经累了，我们再出门，就宁可另雇街车。有时遇上陡坡，我们也会自动下车，步行一段，甚至帮他推上坡去。三十年代的小说家也许会笑这是什么"布尔乔亚的人道主义"，但是车夫和我的家人间并无什么"阶级仇恨"，却是真的，除了一位老赵因为好赌而时常叫不到人之外，其他的几位都很忠厚、称职。可哀的是：独眼的老侯辞工之后死于肺病，而出身海军的老王大伏天去萤桥河堤下游泳，竟淹死在新店溪里。那几张多汗的面孔，我闭起眼睛就可以看见。

其中有一位的面孔，每逢年节都会重现在家人的面前，只是头发一年白于一年，而坐下来时，是在我家的沙发上，不是在当年那辆洁净的三轮车上了。老杨是退伍军人，也是五位车夫里年纪最大的一位，所以安徽的乡音很重。十五年前他依依地走出我家的大门，因为"三轮时代"已告结束，我家的三轮车被政府收购去了。老杨书法不差，文理也清畅，笔下比普通的大学生只有更高明：这方面和"旧社会"里劳动阶级的形象，也不符合。我父亲介绍他去交通机关处理交通意外的文书工作，他凭了自己的本事任职迄今。每年在鞭炮声里，他都会提着一手礼物，回厦门街这条巷子来拜年：记忆里，这时光长廊的巷子曾满布他的轮印与履痕。我笑笑说："老杨，你不踩三轮，却管起四轮来了。"老杨的笑容和十五年前没有两样；对以前那辆三轮车，我不禁怀起古来。

现在当然已经是"四轮时代"，但世界之大，并非处处如此。一九六四到一九六六，我在美国教书两年，驾了一辆雪白的道奇在中西部的大平原上飞轮无阻，想到远在东方一小巷内的父亲，每天早晨仍然坐着家里的三轮车，以五英里的时速悠悠扬扬去上班，竟迂得不好意思告诉家里。两年后卖掉道奇，回到家里，我仍然每天坐三轮车去师大上课。昔日的豹纵一下子缩成今日的牛步，起初觉得这"轮差"十分异样，但久而久之，又觉得一切都理所当然，正如南人操舟北人骑马一样。挪威的学童，在风雪里只能滑雪去上学呢。

"四轮时代"使一切发生得更多、更快，但烦恼也相对增加。汽车是愈造愈好了，从古典的儒雅到超现实的离奇，各种体态的车辆驶入现代的街景。一切都高性能操作，电动化了，仪表板上灯号应有尽有，甚至不必有的也有了，一排谲红诡绿的闪光，繁复骇人像飞机的驾驶舱。但以简驭繁的也大有人在，陈之藩就从来不看反光镜，他说："千万不能看，一看，心就乱了。"

汽车愈造愈好，而且郑重宣传，说动若脱兔，从完全静止加速到时速六十英里，所需的秒数已如何减少，根本不管愈来愈挤的街头，这样的缩地术早已无地用武。有一次坐朋友的跑车，讶其忽猛忽疲，颇不稳健，他抱歉说："我这跑车马力太大，时速不到六十英里，就会这么发癫。"而其实在蚁穴蜂房的香港，没有道路是可以驶上这种高速的。

汽车愈造愈好，可惜道路愈来愈挤，施展不开来，而停车的空间愈来愈小，车能缩地却不能自缩成玩具，放进主人的袋里。英国铁路一罢工，自用汽车便倾巢而出，接成六十英里的长龙，不是夭矫灵动的那种，而是尾大不掉的浅水之龙。"四轮时代"心脏病的患者，忽然看到三轮车在澳门的海边悠然踱来，应该松筋舒骨，缓一口气吧。三百多年前，华山夏水的第一知己徐霞客，如果是驾一辆三百匹马力的跑车在云贵的高速公路上绝尘而去，那部雄奇的游记杰作只怕早收进反光镜里去了。

但现在这世界正靠轮子来推动，至于究竟要去哪里，却是另一个问题。正如此刻，全人类的几分之一，有的为了缉凶，有的为了逃警，有的为了赶赴约会，有的只为了上街买一包烟，不都正在滚滚的大小车轮上各奔前程吗？

一九八二年六月

记忆像铁轨一样长

我的中学时代在四川的乡下度过。那时正当抗战，号称天府之国的四川，一寸铁轨也没有。不知道为什么，年幼的我，在千山万岭的重围之中，总爱对着外国地图，向往去远方游历，而且觉得最浪漫的旅行方式，便是坐火车。每次见到月历上有火车在旷野奔驰，曳着长烟，便心随烟飘，悠然神往，幻想自己正坐在那一排长窗的某一扇窗口，无穷的风景为我展开，目的地呢，则远在千里外等我，最好是永不到达，好让我永不下车。那平行的双轨一路从天边疾射而来，像远方伸来的双手，要把我接去未知；不可久视，久视便受它催眠。

乡居的少年那么神往于火车，大概因为它雄伟而修长，轩昂的车头一声高啸，一节节的车厢铿铿跟进，那气派真是慑人。至于轮轨相激枕木相应的节奏，初则铿锵而慷慨，继而单调而催眠，也另有一番情韵。过桥时俯瞰深谷，真若下临无地，蹑虚而行，一颗心，也忐忐忑忑吊在半空。黑暗迎面撞来，当头罩下，一点准备也没有，那是过山洞。惊魂未定，两壁的回声轰动不绝，你已经愈陷愈深，冲进山岳的盲肠里去了。光明在山的那一头迎你，先是一片幽昧的微熹，迟疑不决，蓦地天光豁然开朗，黑洞把你吐回

57

给白昼。这一连串的经验，从惊到喜，中间还带着不安和神秘，历时虽短而印象很深。

坐火车最早的记忆是在十岁。正是抗战第二年，母亲带我从上海乘船到安南，然后乘火车北上昆明。滇越铁路与富良江平行，依着横断山脉蹲踞的余势，江水滚滚向南，车轮铿铿向北。也不知越过多少桥，穿过多少山洞。我靠在窗口，看了几百里的桃花映水，真把人看得眼红、眼花。

入川之后，刚兀的铁轨只能在山外远远喊我了。一直要等胜利还都，进了金陵大学，才有京沪路上疾驶的快意。那是大一的暑假，随母亲回她的故乡武进，铁轨无尽，伸入江南温柔的水乡，柳丝弄晴，轻轻地抚着麦浪。可是半年之后再坐京沪路的班车东去，却不再中途下车，而是直达上海。那是最哀伤的火车之旅了：红旗渡江的前夕，我们仓皇离京，还是母子同行，幸好儿子已经长大，能够照顾行李。车厢挤得像满满一盒火柴，可是乘客的四肢却无法像火柴那么排得平整，而是交肱叠股，摩肩错臂，互补着虚实。母亲还有座位。我呢，整个人只有一只脚半踩在茶几上，另一只则在半空，不是虚悬在空中，而是斜斜地半架半压在各色人等的各色肢体之间。这么维持着"势力均衡"，换腿当然不能，如厕更是妄想。到了上海，还要奋力夺窗而出，否则就会被新拥上车来的回程旅客夹在中间，挟回南京去了。

来台之后，与火车更有缘分。什么快车慢车、山线海线，都有缘在双轨之上领略，只是从前京沪路上的东西往返，这时变成了纵贯线上的南北来回。滚滚疾转的风火千轮上，现代哪吒的心情，有时是出发的兴奋，有时是回程的慵懒，有时是午晴的遐思，有时是夜雨的落寞。大玻璃窗招来豪阔的山水，远近的城村；窗外的光景不断，窗内的思绪不绝，真成了情景交融。尤其是在长途，终站尚远，两头都搭不上现实，这是你一切都被动的过渡时期，可以绝对自由地大想心事，任意识乱流。

饿了，买一盒便当充当午餐，虽只一片排骨，几块酱瓜，但在快览风景的高速动感下，却显得特别可口。台中站到了，车头重重地喘一口气，颈挂零食拼盘的小贩一拥而上，太阳饼、凤梨酥的诱惑总难以拒绝。照例一盒盒买上车来，也不一定为了有多美味，而是细嚼之余有一股甜津津的乡情，以及那许多年来，唉，从年轻时起，在这条线上进站、出站、过站、初旅、重游、挥别、重重叠叠的回忆。

最生动的回忆却不在这条线上，在阿里山和东海岸。拜阿里山神是在十二年前。朱红色的窄轨小火车在洪荒的岑寂里盘旋而上，忽进忽退，忽蠕蠕于悬崖，忽隐身于山洞，忽又引吭一呼，回声在峭壁间来回反弹。万绿丛中牵曳着一线媚红，连高古的山颜也板不起脸来了。

拜东岸的海神却近在三年以前，是和我存一同乘电气化火车从北回线南下。浩浩的太平洋啊，日月之所出，星斗之所生，毕竟不是海峡所能比，东望，是令人绝望的水蓝世界。起伏不休的咸波，在远方，摇撼着多少个港口多少只船，扪不到边，探不到底，海神的心事就连长锚千丈也难窥。一路上怪壁碍天，奇岩镇地，被千古的风浪蚀刻成最丑所以也最美的形貌，罗列在岸边如百里露天的艺廊，刀痕刚劲，一件件都凿着时间的签名，最能满足狂士的"石癖"。不仅岸边多石，海中也多岛。火车过时，一个个岛屿都不甘寂寞，跟它赛起跑来。毕竟都是海之囚，小的，不过跑两三分钟，大的，像龟山岛，也只能追逐十几分钟，就认输放弃了。

萨洛扬的小说里，有一个寂寞的野孩子，每逢火车越野而过，总是兴奋地在后面追赶。四十年前在四川的山国里，对着世界地图悠然出神的，也是那样寂寞的一个孩子，只是在他的门前，连火车也不经过。后来远去外国，越洋过海，坐的却常是飞机，而非火车。飞机虽可想成庄子的逍遥之游，列子的御风之旅，但是出没云间，游行虚碧，变化不多，机窗也太狭小，久之并不耐看。哪像火车的长途，催眠的节奏，多变的风景，从阔窗里看出去，又像是在人间，又像驶出了世外。所以在国外旅行，凡铿铿的双轨能到之处，我总是站在月台——名副其实的"长亭"——上面，等那阳刚之美的火车轰轰隆隆其势不断地踹进站来，来载我去远方。

在美国的那几年，坐过好多次火车。在艾奥瓦城读书的那一年，常坐火车去芝加哥看刘鎏和孙璐。美国是汽车王国，火车并不考究。去芝加哥的老式火车颇有十九世纪遗风，坐起来实在不大舒服，但沿途的风景却看之不倦。尤其到了秋天，原野上有一股好闻的淡淡焦味，太阳把一切成熟的东西焙得更成熟，黄透的枫叶杂着赭尽的橡叶，一路艳烧到天边，谁见过那样美丽的火灾呢？过密西西比河，铁桥上敲起空旷的铿锵，桥影如网，张着抽象美的线条，倏忽已踹过好一片壮阔的烟波。等到暮色在窗，芝城的灯火迎面渐密，那黑人老车掌就喉音重浊地喊出站名：Tanglewood!

有一次，从芝城坐火车回艾奥瓦城。正是耶诞假后，满车都是回校的学生，大半还背着、拎着行囊，更形拥挤。我和好几个美国学生挤在两节车厢之间，等于站在老火车轧轧交挣的关节之上，又冻又渴。饮水的纸杯在众人手上，从厕所一路传到我们跟前。更严重的问题是不能去厕所，因为连那里面也站满了人。火车原已误点，我们在呵气翳窗的芝城总站上早已困立了三四个小时，偏偏隆冬的膀胱最容易注满。终于"满载而归"，一直熬到芝大的宿舍。一泻之余，顿觉得身轻若仙，重心全失。

美国火车经常误点，真是恶名昭彰。我在美国下决心学开汽车，完全是给老爷火车激出来的。火车误点，或是半途停下来等到地老天荒，甚至为了说不清楚的深奥原因向后倒开，都是最不浪漫的事。几次耽误，我一怒之下，决定把方向盘握在自己手里，不问山长水远，都可实时命驾。执照一到手，便与火车分道扬镳，从此我骋我的高速路，它敲它的双铁轨。不过在高速路旁，偶见迤迤的列车同一方向疾行，那修长而魁伟的体魄，那稳重而骠悍的气派，尤其是在天高云远的西部，仍令我怦然心动。总忍不住要加速去追赶，兴奋得像西部片里马背上的大盗，直到把它追进了山洞。

一九七六年去英国，周榆瑞带我和彭歌去剑桥一游。

我们在维多利亚车站的月台上候车，匆匆来往的人群，使人想起那许多著名小说里的角色，在这"生之旋涡"里卷进又卷出的神色与心情。火车出城了，一路开得不快，看不尽人家后院晒着的衣裳，和红砖翠篱之间明艳而动人的园艺。那年西欧大旱，耐干的玫瑰却恣肆着娇红。不过是八月底，英国给我的感觉却是过了成熟焦点的晚秋，尽管是迟暮了，仍不失为美人。到剑桥飘起霏霏的细雨，更为那一幢幢俨整雅洁的中世纪学院平添了一分迷朦的柔美。经过人文传统日琢月磨的景物，毕竟多一种沉潜的秀逸气韵，不是铝光闪闪的新厦可比。在空幻的雨气里，我们撑着黑伞，踱过剑河上的石洞拱桥，心底回旋的是弥尔顿牧歌中的抑扬名句，不是硖石才子的江南乡音。红砖与翠藤可以为证，半部英国文学史不过是这河水的回声。雨气终于浓成暮色，我们才挥别了灯暖如橘的剑桥小站。往往，在旅途里最具风味的，是这种一日来回的"便游"（side trip）。

两年后我去瑞典开会，回程顺便一游丹麦与西德，特意把斯德哥尔摩到哥本哈根的机票，换成黄底绿字的美丽火车票。这一程如果在云上直飞，一小时便到了，但是在铁轨上轮转，从上午八点半到下午四点半，却足足走了八个小时。云上之旅海天一色，美得未免抽象。风火轮上八小时的滚滚滑行，却带我深入瑞典南部的四省，越过青青的麦田和黄艳艳的芥菜花田，攀过银桦蔽天杉柏密矗的山地，渡过北欧之喉的峨瑞升德海峡，在香熟的夕照里驶入丹麦。瑞典是森林王国，火车上凡是门窗几椅之类都用木制，给人的感觉温厚而可亲。车上供应的午餐是烘面包夹

62

鲜虾仁，灌以甘冽的嘉士伯啤酒，最合我的胃口。瑞典南端和丹麦北部这一带，陆上多湖，海中多岛，我在诗里曾说这地区是"屠龙英雄的泽国，佯狂王子的故乡"，想象中不知有多阴郁，多神秘。其实那时候正是春夏之交，纬度高远的北欧日长夜短，柔蓝的海峡上，迟暮的天色久久不肯落幕。我在延长的黄昏里独游哥本哈根的夜市，向人鱼之港的灯影花香里，寻找疑真疑幻的传说。

西德之旅，从杜塞尔多夫到科隆的一程，我也改乘火车。德国的车厢跟瑞典的相似，也是一边是狭长的过道，另一边是方形的隔间，装饰古拙而亲切，令人想起旧世界的电影。乘客稀少，由我独占一间，皮箱和提袋任意堆在长椅上。银灰与橘红相映的火车沿莱茵河南下，正自纵览河景，查票员说科隆到了。刚要把行李提上走廊，猛一转身，忽然瞥见蜂房蚁穴的街屋之上峻然拔起两座黑黝黝的尖峰，瞬间的感觉，极其突兀而可惊。定下神来，火车已经驶近那一双怪物，峭险的尖塔下原来还整齐地绕着许多小塔，锋芒逼人，拱卫成一派森严的气象，那么崇高而神秘，中世纪哥特式的肃然神貌耸在半空，无闻于下界琐细的市声。原来是科隆的大教堂，在莱茵河畔顶天立地已七百多岁。火车在转弯。不知道是否因为车身微侧，竟感觉那一对巨塔也峨然倾斜，令人吃惊。不知飞机回降时成何景象，至少火车进城的这一幕十分壮观。

三年前去里昂参加国际笔会的年会，从巴黎到里昂，当然是乘火车，为了深入法国东部的田园诗里，看各色的牛群，或黄或黑，或白底或花斑，嚼不尽草原上缓坡上远

63

连天涯的芳草萋萋。陌生的城镇，点名一般地换着站牌。小村更一现即逝，总有白杨或青枫排列于乡道，掩映着粉墙红顶的村舍，衬以教堂的细瘦尖塔，那么秀气地针着远天。西斯莱、毕沙罗，在初秋的风里吹弄着牧笛吗？那年法国刚通了东南线的电气快车，叫做 Le TGV（Train à Grande Vitesse），时速三百八十公里，在报上大事宣扬。回程时，法国笔会招待我们坐上这骄红的电鳗；由于座位是前后相对，我一路竟倒骑着长鳗进入巴黎。在车上也不觉得怎么"风驰电掣"，颇感不过如此。今年初夏和纪刚、王蓝、健昭、杨牧一行，从东京坐子弹车去京都，也只觉其"稳健"而已。车到半途，天色渐昧，正吃着鳗鱼佐饭的日本便当，吞着苦涩的札幌啤酒，车厢里忽然起了骚动，惊叹不绝。在邻客的探首指点之下，迆见富士山的雪顶白矗晚空，明知其为真实，却影影绰绰，像一片可怪的幻象。车行极快，不到三五分钟，那一影淡白早已被近丘所遮。那样快的变动，敢说浮世绘的画师，戴笠拷剑的武士，都不曾见过。

　　台湾中南部的大学常请台北的教授前往兼课，许多朋友不免每星期南下台中、台南或高雄。从前龚定庵奔波于北京与杭州之间，柳亚子说他"北驾南舣到白头"。这些朋友在岛上南北奔波，看样子也会奔到白头，不过如今是在双轨之上，不是驾马舣舟。我常笑他们是演"双城记"，其实近十年来，自己在台北与香港之间，何尝不是如此？在台北，三十年来我一直以厦门街为家。现在的汀州路二十年前是一条窄轨铁路，小火车可通新店。当时年少，我曾在夜里踏着轨旁的碎石，鞋声轧轧地走回家去，有时索性走在轨道上，把枕木踩成一把平放的长梯。时常在冬日的深宵，诗写到一半，正独对天地之悠悠，寒颤的汽笛声会一路沿着小巷呜呜传来，凄清之中有其温婉，好像在说：全台北都睡了，我也要回站去了，你，还要独撑这倾斜的世界吗？夜半钟声到客船，那是张继。而我，总还有一声汽笛。

在香港，我的楼下是山，山下正是九广铁路的中途。从黎明到深夜，在阳台下滚滚辗过的客车、货车，至少有一百班。初来的时候，几乎每次听见车过，都不禁要想起铁轨另一头的那一片土地，简直像十指连心。十年下来，那样的节拍也已听惯，早成大寂静里的背景音乐，与山风海潮合成浑然一片的天籁了。那轮轨交磨的声音，远时哀沉，近时壮烈，清晨将我唤醒，深宵把我摇睡，已经潜入了我的脉搏，与我的呼吸相通。将来我回去台湾，最不惯的恐怕就是少了这金属的节奏，那就是真正的寂寞了。也许应该把它录下音来，用最敏感的机器，以备他日怀旧之需。附近有一条铁路，就似乎把住了人间的动脉，总是有情的。

香港的火车电气化之后，大家坐在冷静如冰箱的车厢里，忽然又怀起古来，隐隐觉得从前的黑头老火车，曳着煤烟而且重重叹气的那种，古拙刚愎之中仍不失可亲的味道。在从前那种车上，总有小贩穿梭于过道，叫卖斋食与"凤爪"，更少不了的是报贩。普通票的车厢里，不分三教九流，男女老幼，都杂杂沓沓地坐在一起，有的默默看报，有的怔怔望海，有的瞌睡，有的啃鸡爪，有的闲闲地聊天，有的激昂慷慨地痛论国是，但旁边的主妇并不理会，只顾得呵斥自己的孩子，如果你要香港社会的样品，这里便是。周末的加班车上，更多广州返来的回乡客，一根扁担，就挑尽了大包小笼。此情此景，总令我想起杜米埃（Honoré Daumier）的名画《三等车上》。只可惜香港没有产生自己的杜米埃，而电气化后的明净车厢里，从前那些污气、土气的乘客，似乎一下子都不见了，小贩子们也绝迹于月台。我深深怀念那个摩肩抵肘的时代。站在今日画了黄线的整洁月台上，总觉得少了一点什么，直到记起了从前那一声汽笛长啸。

写火车的诗很多，我自己都写过不少。我甚至译过好几首这样的诗，却最喜欢土耳其诗人塔朗吉（Cahit Sitki Taranci）的这首：

> 去什么地方呢，这么晚了，
> 美丽的火车，孤独的火车？
> 凄苦是你汽笛的声音，
> 令人记起了许多事情。
> 为什么我不该挥舞手巾呢？
> 乘客多少都跟我有亲。
> 去吧，但愿你一路平安，
> 桥都坚固，隧道都光明。

一九八四年五月七日

山　缘

之一

外地的朋友初来香港都以为这地方不过是一大叠摩天楼挤在一起，一边是海港，另一边呢，大概就是中国内地了。这印象大概来自旺角、尖沙咀、中环的闹市。除此之外，他们大半不知道还有个腹地深广而且仍具田园风味的新界，更别提那许多各有洞天的离岛。

香港的面积约为新加坡的两倍，却因地形复杂，海岸弯曲，显得比新加坡大出好几倍来。香港街上人多，是有名的。你走在旺角街头，似乎五百万人全在你肘边。不过香港也多山，多岛，多半岛。推开香港的窗子，十扇里面至少有七扇是对着海。不是对着同一片海，是对着大小不一色调各殊的水域，有的是文静的内湾如湖，有的是浩淼的外海无际，有的是两岸相望的海峡。地形如此分割，隔出了无数的小千世界。我有好些开车的朋友，住在九龙的不敢贸然驶去港岛，住在港岛的呢，轻易也不愿开过海来。我住在沙田，离尖沙咀的繁华焦点不过十二英里，中间不过十二盏红灯。可是说来你也不信，航空信到我的信箱里，要比城里晚上一天，甚或两天。尽管世界正变成地球村，沙田却比尖沙咀慢了一日。谁教沙田的风景那么好呢，美，不免要靠距离。迟一天收信有什么关系，世界可以等一等。

一位朋友初从台湾来，站在我的阳台上看海，神情略带紧张地指着对岸的一列青山说："那就是大陆吗？"我笑起来，说"不是的。在这里，凡你所见的山和水，全是香港。你看对面，有好几个峰头肩膀连在一起，那是八仙岭。翻过脊去，背后是麻雀岭。再过去，才是宝安县。香港，比你想象的要大很多。"

之二

我这一生，三次山缘。中学时代在四川的乡下，四面都是青山，门对着日夜南去的嘉陵江，夜深山静，就听到坡下的江声隐隐，从谷口一路传来。后来去美国的丹佛教书，在落基排空的山影里过了两年。在丹佛，如果你朝西走，每一条街的尽头都是山影，不是一峰独兀，而是群山竞起。如果你朝西开车，就得把天空留在外面，因为几个转弯之后，你就陷入怪石的重围里去了。落基山地高亢而干燥，那一丛丛一簇簇鸟飞不上的绝峰，没有飘云可玩，只有积雪可戴。那许多高洁的雪峰，琼列天外，静绝人间，那一组不可相信却又不许惊呼的奇迹，就那么日夜供在天地之间，任我骇观了两年。

第三次山缘，在沙田。整个新界只是大陆母体生出来的一个半岛，而自身又生出许多小半岛来，探入浩阔的南中国海。海也是一样，伸进半岛之间成了内湾，再伸进更小的半岛之间成为小港。就这样，山与水互为虚实，绸缪得不可分解。山用半岛来抱海，海用港湾来拥山；海岸线，正是缠绵的曲线，而愈是曲折，这拥抱就愈见缠绵。我面前这一泓虚澄澄的吐露港上，倒映着参差交叠的侧峰横岭。浅青淡紫的脊线起起伏伏，自围成一个天地。这十年悠永的山缘，因水态而变化多姿。山的坚毅如果没有水的灵活来对照，那气象便单调而逊色了。丹佛的山缘可惜缺水。四川的山缘回响着水声，增添了袅袅的情韵。沙田的山缘里水韵更长。这里原是水蓝的世界，从水上看来，无论多磅礴多严重的山势都浮泛在空碧的波上，石根盘柢所托，不过是一汪透明。山为水而开颜，水为风而改态，风景便活泼起来了。其间再飞回几只鸥，就算是水的灵魂。

文静如湖的吐露港，风软波柔，一片潋滟的蓝光，与其说是海的女儿，不如看作湖的表妹。港上的岛屿、半岛、长堤、渡轮，都像是她的佩饰，入夜后，更亮起渔火与曳长如链的橘色雾灯。这样明艳惹眼的水美人，朝暮供奉之不足，我岂敢私有？不过堤内的船湾淡水湖，千顷的纯碧放得下整个九龙半岛，水而谧无帆樯，似乎鸥鹭都不敢狎近，在我私心深处倒有点视为禁区，不希望别人鲁莽闯入。幸好她远在边陲，美名尚未远播，所以还没有怎么招引游人。台湾的朋友来港，只要天色晴美，我总是带去惊艳一番。一上了那六千英尺的长堤，外面的海色尚未饫足，一回头更讶异这里面的湖光，竟然另辟出一个清明的世界。左顾右盼的朋友，总不免猛然吸一口气，叹道："想不到香港还有这样的景色!"于是一股优越感油然从我的心底升起。谁教他那样低估了香港呢,这猝不及防的一记"美之奇袭",正是对他的薄惩。

惊艳稍定,不容来客多事反省,便匆匆推他上车,绕过雄赳赳的八仙岭,一路盘上坡去。新娘潭、乌蛟腾,也许下车一游,但往往过而不入。到鹿颈,则一定会停下车来,一方面为了在这三家村的小野店里打一下尖,吃一碗鱼丸米粉;另一方面,因为这里已经是天涯海角,再向前走就没有路了。所以叫做鹿颈,也许就是路尽了吧。

其实鹿颈再向前走并不是没有路,而是只有"单路"了。不是单行道,而是路面忽然变窄,只容一车驶过,可是对面仍然有车驶来,所以每隔三四十丈路面就得拓出一个半月形来,作避车之用。来去的车就这么一路相望而互让,彼此迁就着过路,也有一种默契心照的温情。偶尔也会绝路相对,两车都吃了一惊,总有一方倒车让路,退进半圆的避车处去。这条"绝处逢生的单路",这头从鹿颈进去,那头接通沙头角公路出来,曲折成趣,竟然也有两公里的光景。可以想见,一路车辆不多,行人更是绝少,当然自成一片洞天,真是天才的妙想。

这条幽道的另一妙处,是一路紧贴着水边,所以一边是山,一边是沙头角海,简直可以说是为了看海而开。可是把我们招来这一带水乡的最大诱因,却是盐灶下对面的鹭洲。这"盐灶下"原是岸边的村名,对面湾中的鹭洲则是一座杂树丛生的小屿,不过一百码宽的光景,是野生禽类的保护区。岛上栖满了白鹭,总有七八十只。最好看是近暮时分，一只只飞回岛上，起起落落，栖息未定的样子。那一氅氅高雅的皎白，回翔在树丛青绿的背景上，强调得分外醒眼。这些都是黑腿黄喙的大白鹭，长而优美的颈项弯成天鹅的Ｓ状，身长大约三十五英寸。有时会成群立在水浅处的石上，一齐迎风对着潮来的方向，远远望去，好像是虚踏在波间。俯首如在玄思，其实是在搜寻游鱼。最妙的绝技是灵迅地掠过水面，才一探喙，便翩翩拍翅飞起，嘴里却多了一尾小鱼，正在惶急地扭挣。

我们最爱在近岛的避车处歇下，面海坐在水边。群鹭看海，我们看鹭。偶然有一只挥动白羽，那样轻逸地滑翔在半空，把白点曳成了白线，顿时，风景也生动了起来。再栖定下来时，山还是山，水还是水。麻雀岭这一边屏住的世界，什么也没有发生，古渡舟横，只有野烧的白烟从从容容地在四围山色里升起。若问那一群涉水的白衣羽客，麻雀岭的背后是怎样的天空，你一定得不到答案。面对这一湾太平的水光和岚气，岁月悠悠，谁相信一山之隔，那一边曾经被"文革"捣得天翻地覆。而这一边，直到今天，矮矮的红树林仍然安静地蹲在岸边，白花花的鸭队仍然群噪着池塘。每次我们都说，鸟族知己的刘克襄如果来此地一巡，必定大乐。

不知有汉，无论魏晋。虽然沙头角在远处撑起了高厦，成为一角缺陷，这一片净土与清水却躲过了文明。泥头车、开土机都绕道而行，没有一头鹭被废气呛得咳嗽。我的朋友说："到了这里，一切都透明了。心里也是沙明水净。"于是我们像孩子一般漂起水花来。这一带，是我私心的一只宝盒，即连对自己也不轻易揭开，怕揭得次数多了，会把梦放掉。有时候也愿意让过境的朋友来一窥，而每次，车从鹿颈进去，都像是在轻启梦的宝盖。

鹿颈之为盒盖，不仅因为单路从这里开始，更因为那几户人家是蜷偎在山脚下，要绕过一座压人面额的绝壁，才会像顿悟一样，猝然发现里面的天地。香港多山，才会有这种峰回路转开阖多变的胜境。山丘占香港陆地的四分之三，但是土层稀薄，土壤不够肥沃，只能养出离离的青草和灌木，因此境内有不少较高的山峰都露出嶙峋的石壁或是荒野的陡坡，仰眺只见一片锈赭或淡紫红色。地质学家说，大约在两亿五千万年前的中生代，这里有剧烈的造山运动，被神力褶皱的变质岩与结晶岩里，侵入了花岗岩与火山岩。这也许可以说明，此地的山色为什么会呈赭紫带褐之色；像吐露港隔水的八仙岭，在山腰以上，尤其是到了秋后，就见这种色调。每次驶过山下，一瞥之际，总有重见落基山颜的幻觉。

之三

境内的几座名山，要论魁伟雄奇，自然比不上落基山脉那么压地凌天。单论高度，那条山脉仅在科罗拉多一州就有五十四峰拔尖到一万四千英尺以上。香港境内的最高峰在大帽山，也不过九百五十八公尺，只到落基的膝下。不过就当地而言，一座山是否显得出众，还要看四周的地势。半岛多如复肢的新界，水近地窄，山势往往无端陡起，不留余地，一下子就劫去了半个天空，令人吃惊。马鞍山北侧的坡势那么峻急，到海边却戛然煞住，真是崖岸自高。狮子山南面而君临九龙，筋骨毕现而顶额突兀的石貌下，大小车辆到此，不由得不偎着狮爪匍匐以进。那气派，看了十年仍觉得慑人。如果沿清水湾道朝东走，更有一尊彪然巨影挡掉一大块天色，探头一看，竟与飞鹅岭打了个照面。那岌岌可危的怪岩一削千尺，秃不可托。难怪上个月一个少年低估了这险巇，在上面只一失足，便掉了性命。

这些峻峰虽然各踞一方，桀骜有如藩镇，我却可以敬而远之，唯有近处的一座山，苍青的影子一直罩在我肩上。那是鹿山，正当我们楼居的西面，魁梧的轮廓横在半空，我的下午有多短，黄昏有多长，全由他来决定。马鞍山抛起来的旭日，被他接住时已成了夕阳。所谓晚霞，全是夕阳在他的背后烧炼出来的花样。从我的卧室望出去，一整排八扇长窗，山势横行而不绝，展成一幅可以卧游的元人手卷。每逢好天，晴翠的岚气便映得满室苍然。在香港住了十年，山外的世局变幻如棋局，楚河汉界，斜马直车，数不清换了多少场面，甚至连将帅都换过了，唯有这一座青山屏在西边，永远不变。这种无语的默契，可靠的伴陪，介乎天人之间的感应，久已成为我山居心境的基调和背景。无怪李白和辛弃疾都要引脉脉的青山为知己，而陶潜一望，此中的真意便千古悠悠。

十年下来，对面这鹿山也成为我的知己了。尽管山腰剖出了一线之地，让大埔道上碌碌的车队追逐而过，那只是青山的过客罢了，等到车过尘定，仍然留下我独对青山。

最妙的是山之西南有一条瀑布，或者该说是半条瀑布。并不是峰回路转遮去了一半，而是晴天有悬崖而无水，雨天才水到瀑成，远远望去，倒曳着一注闪闪的白光。如果是小雨，她还不肯露面呢。最动人是在雨季，山中一夜豪雨，第二天早上她就翩然出山来了。体态的纤弱与丰盈，要看雨势的大小。如果是大雨连日，就算是已经放晴了两天，她仍然袅袅不断。我为她取的小名是"雨娃"。

之四

新界半岛之分歧，港湾之杂错，多在东部。半岛多的地方，港湾也不会少，海岸线自然曲折可观。这许多半岛往往是伸出海去的蟠蜿山势；走在险窄而回转的山脊上，可以看见两面的海水，各蓝各的，令人不知该左顾而笑，还是右眄而惊。如果山势入海而复出，成为青岛和翠屿，跟岬角互相呼应，海景就是更可观了。从马鞍山到飞鹅岭，新界东岸的迤逦山势，旁歧斜出，东走而成辐射的西贡半岛，南走而成狭长的余脉，一峰孤拔，就像石涛捏造的那样，正是钓鱼翁山。飞机从台湾东来，尚未回旋下降，总是先看到这许多络绎人海的青山、青岛，错综而参差，列成最壮观最气派的仪队，争来水镜上迎接。黄庭坚从岳阳楼上远望君山，说"可惜不当湖水面，银山堆里看青山。"不论古人如何爱山成癖，总无缘从机舱的高度作快速的鹰巡。古人行旅困难，所以民谣埋怨说"朝发黄牛，暮宿黄牛，三朝三暮，黄牛如故"。西贡半岛外错落成阵的列屿，

75

青鬟翠髻，在虚空与幻水之间，忽焉而现，忽焉而隐，不过是片刻间指顾的事。我说那是最壮观的仪队，因为我检阅过多少次了。从屈灵均到李太白，所有的游仙诗都是真的。

西贡半岛的东南端，山势如环，围成了一个水库，叫万宜淡水湖，从最远的西北角算起，全长也有五公里半，只比船湾淡水湖略小一些。湖岸迂回转折，胜于船湾，湖中还有一座小岛，孤零零地耸着青峰，叫水径顶，看上去，景色又比船湾多变。四周山势起伏，虽然都只是二三百公尺的小丘，但坡度峻斜，从开阔的水面平白崛起，也就教人瞩目。从九龙东北行，车到北潭涌，就不准通行了，停下车来，走上坡去，喘息渐剧之余，正觉得山路永无止境，忽然瞥见坡顶一盖小亭招人歇脚。到了亭下，风景大变。两边的山壁剖处，一泓幽秘的碧水向外面的世界展开，那明净的蓝光，纯洁得像从未照过生人的影子。可以想见，还有更空旷更开阔的豪蓝波域藏在绝壁的背后，魔盒，只露出一条蓝缝而已。我们沿着石壁一路寻去，魔盒终于大开，纵深的湖景尽在脚下。那盈盈艳异的水光，一瞬之间似乎有所启示，正要宣之于口，咦，怎么已忘言了。缘着水湄，麦理浩径曲折向南，晴脆的冬阳下，大家挥着折来的芦苇，拂弄那一湖娴静的水色。过了元五坟，地面渐窄，我们像是走在龙背上。忽然路势一转，右面顿觉天地洞开，外面流着一弯蓝河，色调更深于里面的湖波，对岸是山，山外是水，不知究竟是谁围着谁。定神再看，才发现那弯河水竟通向更外面的水域，原来是海。所谓河，原来是峡

76

湾。四望只见山海相缪，黛绿套着邃青，最大的谜啊静寂无声，那里面的含意超乎人意。那一片真实的幻景，令我迷惑了好几天。

沿清水湾道东南驰，另是一弯半岛，窄处只有半公里的样子，细巧得像银匙之柄。车行又快，两边的蓝水一样诱人，不知道该看哪一边好。路随山转，终于到了大坑墩，正对着海。夕照里，只见一列青紫氤氲的石矶，在几百码外与海岸平行地排开，最能逗人梦想。更远处，在海天难分难解的边缘，横曳着一带幻蒙蒙的霭气，那样虚渺，那样地捉摸不定，所谓天涯，就是那样子吗？怪不得凡是望海的眼睛，都茫茫然了。有一首歌说："晴朗的日子看得见永恒。"想得倒是很美。其实我们所望得见的，即使来到这路的尽头，岸的尖角，也无非全是美丽的谜，再猜也猜不透谜底。水平线，如果真有那么一条线的话，就算是永恒了吗？怪不得我们再也捉不到了。要真捉到，就捉住造化的破绽了吧。

收回眺海的目光，向南窥望，只见无数峰头在耸肩探首，纷纭杂沓的山势，一层层深浅交加的翠微，分也分不清谁主谁客，只像几十匹黛鬣青毛的庞然海兽，或潜或起，或泅或渡，不知道究竟要成群泳去何处。培根说："没有一种精妙的美不带点奇异。"但是此地的美却带点骇异，令人蠢蠢地感到不安。

背后有一盘沙土镇石的近丘，肩住北面的天色。山腰有路，蜿蜒着一痕白丝，像有意接我们上去。"上头来看看吧，别尽在下头乱猜，"山风隐隐地说。锡华和我心动了。

一前一后，我们向乱石和丛荆里去寻找那曲径的索头，把它当缒带一样攀上山去。地心引力却一路追来，不肯放手，那劲道愈来愈沉。心脏的悸动猛捶着胸口，捶响野蛮的耳鼓，血，也喧噪着汹涌着起来助阵。锡华说："不能停，对心脏不好。"两人奋勇高攀，像古代的战士在攻城时抢登云梯。忽然，下面的人声顿歇。扯后腿的那怪手也放弃了。

百仞下，无声的人群密密麻麻地爬满了一地，有的蠕向海边，有的进出红亭，把那扁圆的土台缀成了一块芝麻小饼。天风突然自背后吹来，带着清醒的海气，汗，一下子就干了。四下里更无遮拦，任凉飙长驱而来，呼啸而去。我们已经登临绝顶。

"这才有成就感。"锡华一掠乱发，得意地笑道。

话没说完，两人一齐回过头去。顿时，都怔住了，震住了，镇住了。满满一海的层浪，千褶万皱，渐递渐远，正摇撼近岸的洲渚矶石和错落海中的大岛小屿，此起彼落，激起了碎白的沫涡。更远处，对岸又掀起无数的青山夹赭山，横岭侧峰，龙脉起伏，或瘦脊割天，或峻坡泻地；这浮在水上，摊在天下的山族石谱，真不是一览可尽。一路攀上这丘顶来，我们当然知道山外有山，水外有水，却不防这一面的世界竟会展开这样的宏观，令人一口气呛住了，吸不进去。这壮丽的景象，太阔大太远了。层浪无声，群山阒然，在这样的距离之下，所有的实景都带点虚幻。这是冥冥的哑剧吗，还是长达百里的启示录呢？不留心看时，就错过了。当启示太大，总是没有人看见。令人震慑的大寂静里，只有长发披天的海风呼啸路过。远处，只剩下了一只船。

之五

　　香港的山脉，西起屯门的青山，东至西贡半岛的南蛇头，郁郁苍苍，绵亘六七十公里。要为山神理出井然有序的族谱来，可不容易。如果我是秃鹰或麻鹭，振翅三天，也许可以巡睃个明白。但是从地面看来，无论你怎么仰面延颈，决眦荡胸，总难看出个究竟。那许多叠肩接踵交腹错背的山岭，不能为你排成整整齐齐的行列，让你对着地图来点名。山，是世界上最雄奇最有分量的雕塑，每一座都屹立在天地之间，不会为你的方便而转体。这伟大的立体啊要面面观，就得绕着它打转。为了饱览对海的马鞍山，我曾绕了一个大圈子，从沙田穿狮子山洞，过黄大仙、牛池湾、西贡，一直到企岭下海，等于站在马鞍山的脚趾上仰瞻那双脊陡起的傲峰。那是冬天的半下午，可是那一面背着斜照，只见到黑压压的一大片背影，体魄魁梧得凌人。如果你有被虐狂，倒真是过瘾。归途是一个反向的大 U 转。回到沙田，右侧仰看那争高的双峰，仍在天际相持不下，但这一面朝西，正对着落日，还是将暮未暮的光景。也只有马鞍山这么锋芒毕露，才能划然割出了阴阳。

　　看山还有一层障碍，那便是远山虽高，却蔽于近阜。徐霞客游华山，就说"未入关，百里外即见太华屼出云表。及入关，反为岗陇所蔽"。大帽山号称香港最高，凡九百五十八公尺，合三千一百四十二英尺，但是近在沙田，反而仰不可见，因为中间隔了好几层近丘。登我楼顶的天台，西向面望，只见连嶂的青弧翠脊交叠于天际，真教人叹一声："可怜无数山。"

为了把新界看个真切，把衮衮众山看出个秩序来，和国彬拣了一个秋晴的日子，去大帽之顶朝山。浅米黄色的桂冠房车似乎也知道秋天是它的季节，在晌午的艳阳里，光彩焕发，奕奕地驰上了大埔公路。一过石岗，坡势渐起，两侧的山色也逼拢过来。在荃锦道上一个仰冲，就转上了左侧的大帽山道，反向东北角上那一堆跟天空过不去的块垒，咻咻然盘旋而进。群峰作壁上观，超然不动声色，倒是桂冠对陡坡很发了几次脾气，一向低沉的喉音变成了暴躁的男中音。终于到了山腰的小平台，停下车来。我拿了地图，国彬和我存分提了饮料与野餐，便朝仰不见顶的主峰进发。

这时我们的托脚之地，海拔已经有七百公尺，比上不足，比下却绰绰有余。山道蟠蜿向天，引力甸甸向地，不到半小时，这九秋的三人行已经脚酸、气促、渗出了汗来。空气不如预期那么清朗，没有云，却笼着一层薄薄的岚气，否则午后的阳光会更炙人。我把地图转来转去，想把掌上的寸山尺水还原为下界那一片夐辽的人世。那一汪蓝悠悠是什么湾？为什么图上没有那几座岛呢？那一堆乱山背后，白晃晃的排楼又是哪里呢？七嘴八舌地，大家争论着。地图是平面的，下面的世界却是立体的，向日和背日的地带更平添许多惑人的光影，而且总有一些不相干的土阜石丘和芦苇灌木之类碍在中间。不尽兑现的地图，令人失望。每转一个弯，脚底的世态又变了样，方向也都变了。而地图还是这一张平面，真不晓得，大帽山脉这条曲道迂回下山，究竟是来迎接我们，还是来戏弄我们。

"那不是大埔吗?"

"哪里看得见什么大埔呢? 你把地图根本拿倒了。我看是九龙。"

"九龙? 那么狮子山在哪里呢?"

"那边应该是荃湾才对。你看，烟囱那么多，白腾腾的。"

太阳渐渐斜了，可以推断西南方在那一边。我们终于认定刚才那一丛人烟确是荃湾，而更远处，有桥影横水的地方就是青衣岛。有了这定点，就容易把握全景了。一个半小时之后，我们站在巍巍的大帽顶上，肆无忌惮地仰天俯地，谈古说今，指点着极南的这一片乐土。脚下的人烟或在乱山的缺口，或在丛莽的背后，或被峭壁半遮，我们左顾右盼，指认出红尘密处的维多利亚港，和散布在四野的大小卫星城镇。而每次认出了一处，惊喜之余，总讶怪其假山贴水、纤巧可笑的幻影。管你是千门万户、短巷长街，患得患失的熙熙攘攘，都给缩成了可有可无的海市蜃楼。"楚之南，少人而多石。"那是柳宗元的时代。脚下那一片繁华世界不但石多，更且人多，多得要与石争地，与海争地，在天翻地覆的后门口，在亡逋和海难船的末站，在租来的弃土和倒数的时间，率妻子邑人，把绝境辟成了通都。

"人与山相遇，而大功告成。"

布莱克曾经壮乎其言。站在天涯海角的最高峰上，站在香港和日月最近的这顶点，终于和围拱的众山相遇。站在登山的十四弯最后的这一弯上，站在这大看台上如跪在圣坛上，我默默向满是秋色的天地祝祷，凭在场的大小诸峰作证，但愿这一片逍遥的乐土永远幸福，做一切浪子的归宿，而不是惶惶征夫的起站。

落日更斜了。这高处既无栏杆可拍，与国彬同来，也不需叹什么"无人会，登临意"。我把摘来的一长杆银花芦苇举起来，向北面的峰岭和渐渐苍茫的颢气，那么悠扬地挥了一挥，算是对古今的英雄豪杰，对登峰造极的一切心灵，都致了敬意。

一九八五年一月三十日

飞鹅山顶

　　香港的地形千褶百皱，不可收拾。蟠蟠而来的山势，高者如拔，重者如压，瘦者欲削，陡者欲倒，那种目无天地的意气，令人吃惊。这是一个没有地平线的海港。天地之间只有一弯弯不规则的曲线，任何美学都插不了手。那一层套一层的淡紫浅青，起起落落，参参错错，一直交叠到边境。那许多令人迷乱的曲线，怎么得了。山色是千古不解的围局，无论哪一个方向有了缺口，立刻有更多的青山从远处围来，务必不让这翠环中断。

　　我不知道山的轮廓为什么如此动人。也许因为它是天和地的界限，一切瞭望的目光要沿着它逡巡。也许因为山的轮廓正如人的轮廓，能够突出个性。一座山要有个性，必须轮廓突兀，棱角分明，令人过目不忘。海拔倒不一定要多高，最要紧是出类拔萃，迥然超凌周围的地势。险峻的感觉来自相对的高度，不是绝对的海拔。质感也很有关系：石山磊磊当然土丘碌碌更见性格。如果石颜古怪，绝壁又咄咄逼人，当然就更加可观。要是再有水来衬托，无论是汪洋万顷，澄澈一泓，或是飞瀑一纵，那就更添灵秀之气，在性格之外更见神韵了。

　　香港的山峰颇有一些具有个性。由于山多地狭，海波环绕，许多山都俯临在水上，隔水望去，更显得顾盼自雄。众尖并傲的八仙岭障在北面，巍峨的壁垒排成了一道边关，本来是不能再雄壮了。但是它高崎在吐露港上，后面是天，前面是水，倒像是虚悬在空明之间。双峰争雄的马鞍山，前峰当海，陡坡上遍体青绿，后峰却不生树木，负气扭颈的峰头下，赤裸的躯体露出暗紫的肤色。十年来我登楼远眺或是驶车绕行，曾经从不同的方向、距离与高度瞻仰过这一对山灵，有时觉得前峰较高，有时又觉得后峰更峻，一直到现在还未定高低。这些山，已成为我目赏心仪的忘年之交，就像蚍蜉攀交大桩一样，也真是高攀了。

近年夫妻两人都是爱上了石头。她爱的是最小最精的一种，玉。我爱的是最大最粗的一种，山。她的爱品私藏在身上，我的，只能公开地堆在天地之间，倒也不怕人来掠夺。这些山石无非是米元章、徐霞客传授给我的，我死之后，也将传给后世的石迷山癫。比起来，她玩的石头是贵了一点。

我们赞美风景，爱说江山如画。其实画是静态的，失之于平面。山，是世界上最惊心动魄的超级立体。看山犹如看雕刻，必须面面观赏，才能成岭成峰，否则真是片面的画了，香港的奇峰怪岭，只要可能，我总爱绕行以观，窥探它们变化各殊的法相。看了十年的马鞍山，一直是它朝海的正面，直到最近，我才绕过它的佛身，到企岭下海的岸边，骇然引颈，仰望它项背的傲骨。我站的岸边相当于它的脚后跟，近在头上，它那与天争位的赳赳背影沉重地压下来，欺负着近处好几里的空间，连呼吸都受到了威胁。当时我的幻觉，是怕它忽然回过身来，嗄，发现了我。这种意识蒙眬的恐惧感，以前隔水看山是不会有的。

其实马鞍山不过七百公尺海拔，可是它的山脚浸到海中，急性子的陡坡名副其实是拔海直上，一下子就上了天空。另一座脾气不小的怪峰是霸住观塘和九龙城上空的飞鹅山。东行的大小车辆一罩进了山影，都像低头在过矮檐。山顶是看不见的，除非你车顶上开个天窗。每次太太都要警告我：“小心开车！不要看山了。”所以我没有一次把怪山看清楚，只能惊鸿一瞥，不是的，是恐龙一瞥。

我对飞鹅山一直都很有仰慕之情，设想立在峰顶，该是怎样得意的眼界，可是山高坡峭，只怕是登天无门。终于有一天，在地政署绘制的郊野详图上，发现有一条山道蜿蜒北上，可以绕飞鹅山一周下来。立刻便和我存驾车去探个究竟。

正如地图的说明所示，飞鹅山道又陡又狭，只能让一辆车依反时钟方向单行而上。桂冠房车在最低挡的驱策下，一路腹诽着奋力盘旋前进。一盘盘的山道像绳索，牵动着四面的峰峦像转陀螺。王思任早就说过：“从南明入台山，如剥笋根，又如旋螺顶。”山道狭窄而多曲折，前途总是被绝壁挡住，开头我还轻按喇叭示警，不久才发现确无来车。等到人烟渐渐落在下界，上面的群峰就聚拢过来，开它们巨头的高层会议。

忽然，道旁闪出了一方石碑，几个红字近前一看，竟是“国父孙中山母亲杨太君灵墓”。不由停下车来，翻看地图。原来此地叫做百花林，位在飞鹅山麓之东北。这真是

飞鹅山顶

意外之喜。我们立刻依着碑上箭头的方向，沿着芦苇杂生的石径走下坡去。大约一百码下，就瞥见几株疏杉之间露出一角琉璃瓦顶的憩亭。再一转弯，墓就到了。坟地颇宽，约占三十多坪。后面是一道红砖砌成的矮墙，墙头盖着青瓦。墓硕大而隆起，乃水泥所建，正面一方灰青石碑，上面刻着"香邑孙门杨氏太君墓"几个金字。字体浑厚，不知道是否国父的手迹。墓前水泥铺就的大幅地面，又用矮矮的石栏围护。凭栏向东俯眺，只见山重水复，幽邃的谷地开处，是泊满艇船的白沙湾，更远处该是西贡海面，散布着三五小岛像是牛群在渡水，只略略露出了牛背。

"这风水真是不错，气象非凡。"我叹道。

"怎么比得上中山陵呢！"她说。

"中山陵当然气象博大，却不像此地负山面水。要不是墓里的母亲带大了她的孩子，亚洲第一共和国由谁来带大呢？单凭这一点，这座坟就不朽了。"

"也真是的，来了香港十年，一直不知道国父的母亲葬在飞鹅山上。"

"我想许多香港人也不知道。"

"不知道她怎么会葬在香港。"

当天回家之后，我去中文大学的图书馆借了六七本国父的传记，专找记述杨太夫人的段落，为她描出了这样的轮廓：国父诞生的那一年，杨太夫人已经三十九岁。国父十二岁时，母亲带他从澳门乘一艘两千吨的英国小轮船去檀香山，依他的长兄德彰生活。据说杨太夫人当年就自行回国。此后她的行止在国父许多传记里都没有记载，直到最后才见于罗香林的《国父家世源流考》："杨太夫人于清末随长子德彰寄居香港九龙城东头村二十四号。宣统二年夏卒于旅寓。时国父适在海外，由同盟会员罗延年经纪其丧，葬于新界西贡濠涌百花林。"

宣统二年（一九一〇）正是辛亥革命的前一年。杨太夫人病逝于那一年的七月十九日，当时国父正在新加坡为革命奔走。推算起来，杨太夫人享年八十三岁。国父之父死时七十六岁，也可称长寿了。但是国父一生只得五十九岁，可见革命与建国的辛苦。杨太夫人生于道光八年（一八二八），卒于宣统二年，生卒之日都在阴历六月十三，真是巧合。她死的时候，孩子不在身边，革命也尚未成功。古来的志士烈士但知有国，不知有家。国家之幸，未必是家庭之福。每一个伟人的背后，必定有一个更伟大的女人，也许是妻子，也许是母亲，默默地承受着重大无比的压力。接到夏完淳狱中书的母亲，捧着林觉民诀别信的妻子，她们的那颗心，要承受多么沉重的锤打呢？苏轼的母亲读东汉范滂传，慨然叹息。苏轼问她："我要是做范滂，母亲肯吗？"苏母说："你能做范滂，难道我不能做范滂的母亲？"

历史虽然由志士写成，其代价，却由无数的母亲担负。

正是初春，怯怯的鸟声在试探空山的岑寂，回声里有湿湿的野意。我心头思潮起伏。古墓阒然，墓中的灵魂不置可否。几乎忘了，这已经是七十五年，四分之三世纪的古墓了。碑前的石炉里怔怔地插着十几炷残香，三脚架支着的一个花圈倚在墓前。墓的方向朝着东北东，不能说是正对着钟山。小时候，我虽然拾千级石阶上过白巍巍的中山陵，却不记得那坊门是朝南朝北了。

我们沿石径攀回飞鹅山道，重新驱车上坡，向枕田山进发。意外顶礼过石墓，这一带的荒山野道顿然有情起来，连四面的鸟声应答也有了韵味。我把车窗旋下了一半，把呼应的鸟声和料峭之中带点薄雾的山气放进车来。盘盘旋旋的山道不断，从绝壁的背后闪出来接应我们，每一次只要差那么一瞬，绝处就没有生路了。山谷郁沉沉地在我右手，一泻千尺地斜向远处的海口，每逢丛莽与野花疏处，就向我敞开它两坡的密树，和海口那一片错落的红屋顶。如果山谷是半公开的秘密，只肯半敞给海看，那我从这后面的高处俯瞰，只能算是倒窥牛角尖了。

一整座空山把初春托得高高的。一整盘山道天梯一般架在上面，只为把我们接上去，接上绝顶。终于登上了四面皆荒的大老坳。上飞鹅山，犹如剥开天地间的一只黛青色巨果，一削山脊是一瓣果瓤。可是剥到大老坳，却剥开了一脊又一脊沙土的荒山像干了的瓤瓣，骤眼望去，苍凉得天荒地老。要是沿着脊椎上那一痕白灰灰的线径走过去，怕就会走到一切故事的尽头。

山道到此，忽然向南一个逆转，攀向更高处。我们在顶点的平地上停下来。一落数百英尺的坡下，起伏参差的是一簇簇矮丘的峰头，再下去，忽隐忽现在蜿蜒坡路的尽头，隔着清明将至的薄雾和一层，唉，不是红尘，是灰尘的淡烟，却见恍若蜃楼而白得不很纯洁的街市，似乎有车辆在移动。那该是牛头角和观塘了。更远更幻的是隐隐约约启德机场的跑道，有急骤而跋扈的呼啸在震撼附近的空间。再过去，越过一片灰蓝色的水面，那么不真实地虚浮着的排楼，重重叠叠，远得分不出窗子来的，莫非，就是香港吗？怔怔望了半天，忽然她说：

"你看那边的悬崖上，好像是一座看台。"

"对，好像是的。像一只燕窝。去看看。"

"小心一点，两个月前，就有个青年从飞鹅山掉了下去。"

终于走到崖边。那是一座小瞭望台，四周围着栏杆，栖在崖边上，有一种冒险的刺激。阴湿湿挟着雾气的海风迎面扑来，把我们的乱发吹成，什么呢，狼狈的翅膀？我们完全暴露在旷阔的空间，一任希望和回忆都飞扬在风里。站在这千山的焦点，像骑在青龙背上，龙脉左蟠右蜿，一股莽莽苍苍，是探向东北的西贡半岛，另一股是鳞爪欲动的清水半岛，攫向东南。其间攀龙附蛟，助长声势，不知道呼应着多少矶岬与岛屿，只见弯弯的一痕白线牵动着，唉，多少远浪。

一回头北方又是重山复水，另一个天地。高傲不驯的马鞍山，双峰只露出一个头顶，变成了单峰驼了。八仙岭的连峰却赫然浮出北天，尽管那么远了，青朦朦的山色依然横亘得可观，真不愧边境的重藩巨镇。而拱卫在它左前侧的那一边矮驯的平岗，有坡势斜入水中，又有两块巨碑一般的东西，一左一右遥遥对峙的，咦，却有点面善。

"那又是什么地方呢？"她指着那平阜说。

"那是——呃，我看——岂不是中文大学吗？"

"对了，右边是新亚的水塔。左边，是联合。坡边的危楼，哪，灰蒙蒙的，恐怕就是朱立他们的宿舍。"

"这么远，像一个小盆景。"

像一场梦。在没有料到的距离，从不能习惯的角度，猝然一回头，怎么就瞥见朝朝暮暮在其中俯视仰笑哭的"家"，瞥见了自己身外的背影？十年的北望与东眄，沉吟与歌啸，沙田的风流真的要云散了吗？跟我们一同上山的四个小女孩，都已经告别了童话，就在这样浩阔的风中，一吹，竟飞散去世界各地了吗？此刻隔山远眺，十年只成了一场梦幻，幻觉已经是化鹤归来。他日隔水回首，我的梦真会化成一只鸥，一夕辛苦，赶七百里的水程吗？辛亥的前一年，我在哪里呢？九七来时，我又在哪里？

对着珠江口这一盘盘的青山，一湾湾的碧海，对着这一片南天的福地，我当风默许：无论我曾在何处，会在何处，这片心永远萦回在此地，在此刻踏着的这块土上，爱新觉罗不要了，伊丽莎白保不了的这块土上，正如它永远向东，萦回着一座岛屿，向北，萦回着一片无穷的大地。

一九八五年四月

古堡与黑塔

一

欧游归来，在众多的记忆之中幢幢然有一座苍老的城堡，悬崖一样斜覆在我的梦上。巴黎的明艳，伦敦的典雅，都不像爱丁堡那样地崇人难忘。爱丁堡确是有一座堡，危踞在死火山遗下的玄武岩上，好一尊千年不寐的中世纪幽灵，俯临在那孤城所有的街上。它的故事，北海的风一直说到现在。衬在阴沉沉的天色上，它的轮廓露出城墙粗褐的皮肤，依山而斜，有一种苦涩而悲壮的韵律，莫可奈何地缭绕着全城。

从堡上走下山来，沿着最繁华的王侯街东行，就看到一座高傲的黑塔，唯我独尊地排开四周不相干的平庸建筑，在街的尽头召你去仰拜。那是一座嶙峋突兀的瘦塔，一簇又一簇锋芒毕露的小塔尖把主塔簇拥上天，很够气派。近前看时，塔楼底下，高高的拱门如龛，供着一尊白莹莹的大理石雕像，是一个长发垂眉的人披衣而坐，脚边踞着一头爱犬。原来那是苏格兰文豪司各特的纪念塔（Sir Walter Scott Monument）。

司各特与爱犬雕像（范我存摄）

司各特死于一八三二年九月二十一日。苏格兰人为了向他们热爱的文豪致敬，决定在他的出生地爱丁堡建一座堂皇的纪念塔，并在塔下供奉他的石像。建筑的经费由大众合捐，共为一万六千一百五十四镑。建塔者先后二人，为康普（George Meikle Kemp）与庞纳（William Bonnar）。雕像者为史悌尔（Sir John Steell）。一八四〇年八月十五日，也就是司各特六十九岁冥诞的那天，纪念塔举行奠基典礼，仪式十分隆重，并鸣礼炮七响。六年后的八月十五日，又行落成典礼，各地赶来观礼的苏格兰人，冒着风雨列队在街头，看官吏与工程人员游行而过，并听市长慷慨致词颂扬文豪，礼炮隆然九响。

司各特的坐像用名贵的卡拉拉大理石雕成，雕刻家的酬金为两千英镑，这在十九世纪中叶是够丰厚的了。甚至三十吨重的像座也是意大利运来的大理石，因为太重了，在来亨起运时竟掉进海里。纪念塔高达二百英尺又六英寸，四方的底基每一面都宽五十五英尺，这样的体魄难怪要气凌全城。塔的本身用林利斯高附近页岩采石场所出的宾尼石建造，据说这样的石料含有油质，可以耐久。塔外的回廊分为三层，攀到顶层要踏二百八十七级石阶。塔上高高低低有六十四个龛位，各供雕像一尊，以摹状司各特小说里繁多的人物。一个民族对自己作家的崇拜一至于此，真可谓仁至义尽了。莎翁在伦敦，雨果在巴黎，还没有这样的风光。西敏寺里的壁上也有司各特的一座半身像，却缩在一隅，半蔽在一个大女像的背后。

二

司各特不能算怎么伟大的作家，他的作品，无论是早年的叙事诗或是后期的传奇小说，都未达到最伟大的作品所蕴含的深度。他的诗可以畅读，却不耐细品，所以在浪漫派的诗里终属二流。他的小说则天地广阔，人物众多，文体以气势生动见长。以《威夫利》为首的一套小说，纵则探讨苏格兰的历史与传统，横则刻画苏格兰社会各种阶层的人物，其广度与笔力论者常说差可追拟莎士比亚的历史剧。司各特熟悉苏格兰的民俗，了解苏格兰的人物，善用苏格兰的方言与歌谣；这些长处，再加上一支流利而诙谐的文笔，使他的这一套小说当日风靡了英国，为浪漫小说开拓出一个新世界，而且流行于欧洲，启迪了大仲马和雨果。我们甚至可以说，这类小说是"历史乡土"；司各特真正为自己的人民掘土寻根，当然苏格兰人要崇奉他为民族的文豪。

司各特后期的小说将时空移到他不太深知的范围，例如法国与中东，成就便不如写他本土的《威夫利》系列。不过他博闻强记，加以上下求索，穷寻苦搜，一生的作品十分丰盛。除了《拿破仑传》之外，他还编了德莱顿与斯威夫特的作品集，为十八世纪的小说家作序，并在《爱丁堡评论》及《评论季刊》上发表文章，足见这位小说大家也有其学者的一面。

在十九世纪，司各特名满全欧，小说的声誉不下于拜伦的诗。到二十世纪，文风大变，他的国际声誉也就盛极而衰。西印度大学的英文教授克勒特威尔（Patrick Cruttwell）说得好：司各特的心灵"幽默而世故，外向而清明"。熟读亨利·詹姆斯或乔伊斯的现代读者，大概不会迷上司各特。可是从六十年代以来，也有不少严谨的批评家重新肯定他写苏格兰风土的那些小说。戴维在他的《司各特之全盛时代》（Donald Davie：Heyday of Sir Walter Scott）里，便推崇司各特为真正的浪漫作家，并非徒袭十八世纪新古典的遗风。

我一面攀登高峻的纪念塔，一面记起在大学时代念过的《护身符》（Talisman）。在我少年的印象里，司各特是一把金钥匙，只要一旋，就可以开启历史的铁门，里面不是杳无人踪的青苔满地，而是呜咽叱咤的动乱时代。他的小说可以说是历史的戏剧化；历史像是被人点了穴道，僵在那里，他一伸手，就都解活了过来。曾几何时，他自己也已加入了历史。我从伦敦一路开车北上，探赫斯曼的勒德洛古城，华兹华斯的烟雨湖区，怀古之情已经愈陷愈深。而一进了苏格兰的青青牧野，车行一溪独流的荒谷之间，两侧嫩绿的草坡上缀着点点乳白的羊群，一直点洒到天边。这里的隐秘与安静，和外面世界的劫机新闻不能联想。于是彭斯的歌韵共溪声起伏，而路侧的乱石背后，会随时闪出司各特的英雄或者乞丐。一到了爱丁堡，司各特的故乡，那疑真疑幻的气氛就更浓了。城中那一座傲立不屈的古堡，司各特生前曾徘徊而凭吊过的，现在，轮到我来凭吊，而司各特自己，立像建塔，也成为他人凭吊的古迹了。

在一条扁石铺地的迂回古巷里，我找到一座似堡非堡的老屋，厚实的墙壁用青白间杂的糙石砌成，古朴重拙之中有亲切之感。墙上钉着一方门牌，正是"斯黛儿夫人博物馆"（Lady Stair's House）。馆中陈列的画像、雕像、手稿、遗物等等，分属苏格兰的三大作家：彭斯、司各特、斯蒂文斯。楼下的展览厅居然有一只残旧脱漆的小木马，据说是司各特儿时所骑。隔着玻璃柜子，我看见他生前常用的手杖，杖头有节有叉，上面覆盖着深蓝色的便帽，帽顶有一簇亮滑的丝穗。名人的遗物是历史之门无意间漏开的一条缝，最惹人遐想。一根微弯的手杖笃笃点地而来，刹那间你看见那人手起脚落，牵着爱犬，散步而去的神态。正冥想间，忽然觉得眼角闪来一痕银白的光。走近了端详，原来邻柜蜷着一绺白发，弯弯地，约有五六英寸长，那偃伏的姿态有若饱经沧桑，不胜疲倦。旁边的卡片说明，这是司各特重病出国的前夕，某某夫人所剪存。一年之后，他便死了。只留下那一弯银发，见证当日在它的覆盖之下，忙碌的头颅啊曾经闪动过多少故事，多少江湖风霜，多少历史性的伟大场面。

三

司各特的小说令人神往，我却觉得他的生平更令我感动。他那高贵品格所表现的大仁大勇，不逊于出生入死的英雄。在五十五岁那年，他和朋友合股的印刷厂和出版社因周转不灵而倒闭，顿时陷他于十一万七千镑的债务。那时英镑值钱，他的重债相当于当日的五十多万美金。司各特原可宣布破产或接受朋友的援助，却毅然一肩承担下来，决意清偿自己全部的债务。他说："我不愿拖累朋友，管他是穷是阔；要偿债，就用自己的右手。"

他立刻卖掉爱丁堡城里的房子，搬回郊外三十五英里的别墅阿波慈福（Abbotsford）；本来他连阿波慈福也要拿来抵债，可是债主们不忍心接受。司各特夫人原已有病，迁下乡后几星期就死了。在双重的打击下，他奋力写书还债，完成了九卷的巨著《拿破仑传》。两年后他竟偿还了约值二十万美金的债，其中一半即为《拿破仑传》的收入。事变之初，他的身体本已不适，这时更渐渐不支，却依然努力不懈。事变后四年，正值他五十九岁，他忽然中风。翌年又发了一次。他勉力挣扎，以口述的方式继续写作。他的日记上这样记道："这打击只怕已令人麻木，因为我浑似不觉。说来也奇怪，我竟然不怎么张皇失措，好像有法可施，但是天晓得我是在暗夜中航行，而船已漏水。"

英王威廉四世听到这件事，更听说地中海的阳光有益病人，就派了一艘叫"巴伦号"（HMS Barham）的快舰，专程把司各特送去马耳他岛，后来又驶去拿波里和罗马。这样的照顾虽然比杜甫的"老病有孤舟"要周到得多，司各特的病情却无起色。他的心仍念着苏格兰。这时传来歌德的死讯，他叹道："唉，至少他死在家里！"在回程的海上，他因脑出血而瘫痪。回到阿波慈福后，重见苏格兰的青山流水，听到自己家里的狗叫，他迸出了去国后的第一声欢呼。几星期后，他死在自己甘心的阿波慈福，时为一八三二年九月二十一日，他的遗体葬在朱艾波罗寺的族人公墓，和亡妻并卧在一起。

不愿损害他人，是为大仁。不惜牺牲自身，是为大勇。这样的道德勇气何逊于司各特小说中的英雄豪侠。今日的富商巨贾，一旦事败，莫不挟款远飞，哪里管小民的死活。这种人在司各特面前，应当愧死。司各特不愧为文苑之豪侠。这一点，加上他笔下的阳刚之气，江湖之风，是召引我从伦敦冒着风雨，北征爱丁堡的一大原因。而现在，我终于攀他的纪念塔而上，怀着远客进香的心情。

四

八十年前，林琴南译罢《撒克逊劫后英雄略》，在序中推崇作者为"西国文章大老"，又称他文章之隽妙"可侪吾国之史迁"。林老夫子不懂英文，"而年已五十有四，不能抱书从学生之后，请业于西师之门……虽欲私淑，亦莫得所从。"但是他把司各特比拟司马迁，却有见地。太史公的至文在他的列传，写的虽然也是历史，但其中人物嬉笑怒骂，事事如在眼前，也真是历史的戏剧化。况且在人格上，两人的巨著都是在常人难忍的心灵重压之下，努力完成。后面这一点林琴南大概不很知道，不过此刻，如果他能够偕我同登这"西国史迁"之塔，一定会非常兴奋。

顺着扇形的回旋石梯盘蜿攀升，一手必须拉住左面壁环上串挂如蟒的粗索，每一步都像是踏在扇骨上，每一步都高了一级，也转了二十级弧度的方向。哥特式尖塔的幽深回肠里，登塔者不小心一声咳嗽，就激起满塔夸张的共鸣。如果一位胖客回旋地自天而降，狭路相逢，这一边就得紧贴着墙做壁虎，那一边只好绕着无柱之柱的扇心，踮着扇骨的锐角，步步为营，半跌半溜地落下梯去。爱丁堡，你怎么愈来愈矮了呢？每转一个弯，窄长的窗外就换一框街景。司各特的小说人物，狮心理查德、色拉丁、艾文霍、大红侠、查理王子、芭萝丝、丽碧佳、奇女子基妮·定思、最后的江湖歌手……六十四个雕像，在各自的长石龛里，走马灯一般地闪现又逝隐。梯洞愈尖愈窄，回旋梯变成了天梯，每一步，似乎都半踩在虚空，若在塔外，忽然，已经无可再登。下面的人把你挤出了梯口，你已经危靠在最高层回廊的栏杆上，背贴着塔尖，面对着爱丁堡阴阴的天色。

到了这样的高度，爱丁堡一排排一列列的街屋，柔灰而带浅褐的石砌建筑，平均六七层楼的那种，就都驯驯地蜷伏在脚底了。跟上来的，只有在半空中此呼彼应的几个塔尖，瘦影纤纤，在时间之外挺着哥特式的寂寞。虽然是七月底了，海湾的劲风迎面扑来，厚实的毛衣都灌满了寒气，飘飘然像一件单衫。迎风的人微微晃动，幻觉是塔在晃动，幻觉自己是站在舰桥上，顶着海风。

东望高屯山，轮廓黑硬触目的是形若单筒望远镜的纳尔逊纪念塔，下面石柱成排，是为拿破仑之战告终而建的神殿。北望是行人接踵车潮汹涌的王侯街，威夫利旅馆就在对街，以司各特的名著为名。斜对着它的是威夫利桥，桥下铁轨纵横，是威夫利车站。爱丁堡的人不忘司各特，处处都是庞大的物证。

西望就是那中世纪的古城堡了，一大堆灰扑扑黯沉沉的石墙上，顽固而孤傲地耸峙着堡屋与城楼，四方的雉堞状如古王冠，有一面旗在上面飘动，成为风景的焦点。建筑的外貌，从长方形到三角形到四边形，迎光的灰褐，背光的深黛，正正反反的几何美引动了多少远目。我不禁想起，那里面镇着的正是苏格兰的国魂和武魄；皇冠室里供着的皇冠，红绫金框，上面顶着十字架，周围嵌着红宝石，下面镶着白绒边；皇冠旁边放着教皇赐赠的令牌和剑。三物合称苏格兰王权的标帜（the Scottish Regalia），苏格兰并入英格兰后均告失踪，百多年后，官方派遣司各特领队搜寻，终于在一只锁住的箱子里找到。司各特掀开箱盖的一刹那，他的女儿在场，竟因兴奋而晕倒。苦命的玛丽女王曾住在堡上，正殿的剑戟和甲胄，排列得寒光森然。国殇堂上，两次大战阵亡的英魂都刻下了名字，而武库里，更有从古到今的戎装和兵器，号鼓和旌旗，包括中世纪攻城的巨炮，深入堡底的古井……当我想起这一切，想起多么阳刚的武魄，阴魂不散正绕着那堡城，扑面的寒风就觉得有些悲壮。

　　堡在山上，塔在脚底，这两样才是爱丁堡的主人，那些兴亡匆匆的现代建筑，建了又拆，来了又去，只能算过客罢了。如果此刻从堡上传来一阵号声，忽地把司各特惊醒，这主客之比他一定含笑赞成。然而古堡寂寂，号已无声，只留下黄昏和我在黑塔尖上，犹自抵挡七月的风寒。

一九八五年八月于沙田

德国之声

一

德国的音乐曾经是西方之最。从巴赫到贝多芬，从瓦格纳到施特劳斯，那样宏大的音乐，哪一个国家发得出来？人杰，是因为地灵吗？该邦的最高峰楚格峰（Zugspitze）还不到三千公尺。莱茵河静静地流，并不怎么雄伟，反而有几分秀气。黑森林的名气大得吓人，连我常吃的一种蛋糕也借重其大名，真令人骇怪，那一带不知该怎样地暗无天日，出没龙妖。到了跟前，那满山的杜松黛绿盈眸，针叶之密，果然是如鬘如鬈，平行拔竖的树干，又密又齐，像是一排排的梳齿。但是要比壮硕修伟，怎么攀得上加州巨杉的大巫身材呢？

莱茵河虽然不怎么浩荡，但是《齐格弗里德莱茵之旅》却写得那样壮烈，每天听到，我都会身不由己地热血翻滚而英雄气盛。只可惜史诗已成绝响了。我在西德租车旅行，曾向寻常的人家投宿。这种路旁人家总有空房三两，丈夫多已退休，太太反正闲着，便接待过路车客，提供当晚一宿，次晨一餐，收费之廉，只有一般大旅馆的三分或四分

101

之一。在西德的乡道上开车，看见路旁竖一小牌，写着 Zimmer frei 的，便是这种人家了。在巴登巴登（Baden-Baden）南郊，我们住在格洛斯家。第二天早餐的时候，格洛斯太太的厨房里正放着收音机，德文唱的流行曲似曾相识；侧耳再听，竟然学美国流行曲的曼妙吟叹，又有点像披头士的咕咕调。巴赫的后人每天就听这样的曲调吗？尼采听了会怎么说呢？

二

我在西德驾车漫游，从北端的波罗的海一直到南端的博登湖（Bodensee），两千四百公里都驰在寂天寞地。西德的四线高速公路所谓 Autobahn 者，对于爱开快车如杨世彭那样的人，真不妨叫做乌托邦。这种路上没有速限，不言而喻，是表示德国的车好、路好，而更重要的是：交通秩序好。超车，一定用左线，要是你挡住左线，后面的快车就会迅疾钉人，一声不出，把你逼出局去。反光镜中后车由小变大，甚至无中生有，只在一眨眼之间。我开一九〇E的奔驰，时速常在一百三十公里，超我的车往往在左侧一啸而过，速度至少一百五十。正愕视间，它早已落荒而逃，被迫退右，让一辆更急的快车飞掠而逝。尽管如此，我在这样的乌托邦上开了八天，却未见一桩车祸，甚至也未见有人违规。至于喇叭，一天也难得听到两声。

三

西德的出租车像英国的一样，开得很规矩，而且不放音乐。火车、电车、游览车上也绝无音乐。法国也是如此。西班牙的火车上，就爱乱播流行曲，与台湾同工。西德的公共场所，包括车站、机场、餐厅，甚至街头，例皆十分清静。烟客罕见，喧哗的人几乎没有，至于吵架就更未遇到。除了机场和车站，我也未听人用过扩音器。这种生活质量，不是国民所得和外汇存底所能标示。一个安安静静的社会，听觉透明的邻里街坊，是文化修炼的结果。所谓默化，先得静修才行。音乐大师辈出之地，正是最安宁的国家。

血色饱满体格健壮的日耳曼民族，当然也爱热闹，不过他们会选择场合，不会平白扰人。要看德国生活热闹豪放的一面，该去他们的啤酒屋。有名的 Hofbrauhaus 大堂上坐满了一桌接一桌的酒客，男女老少都有，那么不拘形迹地畅饮着史帕登、皮尔森、卢恩布劳。一面畅饮，一面阔谈，更兴奋的就推杯而起，一对对摆头扬臂，跳起巴伐利亚的土风舞来。那样亲切开怀的大场面，让人把日间的忧烦都在深长的啤酒杯里涤尽。不说别的，单看那些特大号的"咕噜嗝"（Krug）酒杯，就已令人馋肠蠕蠢。最值得称道的，是那样欢娱的谑浪仍保有乡土的亲善，并不闹事，而酒客虽然众多，堂屋却够深广，里面的喧哗不致外溢。这情形正如西欧各国的宗教活动，大半在教堂里举行，不像在台湾的节庆，动辄吹吹打打，一路招摇过市，惊扰街邻。

我在西德投宿，却有一夜惊于噪音。那是在海德堡北郊的小镇达森海姆（Dossenheim），我们住在三楼，不懂对街的人家何以入夜后叫嚷未定，不时还有噼啪之声传来。我说这一带看来是中下层的住宅区，质量不高。我存则猜想那噼啪阵阵是在练靶。一夜狐疑，次晨到了早餐桌上，才知悉昨晚是西德跟阿根廷在争夺足球世界杯的冠军，想必全德国的人都守在电视机前观战，西德每进一球，便放炮仗庆祝。那样的嚣闹倒也难怪了。

四

西德战败那一晚，我们虽然睡得迟些，第二天却一早就给吵醒了。说吵醒，其实不对。我们是给教堂的钟声从梦里悠悠摇醒的。醒于音乐当然不同醒于噪音，何况那音乐来自钟声，一波波摇漾着舒缓与恬静，给人中世纪的幻觉。一天就那样开始，总是令人欣喜的。德国许多小城的钟楼，每过一刻钟就镗镗鞳鞳声震四邻地播告光阴之易逝。时间的节奏要动用那样隆重的标点，总不免令人惊心，且有点伤感。就算是中世纪之长吧，也经不起它一遍遍地敲打。

那样的钟声，在德国到处可闻。印象最深的，除了达森海姆之外，还有巴登巴登的边镇史坦巴赫（Steinbach，石溪之意）。北欧的仲夏，黄昏特别悠长，要等九点半以后落日才隐去，西天留下半壁霞光，把一片赤艳艳烧成断断续续的沉紫与滞苍。那是断肠人在天涯的时刻，和我存在车少人稀的长街上闲闲散步，合夫妻两心之密切，竟也难抵暮色四起的凄凉。好像一切都陷落了，只留下一些红瓦渐暗的屋顶在向着晚空。最后只留下教堂的钟楼，灰红的钟面上闪着金色的罗马数字，余霞之中分外地幻异。忽然钟响了起来，吓了两人一跳。万籁皆寂，只听那老钟楼喉音沉洪地、郑重而笃实地敲出节奏分明的十记。之后，全镇都告陷落。这一切，当时有一颗青星，冷眼旁证。

最壮丽的一次是在科隆。那天开车进城，远远就眺见那威赫的双塔，一对巨灵似的镇守着科隆的天空，塔尖锋芒毕露，塔脊棱角峥嵘。那气凌西欧的大教堂，我存听我夸过不晓得多少次了，终于带她一同来瞻仰，在露天茶座上正面仰望了一番，颈也酸了，气也促了，便绕到南侧面，隔着一片空荡荡的广场，以较为舒徐的斜度从容观览它的横体。要把那一派钩心斗角的峻桥陡楼看出个系统来，不是三眼两眼的事。正是星期六将尽的下午，黄昏欲来不来，天光欲歪不歪，家家的晚餐都该上桌了。忽然之间——总是突如其来的——巨灵在半空开腔了。又吓了我们一跳。先是一钟独鸣，从容不迫而悠然自得。毕竟是欧洲赫赫有名的大教堂，晚钟锵锵在上界宣布些什么，全城高高低低远远近近的塔楼和窗子都仰面聆听，所有的云都转过了脸来。不久有其他的钟闻声响应，一问一答，一唱一和，直到钟楼上所有的洪钟都加入晚祷，众响成潮，卷起一波波的声浪，金属高亢而阳刚的和鸣相荡相激，汇成势不可当的滔滔狂澜，一下子就使全城没了顶。我们的耳神经在钟阵里惊悸而又喜悦地震慑着，如一束回旋的水草。钟声是金属坚贞的祷告，铜喉铜舌的信仰，一记记，全向高处叩奏。高潮处竟似有长颈的铜号成排吹起，有军容鼎盛之势。

科隆古寺双塔（一九八六年摄）

"号声？"我存仔细再听，然后笑道，"没有啊，是你的幻觉。你累了。"

"开了一天车，本来是累了。这钟声太壮观了，令我又兴奋，又安慰，像有所启示——"

"你说什么？"她在洪流的海啸里用手掌托着耳朵，恍惚地说。

两人相对傻笑。广大而立体的空间激动着骚音，我们的心却一片澄静。二十分钟后，钟潮才渐渐退去，把科隆古城还给现代的七月之夜。我们从中世纪的沉酣中醒来，鸽群像音符一般，纷纷落回地面。莱茵河仍然向北流着，人在他乡，已经是吃晚饭的时候了。

五

德国的钟声是音乐摇篮，处处摇我们入梦。现代的空间愈来愈窄，能在时间上往返古今，多一点弹性，还是好的。钟声是一程回顾之旅。但德国还有一种声音令人回头。从巴登巴登去弗罗伊登施塔特（Freudenstadt，欢乐城之意），我们穿越了整座黑森林，一路寻找有名的梦寐湖（Mummelsee）。过了霍尼斯格林德峰，才发现已过了头。原来梦寐湖是黑森林私有的一面小镜子，以杉树丛为墨绿的宝盒，人不知鬼不觉地藏在浓荫的深处，现代骑士们策其奔驰与宝马一掠而过，怎会注意到呢？

我们在如幻如惑的湖光里迷了一阵，才带了一片冰心重上南征之路。临去前，在湖边的小店里买了两件会发声的东西。一件是三尺多长的一条浅绿色塑料管子，上面印着一圈圈的凹纹，舞动如轮的时候会咿嘤作声，清雅可听。我还以为是谁这么好兴致，竟然在湖边吹笛。于是以四马克买了一条，一路上停车在林间，拿出来挥弄一番，淡淡的音韵，几乎召来牧神和树精，两人相顾而笑，浑不知身在何处。

另一件却是一匣录音带。我问店员有没有 Volksmusik，她就拿这一匣给我。名叫 "Deutschland Schöne Heimat"，正是《德意志，美丽的家园》。我们一路南行，就在车上听了起来。第二面的歌最有特色，咏叹的尽是南方的风土。手风琴悠扬的韵律里，深邃而沉洪的男低音徐徐唱出"从阿尔卑斯山地到北海边"，那声音，富足之中潜藏着磁性，令人庆幸这十块马克花得值得。《黑森林谷地的磨坊》、《古老的海德堡》、《波定湖上的好日子》……一首又一首，满足了我们的期待。我们的车头一路向南，正指着水光潋滟的博登湖，听着 Lustige Tage am Bodensee 飞扬的调子，更增壮游的逸兴，加速中，黑森林的黛绿变成了波涛汹涌而来。是因为产生贝多芬与瓦格纳的国度吗？为什么连江湖上的民谣也扬起激越的号声鼓声呢？最后一首鼓号交鸣的《横越德国》更动人豪情，而林木开处，弗罗伊登施塔特的红顶白墙，渐已琳琅可望了。

六

德国还有一种声音令人忘忧——鸟声。粉墙红瓦，有人家的地方一定有花，姹紫嫣红，不是在盆里，便是在架上。花外便是树了。野栗树、菩提树、枫树、橡树、杉树、苹果树、梨树……很少看见屋宇鲜整的人家有这么多树，用这么浓密的嘉荫来祝福。有树就有鸟。树是无言的祝福，鸟，百啭千啾，便是有声的颂词了。绝对的寂静未免单调，若添三两声鸣禽，便脉脉有情起来。

听鸟，有两种情境。一种是浑然之境，听觉一片通明流畅，若有若无地意识到没有什么东西在逆耳忤心，却未刻意去追寻是什么在歌颂寂静。另一种是专注之境，在悦耳的快意之中，仰向头顶的翠影去寻找长尾细爪的飞踪。若是找到了那"声源"，瞥见它转头鼓舌的姿态，就更叫人高兴。或是在绿荫里侧耳静待，等近处的啁啾弄舌告一段落，远处的枝头便有一只同族用相似的节奏来回答。我们当然不知道是谁在问，谁在答，甚至有没有问答，可是那样一来一往再参也不透的"高谈"，却真能令人忘机。

在汉堡的湖边，在莱茵河与内卡（Neckar）河畔，在巴登巴登的天堂泉（Paradies）旁，在迈瑙岛（Mainau）的锦绣花园里，在那许多静境里，我们成了百禽的知音，不知其名的知音。至于一入黑森林，那更是大饱耳福，应接不暇了。

七

鸟声令人忘忧，德国却有一种声音令人难以释怀。在汉堡举行的国际笔会上，东德与西德之间，近年虽然渐趋缓和，仍然摩擦有声。这次去汉堡出席笔会的东德作家多达十三人，颇出我的意外。其中有一位叫汉姆林（Stephan Hermlin，一九一五至今）的诗人，颇有名气，最近更当选为国际笔会的副会长。他在叙述东德文坛时，告诉各国作家说，东德前十名的作家没有一位阿谀当局，也没有一位不满现政。此语一出，听众愕然，地主国西德的作家尤其不甘接受。许多人表示异议，而说得最坦率的，是小说家格拉斯（Günter Grass）。汉姆林并不服气，在第二天上午的文学会里再度登台答辩。

　　德文本来就不是一种柔驯的语言，而用来争论的时候，就更显得锋芒逼人了。德国人自己也觉得德文太刚，歌德就说："谁用德文来说客气话，一定是在说谎。"外国人听德文，当然更辛苦了。法国文豪伏尔泰去腓特烈大帝宫中作客，曾想学说德语，却几乎给呛住了。他说但愿德国人多一点头脑，少一点子音。

　　跟法文相比，德文的子音（辅音）当然是太多了。例如"黑"吧，英文叫"black"，头尾都是爆发的所谓塞音，听来有点刚强。西班牙文叫"negra"，用大开口的元音收尾，就和缓许多。法文叫"noir"，更加圆转开放。到了德文，竟然成为"schwarz"，读如"希勿阿尔茨"，前面有四个子音，后面有两个子音，而且都是摩擦生风，就显得有点威风了。在德文里，S 开头的字都以 Z 起音，齿舌之间的摩擦音由无声落实为有声，刺耳多了。另一方面，Z 开头的字在英文里绝少，在德文里却是大宗，约为英文的五十倍；非但如此，其读音更变成英文的 ts，于是充耳平添了一片刺刺擦擦之声。例如英文的成语"from time to time"，到了德文里却成了"von Zeit zu Zeit"，不但切磋有声，而且峨然大写，真是派头十足。

　　德文不但子音参差，令人读来咬牙切齿，而且好长喜大，虚张声势，真把人唬得一愣一愣。例如"黑森林"吧，英文不过是"Black Forest"，德文就接青叠翠地连成一气，成了"Schwarzwald"，叫人无法小觑了。从这个字延伸开来，巴登巴登到弗罗伊登施特塔之间的山道，可以畅览黑森林风景的，英文不过叫"Black Forest Way"，德国人自己却叫做"Schwarzwaldhohestrasse"。我们住在巴登巴登的那三天，每天开车找路，左兜右转目眩计穷之际，这可怕的"千字文"常会闪现在一瞥即逝的路牌上，更令人惶惶不知所措。原来巴登巴登在这条"黑森林道"的北端，多少车辆寻幽探胜，南下驰驱，都要靠这长名来指引。这当然是我后来才弄清楚了的，当时瞥见，不过直觉它一定来头不小而已。在德国的街上开车找路，哪里容得你细看路牌？那么密长的地名，目光还没扫描完毕，早已过了，"视觉暂留"之中，谁能确定中间有没有"sch"，而结尾那一截究竟是"bach"，"berg"还是"burg"呢？

尼采在《善恶之外》里就这么说："一切沉闷，黏滞，笨拙得似乎隆重的东西，一切冗长而可厌的架势，千变万化而层出不穷，都是德国人搞出来的。"尼采自己是德国人，尚且如此不耐烦。马克·吐温说得更绝："每当德国的文人跳水似的一头钻进句子里去，你就别想见到他了，一直要等他从大西洋的那一边再冒出来，嘴里衔着他的动词。"尽管如此，德文还是令我兴奋的，因为它听来是那么阳刚，看来是那么浩浩荡荡，而所有的名词又都那么高冠崔巍，啊，真有派头！

八

在德国，我还去过两个地方，两个以声音闻名于世的地方，却没有听到声音，或者可以说，无声之声胜于有声，更令人为之低回。

其一是在巴登巴登的南郊里赫登塔尔（Lichtental），临街的一个小山坡上，石级的尽头把我们带到一座三层白漆楼房的门前。墙上的纪念铜牌在时光的侵略下，仍然看得出刻着两行字："一八六五年至一八七四年约翰内斯·勃拉姆斯曾居此屋。"这正是巴城有名的 Brahmshaus。

勃拉姆斯屋要下午三点才开放，我们进得门去，只见三五游客。楼梯和二楼的地板都吱吱有声，当年，在大师的脚下，也是这样的不谐和碎音陪衬他宏大而回旋的交响乐吗？后期浪漫主义最敏感的心灵，果真在这空寂的楼上，看着窗外的菩提树叶九度绿了又黄，一直到四十一岁吗？白纱轻掩着半窗仲夏，深深浅浅的树荫，曾经是最音乐的楼屋里，只传来细碎的鸟声。

我们沿着莱茵河的东岸一路南下，只为了追寻传说里那一缕蛊人的歌声。过了马克司古堡，那一裊女妖之歌就暗暗地袭人而来，平静的莱茵河水，青绿世界里蜿蜒北去的一湾褐流，似乎也藏着了一涡危机了。幸好我们是驾车而来，不是行船，否则，又要抵抗水上的歌声裊裊，又要提防发上的金梳耀耀，怎么躲得过旋涡里布下的乱石呢？

莱茵河滚滚向北，向现代流来。我们的车轮滚滚向南，深入传说，沿着海涅迷幻的音韵。过了圣瓜豪森，山路盘盘，把我们接上坡去。到了山顶，又有一座小小的看台，把我们推到悬崖的额际。莱茵河流到脚下，转了一个大弯，俯眺中，回沫翻涡，果然是舟楫的畏途，几只平底货船过处，也都小心回避。正惊疑间，一艘白舷平顶的游舫顺流而下，虽在千尺脚底，满船河客的悠扬歌声，仍隐约可闻，唱的正是洛丽莱（Lorelei）：

> 她的金发梳闪闪发光；
> 她一面还曼唱着歌曲，
> 令听见的人心神恍恍：
> 甜甜的调子无法抗拒。

徘徊了一阵，意犹未尽。再下山去，沿着一道半里长的河堤走到尽头，就为了花岗石砌成的一台像座上坐着那河妖的背影。铜雕的洛丽莱漆成黑色，从后面，只见到水藻与长发披肩而下，一直缠绕到腰间。转到正面，才在半疑半惧的志忑之中仰瞻到一对赤露的饱乳，圆软的小腹下，一腿夷然面贴地，一腿则昂然弓起，膝头上倚着右手，那姿势，野性之中带着妖媚。她半垂着头，在午日下不容易细读表情。我举起相机，在调整距离和角度。忽然，她的眼睛半开，向我无声地转来，似嗔似笑，流露出一棱暗蓝的寒光。烈日下，我心神恍恍，不由自主地一阵摇颤。她的歌唱些什么呢？你问。我不能告诉你，因为这是德意志的禁忌，莱茵河千古之谜，危险而且哀丽。

一九八六年七月二十三日

风吹西班牙

一

若问我西班牙给我的第一印象，立刻的回答是：干。

无论从法国坐火车南下，或是像我此刻从塞维利亚开车东行，那风景总是干得能敲出声来，不然，划一根火柴也可以烧亮。其实，我右边的风景正被几条火舌壮烈地舔食，而且扬起一缕缕的青烟。正是七月初的近午时分，气温不断在升高，整个安达卢西亚都成了太阳的俘虏，一草一木都逃不过那猛瞳的监视。不胜酷热，田里枯黄的草堆纷纷在自焚，噼啪有声。我们的塔尔波小车就在浓烟里冲过，满车都是焦味。在西班牙开车，很少见到河溪，公路边上也难得有树荫可憩。几十里的晴空干瞪干瞪，变不出一片云来，风几乎也是蓝的。偏偏租来的塔尔波，像西欧所有的租车一样，不装冷气，我们只好大开风扇和通风口，在直灌进来的暖流里逆向而泳。带上车来的一大瓶冰橙汁，早已蒸得发热了。

西班牙之干，跟喝水还有关系。水龙头的水是喝不得的，未去之前早有朋友警告过我们，要是喝了，肚子就会一直咕噜发酵，腹诽不已。西班牙的餐馆不像美国那样，一坐下来就给你一杯透澈的冰水。你必须另外花钱买矿泉水，否则就得喝啤酒或红酒。饮酒也许能解忧，却解不了渴。所以在西班牙开车旅行，人人手里一大瓶矿泉水。不过买时要说清楚，是 con gas 还是 sin gas，否则一股不平之气，挟着千泡百沫冲顶而上，也不好受。

西班牙不但干，而且荒。

这国家人口不过台湾的两倍，面积却十四倍于台湾。她和葡萄牙共有伊比利亚半岛，却占了半岛的百分之八十五。西班牙是一块巨大而荒凉的高原，却有点向南倾斜，好像是背对着法国而脸朝着非洲。这比喻不但是指地理，也指心理。西班牙属于欧洲却近于北非。三千年前，腓尼基和迦太基的船队就西来了。西班牙人叫自己的土地做"爱斯巴尼亚"（España），古称"希斯巴尼亚"（Hispania），据说源出腓尼基文，意为"偏僻"。

西班牙之荒，火车上可以眺见二三，若要领略其余，最好是自己开车。典型的西班牙野景，上面总是透蓝的天，下面总是炫黄的地，那鲜明的对照，天造地设，是一切摄影家的梦境。中间是一条寂寞的界限，天也下不来，地也上不去，共供迷幻的目光徘徊。现代人叫它做地平线，从前的人倒过来，叫它做天涯。下面那一片黄色，有时是金黄的熟麦田，有时是一亩接一亩的向日葵花，但往往是满坡的枯草一直连绵到天边，不然就是伊比利亚半岛的肤色，那无穷无尽无可奈何的黄沙。所以毛驴的眼睛总含着忧郁。沙丘上有时堆着乱石，石间的矮松毛虬虬地互掩成林，剪径的强盗——叫 bandido 的——似乎就等在那后面。

法国风光明媚，盈目是一片娇绿嫩青。一进西班牙就变了色，山石灰麻麻的，草色则一片枯黄，荒凉得竟有一种压力。绿色还是有的，只是孤伶伶的，点缀一下而已。树大半在缓缓起伏的坡上，种得整整齐齐，看得出成排成列。高高瘦瘦，叶叶在风里翻闪着的，是白杨。矮胖可爱的，是橄榄树，所产的油滋润西班牙人干涩的喉咙，连生菜也用它来浇拌。一行行用架子支撑着的，就是葡萄了，所酿的酒温暖西班牙人寂寞的心肠。其他的树也是有的，但不很茂。往往，在寂寂的地平线上，什么也没有，只有一棵孤树撑着天空，那姿态，也许已经撑了几世纪了。绿色的祝福不多，红色的惊喜更少。偶尔，路边会闪出一片红艳艳的罂粟花，像一队燃烧的赤蝶迎面扑打过来。

山坡上偶尔有几只黑白相间的花牛和绵羊，在从容咀嚼草野的空旷。它们不知道佛朗哥是谁，更无论八百年伊斯兰教的兴衰。我从来没见过附近有牧童，农舍也极少见到，也许正是半下午，全西班牙都入了朦胧的"歇时榻"（siesta）吧。比较偏僻的野外，往往十几里路不见人烟，甚至不见一棵树。等你已经放弃了，小丘顶上出人意外地却会踞着、蹲着，甚至匍着一间灰顶白壁的独家平房，像是文明的最后一哨。若是那独屋正在坡脊上，背后衬托着整个晚空，就更令人感受到孤苦的压力。

独屋如此，几百户人家加起来的孤镇更是如此。你以为孤单加孤单会成为热闹，其实是加倍地孤单。从格拉纳达南下地中海岸的途中，我们的塔尔波横越荒芜而崎岖的内华达山脉（Sierra Nevada），左盘右旋地攀过一棱棱的山脊，空气干燥无风，不时在一丛杂毛松下停车小憩。树影下，会看见一条灰白的小径，在沙石之间蜿蜒出没，盘入下面的谷地里去。低沉的灰调子上，感觉到有什么东西在移动。定睛搜寻，才瞥见一顶 sombrero 的宽边大帽遮住一个村民骑驴的半面背影。顺着他去的方向，远眺的旅人终于发现谷底的村庄，掩映在矮树后面，在野径的尽头，在一切的地图之外，像一首用方言来唱的民谣，忘掉的比唱出来的更多。而无论多么卑微的荒村野镇，总有一座教堂把尖塔推向空中，低矮的村屋就互相依偎着，围在它的四周。那许多孤伶伶的瘦塔就这么守着西班牙的天边，指着所有祈愿的方向。

最难忘是莫特里尔镇（Motril）。毫无借口地，那幻象忽然赫现在天边，虽然远在几里路外，一整片叠牌式的低顶平屋，在金阳碧空的透明海气里，白晃晃的皎洁墙壁，相互分割成正正斜斜的千百面几何图形，一下子已经奔凑到你的眼睫之间，那样崇人的艳白，怎么可能！拭目再看，它明明在那边，不是幻觉，是奇观。树少而矮，所以白屋拥成一堆，白成一片。屋顶大半平坦，斜的一些也斜得稳缓，加以黑灰的瓦色远多于红色，更加压不下那一大片放肆的骄白。歌德说："色彩是光的修行与受难。"那样童贞的蛋壳白修的该是患了洁癖的心吧，蒙不得一点污尘。过了那一片白梦，惊诧未定，忽然一个转弯，一百八十度拉开蓝汹汹欲溢的世界，地中海到了。

莫特里尔，地中海岸小镇（范我存摄）

作者夫妻于西班牙的小巷

二

西班牙之荒，一个半世纪之前已经有另一位外国作家慨叹过了。那是一八二九年，在西班牙任外交官的美国名作家欧文（Washington Irving），为了探访安达卢西亚浪漫的历史，凭吊八百年伊斯兰文化的余风，特地和一位俄国的外交官从塞维利亚并辔东行，一路遨游去格拉纳达。虽然是在春天，途中却听不见鸟声。事后欧文在《红堡记》（*Tales of Alhambra*）里告诉我们说：

"许多人总爱把西班牙想象成一个温柔的南国，好像明艳的意大利那样妆扮着百般富丽的媚态。恰恰相反，除了沿海几省之外，西班牙大致上是一个荒凉而忧郁的国家，崎岖的山脉和漫漫的平野，不见树影，说不出有多寂寞冷静，那种蛮荒而僻远的味道，有几分像非洲。由于缺少丛树和围篱，自然也就没有鸣禽，更增寂寞冷静之感。常见的是兀鹰和老鹰，不是绕着山崖回翔，便是在平野上飞过，还有的就是性怯的野雁，成群阔步于荒地；可是使其他国家全境生意蓬勃的各种小鸟，在西班牙只有少数的省份才见得到，而且总是在人家四周的果园和花园里面。

"在内陆的省份，旅客偶然也会越过大片的田地，上面种植的谷物一望无边，有时还摇曳着青翠，但往往是光秃而枯焦，可是四顾却找不到种田的人。最后，旅人才发现峻山或危崖上有一个小村，雉堞残败，戍楼半倾，正是古代防御内战或抵抗摩尔人侵略的堡垒。直到今日，由于强

119

盗到处打劫，西班牙大半地区的农民仍然保持了群居互卫的风俗。"

西班牙人烟既少，地又荒芜，所以欧文在漫漫的征途之中，可以眺见孤独的牧人在驱赶走散了的牛群，或是一长列的骡子缓缓踱过荒沙，那景象简直有几分像阿拉伯。其时境内盗贼如麻，一般人出门都得携带兵器，不是毛瑟枪、喇叭枪，便是短剑。旅行的方式也有点像阿拉伯的驼商队，不同的是在西班牙，从比利牛斯山一直到阳光海岸（Costa del Sol），纵横南北，维持交通与运输的，是骡夫组成的队伍。这些骡夫（arrieros）生活清苦而律己甚严，粗布背囊里带着橄榄一类的干粮，鞍边的皮袋子里装着水或酒，就凭这些要越过荒山与燥野。他们例皆身材矮小，但是手脚伶俐，肌腱结实而有力，脸色被太阳晒成焦黑，眼神则坚毅而镇定。这样的骡队人马众多，小股的流匪不敢来犯，而全副武装驰着安达卢西亚骏马的独行盗呢，也只敢在四周逡巡，像海盗跟着商船大队那样。接下来的一段十分有趣，我必须再引译欧文的原文：

"西班牙的骡夫有唱不完的歌谣可以排遣走不尽的旅途。那调子粗俗而单纯，变化很少。骡夫斜坐在鞍上，唱得声音高亢，腔调拖得又慢又长，骡子呢则似乎十分认真地在听赏，而且用步调来配合拍子。这种双韵的歌谣不外是诉说摩尔人的古老故事，或是什么圣徒的传说，或是什么情歌，而更流行的是吟咏大胆的私枭或无畏的强盗，因为这两种人在西班牙的匹夫匹妇之间都是动人遐想的英雄。骡夫之歌往往也是即兴之作，说的是当地的风光或是途中发生的事情。这种又会歌唱又会乘兴编造的本领，在西班牙并不稀罕，据说是摩尔人所传。听着这些歌谣，而四周荒野寂寥的景色正是歌词所唱，偶尔还有骡铃叮当来伴奏，真有豪放的快感。

"在山道上遇见一长串骡队，那景象再生动不过了。最先你会听到带队骡子的铃声用单纯的调子打破高处的岑寂，不然就是骡夫的声音在呵责迟缓或脱队的牲口，再不然就是那骡夫正放喉高唱一曲古调。最后你才看到有骡队沿着峭壁下的隘道迟缓地迂回前进，有时候走下险峻的悬崖，人与兽的轮廓分明地反衬在天际，有时候从你脚下那深邃而干旱的谷底辛苦地攀爬上来。行到近前时，你就看到他们卷头的毛纱，穗带，和鞍褥，装饰得十分鲜艳；经过你身边时，驮包后面的喇叭枪挂在最顺手的地方，正暗示道路的不宁。"

三

欧文所写的风土民情虽然已是一百五十年前的西班牙，但证之以我的安达卢西亚之旅，许多地方并未改变。今天的西班牙仍然是沙多树少，干旱而荒凉，而葡萄园、橄榄林、玉米田和葵花田里仍然是渺无人影。盗贼呢应该是减少了，也许在荒郊剪径的匪徒大半转移阵地，到闹市里来剪人荷包了，至少我在巴塞罗那的火车站上就遇到了一个。至于那些土红色的古堡，除了春天来时用满地的野花来逗弄它们之外，都已经被匆忙的公路忘记，尽管雉堞俨然，

121

成塔巍然，除了苦守住中世纪的天空之外，也没有别的事好做了。

最大的不同，是那些骡队不见了。在山地里，这忍辱负重眼色温柔而哀沉的忠厚牲口，偶然还会见到。在街上，还有卖艺人用它来拖咿咿唔唔的手摇风琴车。可是漫漫的长途早已伸入现代，只供各式的汽车疾驰来去了。不过，就在六十年前，夭亡的诗人洛尔卡（Federico García Lorca，一八九八——一九三六）吟咏安达卢西亚行旅的许多歌谣里，骡马的形象仍颇生动。其中给我印象最深的，是下面这首《骑士之歌》：

科尔多巴。
孤悬在天涯。

漆黑的小马，圆大的月亮，
橄榄满袋在鞍边悬挂。
这条路我虽然早认识，
今生已到不了科尔多巴。

穿过原野，穿过烈风，
赤红的月亮，漆黑的马。
死亡正在俯视着我，
在戍楼上，在科尔多巴。

唉，何其漫长的路途！
唉，何其英勇的小马！

唉，死亡已经在等待我，
等我赶路去科尔多巴！

科尔多巴。
孤悬在天涯。

这首诗的节奏和意象单纯而有力，特具不祥的神秘感。韵脚是一致开口的元音，色调又是红与黑，最能打动人原始的感情，而且联想到以此二色为基调的弗拉明戈舞与斗牛。二十年前初读斯彭德此诗的英译，即已十分欢喜，曾据英译转译为中文。三年前去委内瑞拉，有感于希斯巴尼亚文化的召引，认真地读起西班牙文来。我耽于这种罗曼斯文，完全出于感性的爱好。首先，是由于西班牙文富于元音，所以读来圆融浏亮，荡气回肠，像随时要吟唱一样。要充分体会洛尔卡的感性，怎能不直接饕餮原文呢？其次，去过了菲律宾与委内瑞拉，怎能不径游伊比利亚本身呢？为了去西班牙，事先足足读了一年半的西班牙文。到了格拉纳达，虽然不能就和阿米哥们畅所欲言，但触目盈耳，已经不全是没有意义的声音与形象了。前面这首《骑士之歌》，当年仅由英译转成中文，今日对照原文再读，发现略有出入，乃据原文重加中译如上。论音韵，中译更接近原文，因为洛尔卡通篇所押的悠扬 A 韵，中文全保留了，英文却无能为力。

未去西班牙之前，一提到那块土地我就会想到三个城市：托雷多，因为艾尔格列柯的画；格拉纳达，因为法耶的钢琴曲；科尔多巴（通译科尔多瓦），因为洛尔卡的诗。

我到西班牙，是从法国乘火车入境，在马德里住了三天，受不了安达卢西亚的诱惑，就再乘火车去格拉纳达。第二天当然是去游"红堡"，晚上则登圣山（Sacromonte），探穴居，去看吉普赛人的弗拉明戈舞。第三天更迫不及待，租了一辆塔尔波上路，先南下莫特里尔，然后沿着地中海西驶，过毕加索的故乡马拉加，再北上经安代盖拉，抵名城塞维利亚。

而现在是第四天的半上午，我们正在塞维利亚东去科尔多巴的途中。

蓝空无云，黄地无树。好不容易见到一丛绿荫，都远远地躲在地平线上，不肯跟来。开了七八十里路，只越过一条小溪。无论怎么转弯，都避不开那无所不在的火球，向我们毫不设防的挡风玻璃霍霍滚来。没有冷气，只有开窗迎风，迎来拍面的长途炎风，绕人颈项如一条茸茸的围巾。我们选错了偏南经过艾西哈（Eceja）的公路，要是靠北走，就可以沿着瓜达几维尔河，多少沾上点水气了。

就是沿着这条漫漫的旱路跋涉去科尔多巴的吗？六十年前是洛尔卡，一百多年前是欧文，一千年前是骑着白骏扬着红缨的阿拉伯武士，这里曾经是伊斯兰教与基督教决胜的战场，飘满月牙旌与十字旗。更早的岁月，听得见西哥特人遍地践来的蹄声。一切都消逝了，摩尔人的古驿道上，只留下我们这一辆小红车冒着七月的骄阳东驰，像在追逐一个神秘的背景。愈来愈接近科尔多巴了，这蛊惑的名字变成一个三音节的符咒祟着我的嘴唇。我一遍又一遍低诵着《骑士之歌》：

穿过原野，穿过烈风，

赤红的月亮，漆黑的马。

死亡正在俯视着我，

在戍楼上，在科尔多巴。

洛尔卡的红与黑，我怎么闯进来了呢？公路在矮灌木纠结的丘陵间左右萦回，上下起伏，像无头无尾的线索，前面在放线，后面在收索。风果然很猛烈，一路从半开的车窗外嘶喊着倒灌进来。死亡真的在城楼上俯视着我么？西班牙人在公路上开车原就蹦蹿躁进，超起车来总是令你血沸心紧，从针锋相对到狭路相逢到错身而过，总令人凛然，想到斗牛场的红凶黑煞。万一闪不过呢？今生真的到不了科尔多巴？尤其洛尔卡不但是横死，而且是夭亡，何况我胯下这辆车真有些不祥，早已出过点事故了。

我的安达卢西亚之旅始于格拉纳达，而以塞维利亚为东回的中途站，最后仍将回到格拉纳达。昨晚驶入塞维利亚，已经是八时过几分了。满城的暮色里，街灯与车灯纷纷亮起，在凯旋广场的红灯前面煞车停下，淡玫瑰色的夕照仍依恋在老城寨上，正悠然怀古，说五百年前，当羊皮纸图上还没有纽约，伊莎贝拉女皇就是在此地接见志在远洋的哥伦布，忽然，车熄火了。转钥发动了几次，勉强着火，绿灯早已亮起，满街的车纷纷超我而去。这情形重复了三次，令人又惊又怒，最后才死灰复燃，提心吊胆地，总算把这匹随时会仆地不起的驽马驱策到蒙特卡罗旅店的门口，停在斑驳的红砖巷里。这事故，成为我怀古之旅正妙想联翩自鸣得意时忽地一记反高潮。晚饭后，找遍附近的街巷不见加油站的影子，更不提修车行了。那家旅店没有冷气，没有冰箱，只有一架旧电扇吊在壁上，自言自语不住地摇头。

"明天怎么办？"

朦胧之间不断地反问自己，而单调的轧轧声里只有那风扇在摇头。整夜我躺在疑虑的崖边，不能入眠。第二天早餐后，我存说不如去找当地的赫尔茨租车行。电话里那赫尔茨的职员用英语说："你开过来看看。"我们开了过去，向他诉苦："万一在荒野忽然熄火，怎么办？"他说可以把车留给他们修。我说这一修不知要耽搁多久，我们等不及了。正烦恼之际，有顾客前来还车，他说："换一辆给你们如何？"我们喜出望外，只怕他会变卦，立刻换了另一辆车上路。

定下神来，才发现这架车也是塔尔波，虽然红色换了白色，其他的装备，甚至脾气，依然是表兄表弟。在出城的最后一盏红灯，啊哈，同样熄了一次火。居然劝动他重新起步，而且一口气喘奔了两个多钟头，但是危机感始终压在心头。睡眠不足的飘忽状态中，昨夜的风扇又不祥地在摇头。不久风扇摇成了风车，巨影幢幢而不安，而胯下这辆靠不住的车子也喘啊哮啊，变成了故事里那匹驽马，毛长骨瘦的洛西南代（Rocinante）。念咒一般我再度吟哦起那祟人的句子：

> 死亡正在俯视着我，
> 在戍楼上，在科尔多巴。

于是西班牙的干燥与荒凉随炎风翻翻扑扑一起都卷来，这寂寞的半岛啊，去了腓尼基又来了罗马，去了西哥特又来了北非的伊斯兰教教徒，从拿破仑之战到三十年代的内战，多少旗帜曾迎风飞舞，号令这纷扰的高原。当一切的旌旗都飘去，就只剩下了风，就是车窗外这永恒的风，吹过野地上的枯草与干蓬，吹过锯齿成排的山脉与冷对天地的雪峰，吹过弗拉明戈的顿脚踏踏与响板喀喇喇，击掌紧张的噼噼啪啪，弦声激动的吉他。

一九八六年八月七日

风吹西班牙

隔水呼渡

一

一千六百西西的白色旅行车，一路上克令亢朗，终于来到盘盘山径的尽头，重重地喘了一口大气，松下满身的筋骨。天地顿然无声。高岛说前面无路了，得下车步行。三个人推门而出，走向车尾的行李箱。高岛驮起铁架托住的颤巍巍背囊，本已魁梧的体魄更是显得幢幢然，几乎威胁到四周的风景。宓宓拎着两只小旅行袋，脚上早已换了雪白的登山鞋。我一手提着帆布袋，另一手却提着一只扁皮箱；事后照例证明这皮箱迂阔而可笑，因为山中的日月虽长，天地虽大，却原始得不容我坐下来记什么日记。

三个人在乱草的阡陌上蹒跚地寻路，转过一个小山坳，忽然迎面一片明晃，风景开处，令人眼界一宽，闪动着盈盈欲溢的水光。

"这就是南仁湖吗？"宓宓惊问。

高岛嗯了一声，随手把背上的重负卸了下来。这才发现，我们已经站在渡口了。一架半旧的机车斜靠在草坡上，文明似乎到此为止。水边的一截粗木桩却不同意，它系住的一根尼龙白缆斜伸入水，顺势望去，约莫十六七丈外，那一头冒出水来，接上对岸的渡桩，正泊着一只平底白筏。

"恐怕要叫上一阵子了。"高岛似笑非笑地说。

接着他深呼吸起来，忽地一声暴吼。

"令赏！"满湖的风景大吃一惊，回声从山围里反弹过来，袅袅不绝，掠过空荡荡的水面，清晰得可怕。果然，有几只鹭鸶扰攘飞起，半晌，才栖定在斜对岸的相思林里。

"令赏！令赏！"又嘶吼起来，继以一串无意义的怪叫。

"谁是令赏？"我忍不住问道。

"对岸的人家姓林，"高岛说着，伸手指着左边，"看见那边山下的一排椰树吗？对，就是那一排，笔直的十几根白杆子。林家本来住在椰树丛里，后来国家公园要他们搬出去。屋子都拆了，不料过了些时，他们却在正对面这山头的后面另搭了一座，住得更深入了。公家的人来找他们，也在这里，像我这么大呼小叫，他们却躲在树背后用望远镜偷看，不理不睬——"

"那我们这样叫，有用吗？"宓宓说。

"不一定听得见，"高岛笑嘻嘻地说，"你看见那树背后的天线没有？"

顺着白筏方向朝山上看去，草丘顶上是茂密如鬓的相思树林，果然有一架天线在树后伸出来，衬着阴阴的天色，纤巧可认。

"他们还看电视吗？"宓宓不解了。

"看哪，他们有一架发电机。只是没有电话。"

"没有电话，太好了。外面的世界就够不到他们。"

我说。

"令赏！令赏！"高岛又吼起来。接着他又哇哇怪叫。我和宓宓也加入呼喊。

我的男低音趁着水，她的尖嗓子趁着风，一起凌波而去，去为高岛的男高音助阵。静如太古的湖气搅得鱼鸟不宁，乱了好一阵子。自己的耳朵也觉得不像话，一定冒犯了山精水神了。十几分钟后，三个人都停了下来，喉头涩苦苦的。于是山又是山，水又是水。那白筏依然保持着野渡无人的姿态。

"这比《天方夜谭》的'芝麻开门'辛苦得多了。"我叹道。

"这么一喊，肚子倒饿了，"高岛说，"这里风太大，不如找地方躲下风，先把午饭解决了再说。要是再喊不应，我就绕湖走过去，半个多钟头也应该够了。"

那一天是阴天，风自东来，不时还挟着毛毛细雨，颇有凉意。我们绕到草丘的西边，靠树荫与坡形挡着风势，在一丛紫花绿叶的长穗木边坐下。高岛解开背囊，取出一件鹅黄色的大雨衣铺在草地上，然后陆陆续续，变戏法一般取出无数的东西。烧肉粽、红龟糕、蛋糕、苹果、香瓜等等，权充午餐是足够的了。最令我们感到兴趣的，是一瓶长颈圆肚的卡缪白兰地，和俨然匹配的三只高脚酒杯，全都欹斜地搁在雨衣上。他为每人都斟了半杯。酒过三巡，大家正醺然之际，他忽然说：

"来点茶吧。"

"哪来茶呢？"宓宓笑问。

"煮啊。"

"煮?"

"对啊,现煮。"说着高岛又从他的百宝囊中掏出了一盏酒精灯,点燃之后,再取出一只陶壶,三只功夫小茶盅。不一会儿,香浓扑鼻的乌龙已经斟入了我们的盅里。在这荒山野湖的即兴午餐,居然还有美酒热茶,真是出人意料。高岛一面品茶,一面告诉我们说,他没有一次登山野行不喝热茶,说着,又为大家斟了一遍。

草丘的三面都是湖水,形成了一个半岛。斜风细雨之中,我起身绕丘而行。一条黄土小径带领我,在恒春杨梅、象牙树、垂枝石松之间穿过,来到北岸。瞥见岸边的浅水里簇簇的黑点在蠢蠢游动,蹲下来一看,圆头细尾,像两厘米长而有生命的逗点,啊,是蝌蚪。原来偌大的一片南仁湖,竟是金线蛙的幼儿园。这水里怕不有几万条墨黑黏滑的"蛙娃",嬉游在水草之间和岸边的断竹枯枝之下。我赶回高岛和宓宓的身边,拿起喝空了的高脚杯。几乎不用瞄准,杯口只要斜斜一掬,两尾"蛙娃"便连水进了杯子。我兴奋地跑回野餐地,举示杯中的猎物。"看哪,满湖都是蝌蚪!"那两尾黑黑的大头婴在圆锥形的透明空间里窜来窜去,惊惶而可怜。

"可以拿来下酒呀!"高岛笑说。

"不要肉麻了,"宓宓急斥,"快放了吧!"

我一扬手,连水和蝌蚪,一起倒回了湖里。

大家正笑着,高岛忽然举手示意说,渡口有人。我们跟他跑到渡口,水面果然传来人语,循声看去,对岸有好几个人，正在上筏。为首的一人牵动水面的纤索，把白筏慢慢拉过湖来，紧张的索上抖落一串串的水珠。三四分钟后已近半渡，看得出那纤夫平头浓眉，矮壮身材，约莫四十左右。高岛在这头忍不住叫他了：

"林先生，叫了你大半天，怎么不来接我们呢？"

"阮笼听无。"那人只顾拉纤，淡淡地说。

"你要是不送人客过来，咳，我们岂不要等上一下晡？"高岛不肯放松。

"哪有什么要紧？"那人似笑非笑地说。

筏子终于拢岸了。上面的几个客人跳上渡头来，轮到我们三人上筏。不是传统的竹筏，是用一排塑料空管编扎而成，两头用帽盖堵住，以免进水，管上未铺平板，所以渡客站在圆筒上，得自求平衡，否则一晃就踩进湖里去了。同时还得留意那根生命线似的纤索，否则也会被它逼得无可立脚，翻入水中。就这么，在高岛和林先生有一搭没一搭的乡音对话之中，一根细纤拉来了对岸。

二

林家住在一栋砖墙瓦顶的简单平房里，屋前照例有一片晒谷场，旁边堆些破旧的家具，场中躺着两只黄狗，其一跛了右面的后腿，更有一群黑毛土鸡游走啄食。晒谷场的一面接着南仁湖的小湾，近岸处水浅草深，有点像沼泽；另一面是一汪池塘，铺满了睡莲的圆叶，一茎茎直擎着的莲花却都紧闭着红瓣，午寐方酣。在外湖与内塘之间，有一条杂草小埂。我们一路踱过去，便走到一个坡脚，爬上坡去，是青草芊芊的浑圆丘顶，可以环顾几面的湖水。

正是半下午，天气仍是凉阴阴的，吹着东北风，还间歇飘着细雨。我们绕着草坡，想把南仁湖看出个大致的轮廓来，却只见山重水复，一览无尽。真羡慕灰面鹫与鹭鸶能够凭虚俯眺，自由无碍地巡游。南仁湖不能算一个大湖，但是水域萦回多湾，加以四周山色连环，却也不像小湖那么一目了然，湖岸线这么曲折，要是徒步绕湖一圈，恐怕得走一整个下午；何况有好几段草树绸缪，荒径若断若续，忽高忽低，未必通得过去。

高岛入山多次，地形很熟，正为我们指点湖山风景，宓宓忽然说："对面有人。"大家眺向北岸，灰褐色的土地祠边果然有人走动，白衣一闪，就没入了树影。

"会是谁呢，在这山里？"我问。

"可能是来研究生态的什么专家，"高岛说，"有些教授一来就住上十天半个月……咦，那不是灰面鹫吗？还是一对呢！这种鸟十月间多从满州过境，现在已经是十月底，快过了。"

大家正在追踪鸟影，一面懊恼没带望远镜来，隔湖又传来人声。那是女人的声音，像在吆喝什么。北岸的断堤埂上出现一个人体，个子不高，一迭连声，正把一头大水牛赶下水来。

高岛笑起来说："那是林家的嫂子，要把那头牛赶过这边来。"

"它会游水吗？"宓宓讶然。

南仁湖（一九八六年摄）

南仁湖　张大春取景（一九八六年摄）

"怎么不会？是水牛呢。"

那牛果然下了湖，庞然的黑躯已经浸在水中，只露出一弧背脊和仰翘的鼻头，斜里向窄水近岸处洇了过来，七八分钟后竟已半渡。那路线离我们立眺的山坡约有百多米，加以天色阴阴，觑不很真切，只能凭那一对匕首似的大弯角，来追认它头的摆向。大家都称赞那水牛英勇善洇，高岛尤其笑得开心。这时，它却停了下来，只探首出水，一动也不动。

"它一定是在水浅的地方找到了歇脚石。"我说。

"湖水并不深，所以渡筏也可以用竹篙来撑，"高岛说，"这南仁湖的水面已有海拔三百十几米了，只因为围在山里，看不出高来。"

正说着，对岸的人影在土埂上跑上跑下，又吆喝起来。水面那一对牛角摆了一下，向前移动起来，有时候似乎还回过头去，观望女主人的动静。女主人继续喝叱，不容它犹豫。终于水牛洇到了湖这边来，先是昂起了峥嵘的头角，继而露出了大半个躯体，却并不径上岸来，只靠在树根毕露的黄土断崖下，来回地扭着身子。

"那是在磨痒，"高岛说，"泡在水里，不但舒服，还可以摆脱讨厌的牛虻。哈哈，你看那头牛，根本不想回家来！"

对岸的女主人尽管声嘶力竭，那头牛却毫不理会。这一主一畜和我们之间，形成了一个钝角三角形，而以牛为钝角。一幕事件单纯而趣味无尽的田园谐剧，就这么演了半个多小时，丘顶的我们是不期而遇的观众。高岛乐得咧嘴直笑，说仅看这一出，今天就没白过。最后，那女人放弃了驱牛的企图，提高了嗓子喊她的丈夫。

"她家隔着一个山坡，"高岛说，"天晓得她丈夫什么时候才过来渡她。我们中午足足喊了一个多钟头呢。"

可是这一次白筏却来得很快，筏首昂起，一排红帽盖在青山白水之间分外醒目。高岛一看见，便高兴地大叫：

"林先生，渡我们过去！"

那矮壮的篙夫转过头来，看到我们，便把迟缓的筏子斜撑过来。十几分钟后，我们都跳上了筏子。篙夫把丈八竹篙举过我们的头顶，一路滴着湖水，向左边猛地一插、一撑，把筏首又对回他"牵手"的方向。白筏朝北岸慢吞吞地拍水前进。四山的蝉声噪成一片。

"那只牛闹什么脾气呀？"高岛问那浓眉厚唇的篙夫，"林嫂赶了半天，都不肯上岸来。"

篙夫并不立刻回答，只管转头去瞅那崖下的畜牲，才慢吞吞地说："早起为它穿了鼻子，它有点受气。"

"你们笼总有几只牛？"宓宓问。

问话吊在半空，隔了一会儿，才吐出答案："十几只。"

三

渡过北岸，一行三人沿着湖水向右手曲折走去。高岛坚持北岸更好，因为地僻路荒，人迹罕至，而且林木较密，也较原始。南仁湖四周真是得天独厚的青绿世界，由迎风的季风林所形成，为岛上仅存的低海拔原始林区。相思树、珊瑚树、象牙树、青刚栎、长尾栲、红校攒等，丛丛簇簇，密布在多风的山坡，更与大头茶、大叶树兰一类较矮的树杂伴而生，翠荫里还蔽护着无数的蕨类。这一千多公顷的绿色处女地，文明的黑脚印不许鲁莽践踏的生态保护区，幸存于烟囱、挖土机、扩音器之外，为走投无路的牧神保留一隅最后的故乡，让飞者飞，爬者爬，游者从容自在地摇鳞摆尾，让窒息的肺叶深深呼吸，受伤的耳朵被慰于宁静，刺痛的眼睛被抚于翠青。

从南岸看过来，北岸这一带特别诱人，因为密林开处有一片平旷的草原，缓缓斜向湖水，盈眼的芊芊呼应着近岸而出水的萤蔺。那样慷慨而坦然的鲜绿，曾经在什么童话的第几页插图里见过，此刻，竟然隔水来招呼我的眉睫。无猜的天机，那受宠的惊喜正如一只蜻蜓会停在我的腕上。从南岸看过来，黑斑斑一簇，周围洒落了一点点乳白，对照鲜明，正是起落无定的鹭鸶依傍着放牧的水牛。这黑白的对照，衬着柔绿的舒适背景，却被郁郁苍苍的两岸坡岬，一左一右地遮去大半，似乎造化也意有所钟，舍不得一下子就让我们贪婪无餍的眼睛偷窥了这天启的全貌。于是我们决定北渡，去探那牧神的隐私。

今夏一场韦恩台风，肆虐的痕迹就在这世界的山里仍处处可见。最显眼的是纵横的断枝，脆的，一截截吹落在湖岸，坚韧的，像竹，则断而不脱，仍然斜垂在主干上，露出白心。我向丛竹里折取了一根三尺多长的金黄断枝，挥了几下，细长利落而有弹力，十分得手。于是一路挥舞着，见到顺手的断枝，便瞄准重心所在，向湖上挑去，竟也玩得很乐。高岛则背着一应俱全的摄影器材，领着宓宓在前头，正在端详湖景，要挑一处角度最好的"风景眼"，去擒粼粼的水光，稠稠的树色。若是忽然瞥见一闪白鹭掠波而去，或是映水而立，或是翩翩飞翔，要择树而憩，就大呼惊艳，兴奋地举机调镜，总是迟了半拍，逝了白影。

突然又传来宓宓的惊呼，那声音，不像惊艳，倒像惊魇。我吓了一跳。接着高岛也叫起来，但惊喜多于惊惶：

"一定要拍下来！"他再三嚷道。

我挥动竹枝赶上前去。转过一个黄土坡，眼前忽然一暗。背着薄阴的天色和近乎墨绿色的密树浓阴，头角峥嵘，体格庞沛，顺着坡势布阵一般地，屹立着一群黑压压的水牛。未及细数，总有十几座吧，最高处的一匹反衬在天边，轮廓更是突出。最令人震撼的，是群牛一起回过头来朝着我们，十几双暴眼灼灼瞠瞪而来。这景象不能说怎么可怖，但是巍巍的巨物成阵，一口气挡住了去路，却也令人不能不凛然止步。

"快照啊，"我催他们，"趁它们一起都对着我们。"

牛群对我们的集体注视，令我们感到处于焦点的紧张，同时它们那种不约而同的专注神态，又令人觉得好笑。两人手忙脚乱地拍了几张"牛阵图"之后，我们一个向后转，终于在那许多双目光的睽睽之下，撤退了。

"要是真面对着田单的火牛阵，才可怕呢。"我说着，大家都松了一口气，一起沿着北岸向西走。湖边的一条黄土小路，左回右转而且起伏不平，一会儿是窄埂，一会儿是断径，也不见有什么人来往，野草却践得残缺不全。近岸处的树丛下，时或令人眼睛一亮，不是匍地而开的怯紫色蝶豆花，便是粉红色的马鞍藤。最后来到一片开旷的草地，高岛和宓宓便忙于张设三脚架，测光，对镜，要把南仁湖的隐私之美伺机摄下，好带到山外的人间去作见证。我就在水边找到一截粗拙的树枝，坐下去，静观黑嫩的蝌蚪，有的摆尾来去，有的伏卧如寐，风来时也随波晃漾，起伏不已。可以想见明年春天，蛙喧的声势有多惊人。现代的都市人对山林和田野愈来愈患乡愁，虽然可以在墙上挂几张风景来望梅止渴，效果究竟还不够生动。其实录音带这么发达，为什么没有人把蛙鸣、蝉嘶、鸟叫、潮嚣之类的天籁一一录下，来解城栖者可怜的耳馋？要是有这种录音带就好了，我们就可以在临睡前播放，轻轻地，像是来自远方，然后就在满塘的阁阁蛙唱里，入了仲夏夜之梦。

蝌蚪的尾巴这么长，游动时抖得变成一串 S 形，十分有趣。我忽然心动，便把折来的黄金竹探入水里，去逗弄这些黑"蛙娃"。看它们奔来窜去的样子，真是好玩。这些黑"蛙娃"结构单纯，都是一粒大头的后面拖着一条长尾巴，像一条黑豆芽。那椭圆的滑头不怎么好玩，一来因为太小，二来因为怕伤了它。那摇摆不定的尾巴却诱人去戏弄。渐渐地，我学会了一招绝技，就是用竹枝的细尖把黑"蛙娃"的尾巴按在土岸上。它一惊，必定使劲抖尾巴，当然挣不开了。然后你一松竹枝，它立刻摆尾急窜，向深处潜逃，那情景十分可笑。不过黑"蛙娃"尾滑滑，又特别警觉，要能将它夹个正着，一举擒住，却也不容易。平均十次里面，最多命中一次。开始我深怕它一挣扎便掉了尾

隔水呼渡

巴，那就太残忍了，后来发现那尾巴坚韧得很，怎么扭挣都不要紧，就放心玩下去了。就这么，竟玩了近一小时。

水面下几寸之内的浅处，是黑"蛙娃"集体游憩的幼儿园，说得上是万头攒动。水面上，踏着空明的流光来去飘忽的独行客，却是水蜘蛛。无论你怎么定神追踪，再也看不清它迷离的步法究竟怎样在演变，只觉得它的怪异行程像鬼在下棋，落子那么快，快过蜻蜓点水，一霎时已经七起八落，最后总是停在你的目光之外。更怪的是，一般的水蜘蛛都有八只脚，南仁湖上的却只有四只，而且细得像头发，膝弯几乎成直角，身躯也细瘦得不可思议，给我的感觉，正如一组诡谲的几何线条掠水而过。

暮色从湖面蹑来，也是一只水蜘蛛。什么时候湖面已经渐渐暗下来，抬头一看，因为天色已经在变色了。这才发现高岛已经在收三脚架，宓宓在草地背后的土埂上喊我。"该回去了。"高岛也说。三个人便沿着湖岸向东走，目标是断堤近处一根系了牵缆的木桩。

"白鹭！"宓宓叫起来。

两只鹭鸶一前一后，从断堤里面幽深的湖湾飞来，虽然在苍茫的暮色中，衬着南岸郁郁莽莽的季风林，仍然白得艳人眼目。那具有洁癖的贞白，若是静绽如花，还不这么生动，偏偏又这么上下飘舞，比白蝶悠闲，比雪花有劲，就更令人目追心随，整个风景都活泼起来了。双鹭飞到南岸渡头上面的树丛，就若有所待地慢慢回翔起来。

"哇，你们看哪！"高岛大叫。

从暮色深处，湖的东端，无中生有地闪出四五只，七八只，不，十几只鹭鸶来，一时皓皓晃晃的翅膀纷纷飘举，那样高雅而从容，虽然凌空迅飞，却宁静无扰，彼此之间的位置也保持不变，另有一种隐然的默契和超然的秩序。而白羽翩翩从暗中不断地招展而来，"灵之来兮如云"，直到我估计归林的群鹭，在对岸的树梢起起落落，欲栖而不定欲飞而又回旋，至少有五十多只。不久，天色便整个暗下来了，云隙间几片灰幽幽的光落在湖面，反托出群山的倒影，暧昧得令人不安。夕愁，就是这样子吗？我们站在渡头，等待中，面前这一片湖水愈加荒僻，而浮出水面的，不是山，不像是山了，是蠢蠢的兽。

"他一定忘记我们还在这边了，"高岛说着，大吼一声，"令赏！"

回声在乱山中反弹过来，虚幻而异怪，所有的精灵只怕都惊动了。背后的密林里传来不知名的吟禽，一串有三个音节，不能算怎么恐怖，却令人有点心虚。宓宓和我也发出怪叫来助阵，一时黑暗的秩序大乱。

"令赏！"群山异口同声地回答我们。

我还想借水光看腕表已经几点了，却什么也看不清。这么喊喊停停，也不知过了多久。忽然水面上传来人声，像是两个人在说话。

"令赏！"高岛大叫。

"来了。"是篙夫在回答。

不久传来了水声，想是竹篙拨弄出来的，入水是波的一刺，出水是一串水珠落回水中。水声和人语渐渐近来，浑浑然筏子的轮廓也在夜色中蠢蠢出现。终于筏子拢岸，昏黑中，我们粗手笨脚地都踩了上去，把自己交给了叵测的湖水。人影难辨，只能从语音推测，在筏首撑篙的是林先生，在筏尾撑的是他的儿子。不由自主地，我想起阴间摆渡的船夫卡隆（Charon）。

四

从饥寒交迫的户外夜色里回到林家的平顶旧厝，在日光灯下享用热腾腾的晚餐，分外感到温暖。林厝一共分成四间，正中的堂屋有香案与神龛，供着妈祖，墙角却架着彩色电视机，台北的歌星正在荧光幕上顾盼弄姿。向右是一间饭厅，后门开出去，是一口石井，笨重的抽水机可以咿呀打水。向左是一间木板隔成的睡房，一张大床三面抵住墙壁，占去房间的三分之二，也是用硬木板铺成，上面只盖了一层单薄的垫褥。主人指定我们住这一间，我们的晚餐也就在这一间吃。就着一张小桌子，高岛和宓宓坐在床沿上，我则打横坐在凳子上。

一切都很简陋，桌上的晚餐却毫不寒酸。一大汤碗的草鱼，一碗笋，一碗青菜，一盘田螺，围着中间的一大锅酒鸡，三个人努力加餐，仍然剩下一大半。尤其是那一锅鸡汤，恐怕足足倒了一瓶米酒，烧的是一整只土鸡。每个人至少喝了两碗汤，至于鸡肉，却炖得不够烂熟，嚼得有点辛苦。因为酒浓，不久我便醺然耳热起来。鸡，是自己养的。菜，是自己种的。笋和田螺都是天生。鱼呢，满满的一湖活跳生鲜，只要你撒下网去，绝不会让你空网而归。

摇鳍摆尾的鳞族里，有鲫鱼、鳝鱼，还有塘虱鱼。

微酡的醉意下，高岛提议去渡口的山坡上看那些归巢的白鹭。

"这么晚了，看得到吗?"宓宓有点疑惑。

"哦，看得到的。一吓，就飞起来了。"高岛保证。

"这么黑，怎么找路呢?"她说。

"有灯呀!"高岛说着，回身向床上的背囊里掏出一支电筒和一个像小热水瓶的盒子，只一拧，那盒子就蓦地剧亮起来，净白的光泛了一室，耀人眼花。高岛得意地笑说:"这是强力瓦斯灯，我特别带来的。"

于是宓宓拿着电筒，高岛举起明灯，三人兴致勃勃地再出门去。走过晒谷场，刚踏上瘦脊嶙峋的土埂，宓宓忽然惊呼:"开了，你们看!"大家转头一看，跟满塘眼热的嫣红打了个照面，齐齐叫了起来。日间含羞闭瓣午睡酣酣的几百朵睡莲，竟全都醒了过来，趁太阳不在家，每手擎着一枝，举行起烛光夜会来了。经我们的瓦斯灯煌煌一照，满塘的红颜红妆一时都回头相望。寂望中，只听见瓦斯迎风的炙响，青蛙跳水的清音。

惊艳一番之后，意犹未尽，只好别过头去，向坡上攀爬。四周一片黑，高岛手中的光亮像一盏神秘的矿灯，向煤坑的深处一路挖去。到了坡顶，喘息才完，四周阒寂无声，只有瓦斯灯炽烈旺盛地嘶嘶响着。湖山浑然在原始的黑沉沉里，从石板屋到满州，从南仁山到太平洋岸，十几公里的生态保护区，只有这一盏皎白的灯亮着，暗中，不知道有多少惊愕的眼瞳向它转来，有的瞿瞿，有的眈眈，向这不明来历的发光体注目而视。众暗我明，我们是焦点，是靶心，太招摇了，令人惴惴不安。

"飞起来了！"宓宓叫道，"一起飞起来了！"

说着她挥动电筒长而细的剑光，去追踪满空窜扰的翅膀。几十只惊起的栖鹭从草坡另一面的密林梢头，激湍回澜一般地四泻散开，在夜色里盲目地飞逐来去，无数乱翼在电筒的窄光里一闪而逝。尽管如此，这一切却在无声中进行，没有一声鸟呼，像一场哑梦。

突然，高岛把瓦斯灯熄掉，黑暗的伤口一下子就愈合了。只剩下宓宓的窄剑不时挥动着淡光，在追捕零星鹭影。晚上九点钟的样子，四围的山脊起伏，黑茸茸的轮廓抵在灰黯黯的夜空上，极其阴森暧昧，难以了解。劲风从东边吹来，那是太平洋浪涛的方向。隔着东岸的丘陵当然听不见潮水，天地寂寞，即使用一千只耳朵谛听，十里之内，也只有低细的虫吟。

五

再回到林家厝，宓宓和我都有点累了。高岛却精神奕奕，兴致不减，又从他的百宝囊中取出土红的茶壶和三只小茶盅，点起酒精灯，煮起乌龙茶来。他再三强调，入山旅行不可不带茶具，更不可不喝热茶。一面说着，一面为我们斟满泡好了的乌龙，顿时茶香盈座。宓宓浅啜了一口说道：

"这么浓的茶，我不敢多喝，怕睡不着。你又喝茶又喝酒，高先生，一切都背在背包里，不怕重吗？"

"这些行头加起来也不过二十公斤，算得了什么？"高岛说着，瞪大了圆眼，一扬眉毛，自豪地笑了起来，"我做了好几年的高山向导，这一切早就惯了。也不记得带过多少登山队了，下雪，刮风，什么都遭遇过，尤其是下雨，一下大雨就会发山洪。有时候困在雨里，只好在帐篷里一夜睡在水上，祷告整个通宵。"

"听说你救过好多人呢。"宓宓说。

"那本来就是向导的责任，"高岛轻描淡写地说，"有一次冒着暴雨，登山队里一个女孩子吵着要自己先回去，再劝也没用。果然，跌下了山去，跌到一半断了腿，再翻身又滚了下去，成了重伤。她要求大家让她死掉，因为断骨错在肉里，不能再移动，太痛苦了，又怕会终生残废。我把她劝得回心回意转。大家轮流抬她下山，没有谁不累得死去活来。"

"真是太惨了，"宓宓说，"后来呢？"

"后来算医好了，年轻嘛。"

"台湾的山难事件也真多。"我说。

"不外是准备不够，经验不足，失去联络，而且不信向导的话……"

大家笑起来。宓宓又问高岛是不是常不在家。

"是啊，"高岛眉毛一扬，"三天倒有两天是出门在外，以前是做高山向导，现在是为了摄影。照相的人不像你们诗人可以在家里吟风弄月，我们只有到处去寻找镜头，有时为了等一次惊天动地的浪花，要在海风和咸水里……"

　　"摄影家必须深入自然，深入民间。"宓宓大发议论，正待说下去。

　　"摄影家是一种特殊的旅行家，"我抢着说，"他不但要经营空间，更要掌握时间。世上一切启示，自然所有的奥妙，只展向耐久的有心人。他是美的猎者。徐霞客要是有一架奥林巴斯……"

　　"说得好，说得好！"高岛大笑。

　　"摄影家一定要身体好，"宓宓说，"你认得庄明景吗？对呀，就是拍黄山的那位。为了要拍落日从山谷的缺口落下，他请向导把自己绑牢在松树上，以防跌下山去。"

　　"我的身体从不生病，"高岛认真告诉我们，"以前我常练瑜伽术，可以倒立好半天。有一年冬天，有个和尚跟我打赌，两人把上身脱光了，倒立在风里，引来好多人围观，最后那和尚冻得受不了，只好认输。哪，像这样——"

　　说着他果真在床上一个倒栽，竖起蜻蜓来。他竖得挺直，过了几秒钟，又放下腿来，两膝交盘在一起，最后把下半身向前折叠过来。这么维持了一阵，才一一自行解开，恢复原状。宓宓和我鼓掌喝彩。

　　"再来一杯茶吧。"高岛略喘息之后，又为我斟了一杯。

　　大家真也累了，就势都躺下来，睡在硬板的大通铺上。宓宓在我左手，高岛在我右侧，不会儿，两人都发出了鼾声，一个嘤嘤，一个咻咻，嘤吟在左，咻哦在右，此起彼落，似乎在争颂睡神。只剩我独自清醒地躺着，望着没有天花板的屋顶，梁木支撑，排列着老厝的脊椎。灯暗影长，交叠的梁影里隐隐约约都是灰褐的传说。这样的屋顶令我回到了四川，回忆有一种瓦的温柔。

就这样无寐地躺在低细的虫声里，南仁湖母性的怀中，感到四川为近而台北为远。台北和我已变得生疏，年轻时我认得的台北爱过的台北，已经不再。厦门街的那条巷子，我曾经歌颂过无数次的，现在拓宽了，颇有气派，但我的月光长巷呢，三十年的时光隧道已成了历史，只通向回忆。

经过了香港的十年，去年回来，说不上"头白东坡海外归"，却已是另一个人了。我并没有回到台北，那回不去了的台北，只能说迁来了高雄。奇异的转化正在进行，渐渐，我以南部人自命，为了南部的山海，和南部的一些人。相对于台湾的阴郁，我已惯于南部的爽朗。相对于台北人的新锐慧黠，我更倾心于南部人的乡气浑厚。世界已经那么复杂，邻居个个比你精细，锱铢必较，分秒必争；能有一个憨厚些的朋友，浑然忘机地陪你煮茶看花，并且不一定相信"时间即金钱"，总令人安心，放心，开心。我来南仁湖山，一半出于老派的烟霞之癖，什么鸥盟鹭约之类的逸兴，一半却是新派的生态保护，对种种污染与破坏的抗议。深入原始的山区，原为膜拜牧神而来。不料向导我来的人，出山入水，餐风饮露，与万物共存而同乐，童真未丧，本身已经是半个牧神了。说不定就是牧神派来的吧，或者，竟是牧神自己化装下山的呢？

高岛翻了一个身，梦呓含糊，也不知是承认还是否认。

一九八六年十一月十五日

隔水呼渡

木棉之旅

世界上的花树之中，若论阳刚之美，我的一票要投给木棉。因为此树的主干坚挺而正直，打桩一样地向大地扎根。发枝的形态水平而对称，每层三尺，一层层抽发上去，乃使全树的轮廓像一座火塔。花发五瓣，其色亮橘或艳红，一丛丛地顺枝发作，但从树下仰望，一朵朵都被黑萼托住，明丽之中另有一种庄严。一棵盛开的木棉树展示出匀称而豪健的抽象之美。

高雄人虽然把木棉选成了市花，春天来时，市内的紫荆和黄槿虽然处处惊艳，却少见木棉朗爽的影子。整个中山大学的校园只有瘦瘦的一株，高雄女中的前院有一对；最动人的一丛，约为八九株，却在师范学院里面。其他的地方应该还有，不过为数有限，否则去年三月，木棉花文艺季要做海报，不至于找不到可以取景的地方。

倒是沿着初春的高速公路北上，一出了高雄，往往一排排盛开的木棉，像服饰鲜丽的春之仪队，夹道飞迎而来，那么猝不及防，又像是美之奇袭，一下子照得人眼红心热，四周的风景也兴奋起来。美，有什么用呢？常有精明的人这么精明地问。我也说不出它究竟有什么用，只觉得它忽然令你心跳，血脉的河流畅通无阻，肺叶的翅膀迎风欲飞，世界忽然新奇起来。这还不够么？

木棉之市而不见木棉，总有点徒具虚名，而所谓木棉花文艺季也只是心里发热而已。与其艳羡别人的地方木棉成行成队，例如台北的罗斯福路，何如趁早在自己的门口植树呢？所以在三月二十一日，春分那天，木棉花的信徒们便荷铲提水，在仁爱公园里种下了一百多棵木棉的树苗，满怀希望，预约一个火红的春天。参加种树的家庭各认领一棵幼苗，不但全家一起填土浇水，而且以后还要定期回来护苗。有两个小姊妹都穿着木棉红的短装，戴着木棉落瓣编成的花冠，也忙着为新苗浇水：她们父母的巧思赢得其他种树人的称赞。

一排美丽而伶俐的女童子军列队在凉亭边，等着把带头的种树人领去各自的新苗之前。她们不也是青青的新苗吗？我满心愉悦地想。苏南成市长种的是一号树苗，我则被领去第二号。那天气候晴爽，不算很热，苏市长兴奋得像个大孩子，反过来领着他的那位女童子军，大呼一声"跟我来！"他铲了好多泥土填坑，对四周的市民和记者说："这棵树就是我了，树在人在，树死人亡。你们要好好保护。"逗得大家都笑起来。

预约一个火红的春天吗？要再过几年才会成树发花呢？真令人等得心焦。但是才过了几天，就有人告诉我说，那些新苗已经有不少被拔掉了，或是折断了。我的心凉了半截。让春天从高雄出发吗？大话是我说的，也许是我太天真了，才看到种子就幻想一座森林。如果心中没有春天，即使街上有成排的花树，空中有成群的燕子，这仍是一座冷酷的城市。如果人人都不浇别人的树，绿荫就不会来遮你的头。

就在这时，远离五福路和七贤路的滚滚红尘，在东北东的方向，在两千八百多公尺的南大武山影下，在一所山胞读书的小学校园里，一座百龄以上的原始木棉树林，却天长地久地矗在半空，耸着英雄木高贵的门第。

这是薛璋听来的消息。他只身下乡去探虚实，回来告诉我们说，花期已过，满树的蒴果悬在半空，不久就会迸裂，只等风来吹棉。还有，他说，那些老树都已参天，有十层楼那么高。

"真的呀?"好几双眉毛全抬了起来，没有十层楼高，却至少有一寸高。

终于一辆游览车载着我们一行二十多人，越过宽宽的高屏溪，深入屏东县境，来到雾台乡武潭小学的平和分校。正是星期天的中午，只偶然看见三两个衣着简朴肤色微黯的排湾族小孩。车未停定，蔽天的林木之间已可窥见学校的校舍。等到停定，发现入林已深，天色竟然有点暗了下来，众人下车，四下里打量，才省悟不是天变了，而是树林又密又高，丛叶虽然不很浓茂，但是树多，一有缺口，便有更多的树围拢过来，而最触目惊心的，是那些灰褐的树干全都矗然而直，挺拔而起，几何美的线条把仰望的目光一路提上天去。

"这些——"一个昂起的头，曳着秀长的黑发说，"就是木棉树吗?"

"是啊，这些全是木棉。"黄孝棪校长说。

"黄校长以前在屏东做过教育局长，"薛璋说，"这一带每一所小学他都到过。"

"这些木棉怎么会这么高呢？"那颗昂头垂下来问道。

"哦，这些都是外国品种，相传是三百年前由荷兰人带来的。"不知是谁回答。

"林务局的人告诉我，"心岱说，"这些树是四十五年前，日据的末期种的，品种来自美洲。植了四千株，现在只剩下五百多株了。"

"怪不得跟我们本地的不一样，"那颗长发之头又昂起来了，"不但高，而且发枝的姿态也是往上斜翘，不像本地的那样平伸。"

"好高啊，"另一颗头颅仰面说道，"恐怕有十层楼高吧？"

"没有十层，至少也有七八层楼高，"我说，"可惜花期已过，否则这几百棵木棉一起发作，怕不要烧红半边天。"

"啊不，"薛璋说，"本地人说，这些吉贝属的老木棉开的是一丛丛的白花。现在花期虽过，蒴果却结了满树，再过不久，果都裂开，风一来，就会飘起满天的飞絮。"

"真的？"好几颗放平了的头又仰起脸来，向七层楼上扫描。果然，满天都挂着土褐色的蒴果，形状有点像甘薯，简直成百成千。

"哇！棉花就在里面吗？"几张嘴抢着问树顶。累累的蒴果并无反应，空气寂静无风。

"那么高，否则采一只下来剥剥看。"谁在埋怨。

"哪，这里有一只呢！"有人叫道，一面蹲下去拣了起来。几颗头都围了过去。那人把枯裂的棉荚剥开，里面露出一团团白中带点淡黄的棉絮，拿到嘴边一吹，几朵胖胖的小云便懒懒地飘扬起来。一时众人都低下头去，向树底的板根四周，去寻找落地的枯荚。寻获的人一声惊喜，就剥开来大吹其棉絮，只见乱云纷纷，有的浮荡了一阵落到泥地上，有的就沾上头发和衣服。远远望去，又像是一群儿童在吹肥皂泡。

大家兴奋地朝前走，画眉鸟啾啭的森林浴里，来到木棉林的另一端。绿荫疏处，南大武山的翠微隐隐在望。黄校长手里捧着两只蒴果，跑过来送我；君鹤又拣到一只颜色青嫩的，说是落地不久。有人找了一只纸袋给我装起来，很快地，袋里就有了半打蒴果了。

我们走到一柱巨干的面前，细细观赏树皮的肌理。只见古拙而粗糙的表皮，瓦灰色之中带点淡赭，十分耐看，纵走的裂纹之间，长着一簇簇的尖刺，望之坚挺而犀利，有两公分长。长得密的部分，像是严阵待敌，令人想起一枝巨型的狼牙棒。大家忍不住用手指去试那一排排骇目的锋芒，像是在摸一件年淹代久而犹张牙舞爪的兵器。

"你看这木棉树，"我说，"刚柔都备于一身，有那么温柔的棉絮，也有这么刚烈的刺。"

"本地的木棉树也有刺的，"宓宓说，"不过没有这么坚锐，倒像是脸上的疱。"

大家都笑了。我说香港的木棉也是如此。忽然树皮上有物在蠕动，其色暗褐，近于树皮。原来是一只大天牛，正在向上攀爬，触须挥舞着一对长鞭。向阳拾起一根断枝，逗弄了一会，好不容易才把这难缠的"锯树郎"引下树来。

作者与徐君鹤合抱木棉树（范我存摄）

　　我和黄校长、君鹤先后合抱住这座千刺的巨树，让宓宓照相，一面留神，不让这狼牙巨棒把我们搠成蜂窝。刚毅而魁梧的生命，用这许多硬角护住胸中同心圆年轮的秘辛，就在我们软弱的手臂间向上升举，举到不见项背的空际。拔之不起，撼之不摇，一刹那，人与树似乎合成一体，我的生命似乎也沛然向上而提升，泰然向下而锥扎，有顶天立地之概。这当然是瞬间的幻觉罢了。无根之人凭什么去攀附深根的巨树？且不说树根入地有多深多广，就看地上的板根，三褶四叠，斜斜地张着，有如怪鸟的巨蹼，虽然比不上银叶蟠踞的板根，也够壮观的了。

　　正想着，脚下踩着一样东西，厚笃笃的，原来又是一只蒴果。俯拾起来，沿着裂缝剥开，里面一包包尽是似绢若棉的纤维，安排得非常紧凑。再把棉絮剥开，里面就包着一粒豆大的光滑黑籽。就着唇边猛力一吹，飘飘忽忽，一朵懒慵慵的白云就随风而去。只可惜吹的是口气，不是山风。午日寂寂，一点风也没有。若是起风，这朵云的飞程就会长久多了，而种子呢当然会播得更远。我不禁想起了蒲公英。

　　"真应该得最佳设计奖。"我赞叹道。

　　"但是吹到哪里去呢?"宓宓像在问自己。

　　"那些小树不就是吗?"君鹤指着十码外的几株青青幼树，细干上长满了丛刺，有如玫瑰的刺茎。最令人惊奇注目的，是有些多节的断桩上，亭亭而立抽出嫩青的新干；有的新干也断了，竟长出更嫩更细的茎来，形成三代同根的奇景。先先后后，我们不都是乘风飘海而来的吗？为什么树皆有根，大地曾不吝乳汁，而人，几十年了，却无处容你落根。不知道我们是谁设计的，竟这么不够完善。

楚戈走了过来，看见我们正在指点一株三代树，断桩高可及腰，断面有椅面那么大，正围在三枝新干之间，顶上还覆着一簇簇五片的鲜绿新叶。"太好了！"楚戈说着，脱去鞋子，径自登上桩座，靠在三干之间，盘腿闭目，打起坐来。几架摄影机向他对准。楚戈浑然不觉。

"你们看哪，木棉道人！"我说。大家笑了起来。

回程的车上，仍然有人在谈论木棉，几乎每人都带回一只蒴果。我在想，木棉的叶子并不茂密，遮阴无功。它的木质松软，只能做包装箱板。自从合成棉采用之后，它的棉絮已经没有人要收了。据说干了的花瓣以前可以做药，有助消炎。而现在，此树几乎没有什么实用了，它纯然是为了美而存在，花季虽然不长，比起夜深才灿发的昙花却耐久多了。当它满枝的红蕾一齐烧起，火炬一般的接力赛向北传透，春天所有的眼睛全都亮了。木棉花季是醉了的视觉。梵高死了，梵高的灵魂在向日葵里熊熊发光。但愿木棉能找到中国的梵高。

一九八七年四月十八日

梵天午梦

———泰国记游之一

一

去过泰国的游客，在回程的时候，袋里有几张泰国钞票或几枚泰国钱币。如果他仔细端详，就会发现那上面的图像都与佛教有关。泰币一元叫铢（baht），常被误为一铢；上面的图像便是宫墙之中矗起的巍巍金塔、簇簇蔥尖，玉佛寺最动人的一景。十和五十的钞票上，正反两面都有一个异形，鸟头鸟足，人臂人身，头戴高冕，臂张巨翅，表情十分威猛。如果他翻开护照，就会发现泰国的签证章上也有这图案。要问这是什么怪物，只怕匆匆的游客里没有几个知道。

原来这是泰国的国徽，见于一切的官方文件，叫做格鲁达（Garuda）。据说那是众鸟之王，守护神毗湿奴的坐骑。他的死敌是蛇王纳加（Naga），也是他同父异母的兄弟，因此鹰蟒常作殊死之斗。足见佛教在泰国颇有印度教的成分；至今泰王宫中的盛典仍由婆罗门的祭司主持。

鸟王格鲁达和蛇王纳加的形象，在泰国随处可见。纳加的造形有一点像中国的龙，只是躯体较为短胖，其首若眼镜蛇，每呈复叠状，多达七头。相传七首的纳加曾经蔽护过冥坐的佛陀。在泰国传统的栏杆上，常见他奋然昂首，令人不安。我喜欢泰国的原因，主要在佛教，在其金碧辉煌的异国形象与神秘感。所以我婉谢了朋友为我安排的芭提雅之行，宁可留在曼谷看寺。

我存和我什么教徒都不是，却最爱看庙看寺。在京都，我们流连佛寺的古风与禅味。在欧洲，我们仰瞻低回的也尽是巍峨的教堂。

从十三世纪的素可泰王朝（Sukhothai Dynasty）以来，佛教早成了泰国的国教。佛教自印度北传，至尼泊尔、中国、韩国、日本，是为大乘佛教（Mahayana Buddhism）；南传至于锡兰的，是为小乘佛教（Hinayana Buddhism）。泰国所受者乃锡兰的小乘（在泰国又称 Theravada），其宗教生活以三宝（Triratana）为中心，亦即佛、法、僧（Buddha，Dhamma，Sangha）：佛像供于寺内，亦供于家中；佛法在寺院与学校都要讲授；至于僧侣，则处处可见。每日清晨，满街都是成群出来化缘的沙弥，菩提的绿荫下飘动着鲜黄的袈裟。在泰人的眼中，化缘不是和尚行乞，而是让施主有机会行善，真是善哉。迄今泰国五千三百万人之中，仍有百分之九十五信奉佛教，每个青年至少要做三个月的和尚，而以七月月圆之日为闭关之始。那一天泰语叫 Asanha Bucha，用以纪念释迦初次对最早的五位徒弟讲道。此外，当今节基王朝（Chakri Dynasty，一七八二年至今）的泰王蒙谷拉玛四世，登基不过十七年，在登基之前却为僧二十七年，可见僧侣在白象王国的地位。

二

曼谷的佛寺有四百多间，论地位之高，名气之大，当然首推玉佛寺（Wat PhraKaeo，英文叫做 Temple of the Emerald Buddha）。我到曼谷的第三天上午，有缘去瞻仰一番。

粉白的宫墙延伸如一列幻象，忽然浮现在眼前，关不住满宫的塔尖和甍角，一片亮金和暖眼的橘红，已经在半空照耀着我们了。以后的三小时，我们就迷失在一场灿烂的午梦里，至今尚未全醒过来。

最夺目的色调是金黄，来自一排排一簇簇的纪念塔。最显赫的一座是倒钟形的圆锥体，上面贴满了金叶，据说是锡兰传来，叫做吉地（chedi），乃泰王蒙谷拉玛四世所建。另有两座金塔，像刻成台阶的金字塔，叫做窣堵波（stupa）。这三座擎天巨塔衬着天蓝，十分光灿，在近午的艳阳下，更绚灿得耀人眼花。向东耸立，靠近回廊的是一排八座普朗（prang），其状颇似中国的宝塔，顶上也有七级浮屠，但体魄比较厚实，四周的花纹非常精致，不像中国的宝塔那么玲珑尖拔。这种普朗塔是仿自高棉的佛寺，最闻名的当然是吴哥寺（Angkor Wat）。吉地金塔的斜对面就有吴哥寺灰石的模型，具体而微，令人恍若身在高棉，从半空俯窥。泰国不能忘情于吴哥，只因高棉曾经是她的藩属。

金色之外是橘黄色，那层层交叠的圆瓦，像整齐而精致的鱼鳞，在高峻的屋顶一路泻了下来，极有气派。巨幅的橘色瓦四周，更镶了翠绿的边，对照得异常鲜丽。有时那组合倒过来，屋顶的百尺长坡尽是稚嫩的绿瓦，四周却衬以烘眼的亮橘。小乘佛寺的配色高妙之至，明艳到了含蓄的边缘，而能恰好避免庸俗。梵宇的殿堂亭塔，金闪闪的主色底下，往往衬以嫩绿或宝蓝，匹配的悦目效果，令仰观的信徒不能移目。玉佛寺正殿的三角墙上，那一丛金叶的下面覆盖着的，正是高雅圣洁的宝蓝。真是大开眼界了。曼谷四日，我这唯美主义的眼瞳可谓娇养成癖，一回来，就不惯了。

那一丛垫蓝的繁金，远望金碧不可开交，近前细细仰望，终于把密叠的形象分辨了出来。原来正中是威猛奋发的万禽之王格鲁达，掌中握的，脚下踹的，正是盘旋不驯的蟒王纳加。格鲁达的肩头立着一位高冠的天神，想必就是印度教的守护大神毗湿奴了。再细看时，四周的盘蟒交缠如藤，中央都端坐着一个小毗湿奴，说得上真是金碧交加。

这格鲁达的雕像，怒目张臂，巨喙昂扬，踏大蟒在脚爪下，蟒的长尾兀自翘着，正在使劲挣扎。张力逼人，比起希腊的雕像拉奥孔（Laokoön）或艾尔·格列柯的名画来，并不逊色。小乘信徒把他奉为辟邪的吉兆，他的悍姿到处可见。沿着玉佛寺正殿的墙脚，在珐琅蓝嵌珠母白的图案下面，就整整齐齐排列着一百一十二座护寺的格鲁达。戒备这么森严，想必任何妖怪都不敢狎近了。

禽王之外，蟒王纳加的复首蛇身也是泰国常见的形象，甚至成了流行的装饰。我住在文华酒店里，栏杆顶上就饰有此物。佛寺的屋檐四角，看来如翼面欲飞起的，其实都是蟠蜿的纳加，可以说就是泰国的龙了。

比纳加更引人注目的，该是屋脊两端的翘发（chofa）。泰国的天空一定被成千上万的这种尖角搔得发痒。从美学的观点看去，那一层层高屋建瓴的屋顶真像是斜上天去的峻坡，仰望的目光要努力攀爬。那些头角峥嵘的翘发，背负着蓝空，就像巍立在坡顶的一群山羊，挺着弯面长的尖角，还垂着胡须。其实那些翘发的造形，是鸟头鸟颈的延伸，也是禽王格鲁达的象征，怪不得满天都是。寺庙原是人与天的交际，建筑上该有升腾的感觉。悬在我们额顶的这些高坡已有朝天之势，上面的鸟头探望天外，更有飞升之想。潜移默化，当然激起信徒仰祷的愿望，善哉！翘发在泰文里的意思，据说是天流苏（sky tassel），名字真美。不过一般的流苏都是垂下，唯独翘发是向上挑扬，真不愧是天流苏。根据泰国建筑的传统，寺庙落成之时，要先举行一场典礼，才能为屋脊装上这些天穗。

寺内的雕像极多，有如露天的大美术馆。最慑人的是一尊尊矗立的夜叉，高盔峨然，全身甲胄，两腿微分，两手则在胸前合握着一根比碗口还粗的金刚粗巨杵。袍甲上面都饰有金色的花纹，图案十分精细，金纹下面还有各殊的底色，配得鲜丽悦目。连那根金刚杵也用这样的配色，装饰得一丝不苟。对照之下，脸上的表情就显得更加猛烈：两眼突兀而圆睁，一圈眼白把瞳仁反托得分外狞恶，一列裸露的白齿里伸出尖长的犬牙，正合了中国旧小说所说的

刺痒曼谷云空的天流苏（范我存摄）

"青面獠牙"。但是并非每一尊夜叉都是青面,而是面色各殊,穷极变化。我站在这些凶神恶煞的脚下战战兢兢地仰望威仪,想起"丈二金刚,摸不着头脑",忍不住要发笑。可是顶上这些凶神,每一尊都高近二丈。

不过另一组雕像却妩媚迎人,显然是女性。其状半人半兽,约有一个半人高,据说是喜马拉雅山上的森林之神。书上说她有人首人身,鸟翼鸟足,其实玉佛寺里的那几尊,上半身固然是女人,腰以下却显然是一匹母狮。不论她究竟是什么,只见其背挺直,其乳丰隆,腰细而腿长,全身的曲线流利而有弹力,堪称健美,后面还昂然扬起一条狮尾,更添婀娜摇曳之姿,侧面看去,尤其诱人。她戴着上耸层塔的高冠,和一圈又一圈密接的项链,乳罩周围镶着花边,上臂和手腕都戴了金镯,上嵌血红的宝石;她双掌合十,手指纤长,令人想起泰国舞女。也有两尊是一手扶着腰,一手拈花而嗅。脸上的表情若羞若笑,弯弯的眉下,柔目闭而欲开,神秘的风韵不输蒙娜丽莎。这女神名叫旖娜旎(Kinnari),其男性则名奇纳拉(Kinnara)。

奇纳拉的脸相极肖夜叉,倒是长了鸟尾。另一种雕像则是托塔的夜叉。这些夜叉的造形跟镇守庙门的那一排手握巨杵者相似,不过为了托住金山一般的层塔,不但要用头顶,用手掌力撑,更张开马步,降低重心,沉住一口气,把万钧重压之势匀分在两脚。可怜这许多蛮君鬼伯就这么忍负着千古的重担,压得臂弯而膝扭,永远直不起腰来。这托塔的群像,不言而喻地,把金塔镇地的分量强调了出来。

正是夏雨初歇，地上还汪着一片片水渍，太阳又露出脸来。一刹那这金黄的世界轰地烧起，空气里抖动着金芒似网，煌煌，焕焕，迎光的轮廓，忽然失去了界线，像熔浆烧化了，流动不定。广覆在大平台石阶旁的一棵大菩提树上，传来类似八哥的啁啾，不断翻弄着巧舌。一阵风起，大殿高檐上悬挂的铜铃铿铿叩鸣，此起彼落，传递着清空的情韵。阶下的大水缸里平铺着翠叶，一朵红莲静静地开着。

为了避日，我们躲到南边的回廊上去。长长的回廊把偌大的一座玉佛寺护卫在中间，上面覆着三层橘色瓦的屋顶，下面还撑着白柱。廊壁一幅又一幅接过去，巨幅的壁画气象宏伟，连环图一般也递接过去，几千尺横陈的空间，伸展着动人心魄的壮丽史诗，正是古印度《拉玛耶那》（通译《罗摩衍那》）的神话。故事说的是阿约耶王子拉玛，原是守护神毗湿奴轮回转生，因拉动神弓而赢得喜妲为妻。锡兰的魔王剌瓦那将喜妲掳去，拉玛得猴仙哈努曼之助，以猴架桥，得渡海峡而救回妻子。这壮阔的史诗要用两万四千对偶句才说得完，可见壁画有多大的场面。我们一路追看过去，因为拉玛五世所撰的说明是用泰文，只能凭画面大约猜想。画里的宫殿建筑，一眼望去，屋脊尖翘成一簇簇的天流苏，屋顶斜成陡峭的瓦坡，显然都是泰国风格。既然画的是锡兰与印度，可见泰国的小乘艺术确是经由锡兰传来。同时，《拉玛耶那》传来泰国后，曾经节基王朝的拉玛一世改编成戏剧，叫做《拉玛根》（*Ramakien*）；玉佛寺长廊的壁画便以此为本。

最生动的一幕是猴仙哈努曼卧在海峡上，让猴子大军攀尾爬背而渡。猴仙的脸形有点像夜叉门神，他的神通广大，淘气善变，正与孙悟空相通。非常有趣的一点，是画中的山水层次井然，色彩鲜丽，俨然是西方文艺复兴的透视规模。

三

终于我们怀着虔敬的心情，来到庄严而华丽的玉佛大殿阶前，随着众人把鞋子脱下，放在长木架上，尘埃不沾地攀级而上。殿有三层瓦顶，斜檐上蟠着如蛟的蟒王纳加，四壁的础石上排列着多少尊格鲁达驯伏纳加的镀金塑像。高耸的墙壁在珐琅瓷上镶满了珍珠母，反光的时候有一种浮晃面游移的幻觉。

顶着金冠的高门开在台阶的顶端。进得殿去，肃然无喧，满堂的善男信女跪了一地，泰人、华人、西人，都仰望着高处供着的玉佛。从我坐的花瓷砖地上仰望，那亿万信徒瞩目的玉佛端坐在五十度的仰角，两脚交叠，双手也交叠，掌心向上，正是佛像中"冥想"的坐姿，梵文叫做"三摩地"（Samadhi），亦即"三昧"。层层的神坛一路叠上去，象征着印度教众神所驾的飞车，最高的两层看得出是一排格鲁达合力举起了众神，再往上，就是佛陀的莲座了，背后更撑起层叠的黄伞。

这一尊小乘佛教观瞻的焦点，是泰国最神圣的国宝。泰国人称它为 Phra Kaeo，英文称它为 The Emerald Buddha，其实不是翡翠，而是从一整块碧玉中细雕出来的。相传这是众神造来送给锡兰蟒王的礼品，又据说它最早出现在世上，是在十五世纪的泰北，当时表面敷着灰泥，供于昌莱（Chiang Rai）的一座寺塔。一阵暴风雨之中，电殛塔毁，方丈把泥像带回僧舍。有一天，他发现泥像的鼻子怎么剥落了一块，里面露出了碧绿。他把灰泥一起剥去，里面赫然是这尊碧玉佛像。

当时，昌莱城是在清迈治下。消息传开，清迈国王桑方堪立刻派出一头象去迎佛进京，但是那头象到了三岔路口，竟改向而去南邦（Lampang），一连三次都如此。清迈王领悟玉佛之灵立意要去南邦，乃许其留在该地。过了三十二年，到一四六八年，清迈王狄洛卡才把玉佛接去京城，供于琅塔的东龛。

又过了八十多年，到了一五五一年，清迈王死去，却无太子继位，幸有公主在寮国为后，生王子柴捷达。群臣乃议迎寮国王子来做清迈的新君。次年，寮王去世，这位清迈客君思归心切，乃于一五五二年回去寮京琅勃拉邦（Luang Phrabang），临行对清迈的群臣说，他会回来。结果他一去不返，也不送回玉佛。十二年后，缅甸来犯，柴捷达不敌，被逼迁都永珍（Vientiane，即万象），玉佛遂在新都长供了二百一十四年之久。

直到一七七八年，正值华人郑昭统治泰国的吞武里（Thonburi）王朝末年，大将节基（Chakri）领兵攻下永珍，才把玉佛迎回国来。四年后，节基自立为王，建立了曼谷王朝，成为开国之君拉玛一世。一七八四年三月二十二日，他把玉佛从故都吞武里迎过湄南河来，迁入新京曼谷，在

蛇王纳加（左）森林之神旖娜旎（右）

旖娜旎：喜马拉雅山森林女神（范我存摄）

隆重的典礼中供奉到新盖的玉佛寺内。从此这历经劫难的灵玉成为天佑泰国之宝。

玉佛的坐像加上像座，高六十六公分。一般都认为此像发现于一四三四年，造像之年亦不过稍早，应属北泰风格。同时，玉佛叠掌叠腿的"沉思"坐姿，在泰国的佛像雕刻艺术中乃属罕见，却近于印度南部及锡兰的风格，所以其来源当为锡兰或南印。自从拉玛三世以来，玉佛每年都要易装三天，那就是各在夏季、雨季、冬季开始的一天，典礼隆重，均由泰王亲手换衣。

那天近午时分，我们进了正堂，随众跪坐。因为走累了，我只是坐在瓷砖地上，双手撑在身后，双腿自然而然就向前直伸。不一会儿，人影闪处，警卫忽然走了过来，对我指指点点，声音虽然低抑，却显然透着不悦。经同游的符传文先生解释，原来在泰国，以脚底对人乃是失礼，何况此刻我脚底对着的，竟是曼谷王朝最神圣的国宝。我立刻缩回罪恶的双脚，屈起膝来。经此一斥，我非但不恼，反而对泰国增加了好感。

禽王格鲁达（左）和夜叉（药叉）（右）

167

升堂要先脱鞋，既入堂则必须跪拜，且不得喧闹，这正是对神明的崇敬，未可全以迷信视之。敬神的民族总能赢得我的尊重。敬神，则在道德之上，冥冥中还有一更高的秩序在提升，在援助，在监督，总多了一种约束力。宗教的效果，积极则为敬，消极则为畏。举头三尺若有神明，所以君子敬之，小人畏之。一个民族，等到君子不敬，小人无畏，就不可收拾了。台湾遍地是庙，似乎是敬神之邦，可是我不能感受到信徒的虔敬精神。相反地，用扩音器来扰人，用色情来酬神，祈祷只为下注，赌输了竟斩神头以泄愤，凡此不但失敬，而且无畏，简直可悲。

此外，佛要金装，虽是一句俗话，却有至理。不论是寺庙或教堂，若是不美，总不能动人。若是丑呢，就更难教人信了。所谓美，倒不一定要怎么堂皇，像日本京都的禅寺，清静雅洁，松竹幽深，香火肃穆，也能令人心折。至于曼谷佛寺的金碧辉煌，亭塔争光，外则夜叉守门，神鹰耀武，内则佛相庄严，无论坐姿或卧态，都令人敬畏，却又不失慈悲。黄伞所覆，莲台所托，那大气磅礴的姿势，或即神的肢体语言吧，是那么单纯而有深意。再仰瞻那颜面的表情，是那么含蓄而内敛，长眉修目，丰准宽唇，垂耳几乎及肩，那隐然垂视而欲俯首下心、担负世间一切苦难一切罪孽的心肠，令人一望而知其为大彻大悟。这样的脸谱，若是真人，恐怕未必好看。但当佛相来拜，却无比动人而观之不足。基督教神像与圣徒的脸谱，虽也庄严，却太写实，太像真人了，稍欠神秘的距离。

佛家告诫：色即是空。然而这一切金碧辉煌、法相庄严，岂非都是镜花水月？大概我六根不净，六尘犹染，尚在色界与众浮沉，离无色之界尚远。对我而言，佛是宗教，更是艺术。对我而言，要人真与善，仍须经由美的"不二法门"，可谓安矣。不过对于芸芸众生，寺庙之美仍是眼根耳根，不得清净，也无须戒绝吧？

想到这里，我以手支地，权缓腿酸，心猿意马仍随目光向四壁驰骋。在玉佛的金坛前方，另有七层的神坛，左右各一，上而各立一尊佛像，高三公尺，立姿均为上臂贴腋，前臂平伸，两掌向前而五指向上。据说这是立佛雕像中的驯海之姿（Abhaya Mudra）。青铜塑造的佛像都镀了金，华丽非凡的塔形皇冠及衣饰上镶满了宝石，实在不是一眼就能尽览。拉玛三世把两尊巨像献给他的先王拉玛一世与二世，那脸形如蛋，椭圆而尖，蛾眉凤眼，秀气灵动，线条饶有抽象之美。

在玉佛的高阶宝座上，由上向下，成双地排列着十尊较小的立佛，手势与装饰也具体而微，是曼谷王朝历代的君主立来献给拉玛三世以前的皇室贵人的。这些，跟下方的两尊巨像相似，也都是踏着莲台，遮着橘黄色的叠伞，只是伞仅五层，不像巨像那样共有七层。

壁画也是如锦添花，令人无暇注目，逐一细看。壁上的大平面是另一空间，另一世界，使地上的世界显得多么单调而寒酸。壁画是尘世之窗，开向神明。在玉佛背后，西南的壁上是佛教的三界，依次是欲界、色界、无色界。东面的壁上绘的是佛陀的觉悟。南北两壁的众窗之间，叙述释迦牟尼前世的五百五十身轮回，谓之阇多迦（Jataka）；

窗的上方展示的则为释迦的生平。北壁的下方，车骑浩荡，象座巍然，是王辇陆上出巡。南壁相对的部分，则是河岸上的行列。诸天的神佛，满目的妖魔，无数的劫难与轮回啊，将我，这么一个小根小器的迷人，高速、加速的旋涡一般车轮转围在中间。我的色蔽之目从来没有这么忙过，欲蔽之心更从未这么乱过。壁上的眼睛都在看我，悲怜地看着我么，看着我，问我何时才能挣脱幢幢的八邪，跳出熊熊炙人的火宅？一刹之间，心念几度飞越了新罗，千劫万劫都似已失去——

出得寺来，曼谷的车潮汹涌依旧，菩提树成行的林荫道旁，日影似乎没移动几寸。

一九八八年五月二十九日

黄绳系腕

——泰国记游之二

泰国回来，妻和我的腕上都系了一条黄线。

那是一条金黄色的棉线，戴在腕上，像一环美丽的手镯。那黄，是泰国佛教最高贵的颜色，令人想起袈裟和金塔。那线，牵着阿育他亚的因缘。

到曼谷的第三天，泰华作家傅文和信慧带我们去北方八十八公里外的阿育他亚，凭吊大城王朝的废都。停车在蒙谷菩毗提佛寺前面，隔着初夏的绿荫，古色斑斓的纪念塔已隐约可窥，幢幢然像大城王朝的鬼影。但转过头来，面前这佛寺却亮丽耀眼，高柱和白墙撑起五十度斜坡的红瓦屋顶，高檐上蟠游着蛇王纳加，险脊尖上鹰扬着禽王格鲁达，气派动人。

我们依礼脱鞋入寺，刚跨进正堂，呼吸不由得一紧。黑黯黯那一座重吨的，什么呢，啊佛像，向我们当顶累累地压下，磅礴的气势岂是仰瞻的眼睫所能承接，更哪能望其项背？等到颈子和胸口略为习惯这种重荷，才依其陡峭的轮廓渐渐看清那上面，由四层金叶的莲座托向高处，塔形冠几乎触及红漆描金的天花方板，是一尊黑凛凛的青铜佛像。它就坐在那高头，右腿交叠在左腿上面，脚心朝上，左手平摊在怀里，掌心向天，右手覆盖在右膝上，手掌朝内，手指朝下，指着地面。从莲座下吃力地望上去，那圆膝和五指显得分外地重大。

这是佛像坐姿里有名的"呼地作证"（Bhumisparsa Mudra），又称为"降妖伏魔"（Maravijaya）。原来释迦牟尼在成正觉之前，天魔玛剌不服，问他有何德业，能够自悟而又度人。释迦说他前身前世早已积善积德，于是便从三昧的坐姿变成伏魔的手势，以手指地，唤大地的女神出来作证。她从长发里绞出许多水来，正是释迦前世所积之德。她愈绞愈多，终于洪水滔滔，把天魔的大军全部淹没。释迦乃恢复三昧的冥想坐姿，而人彻悟。曼谷玉佛寺的壁画上，就有露乳的地神绞发灭火之状，而众多魔兵之中，一半已驯，一半犹在张牙舞爪。

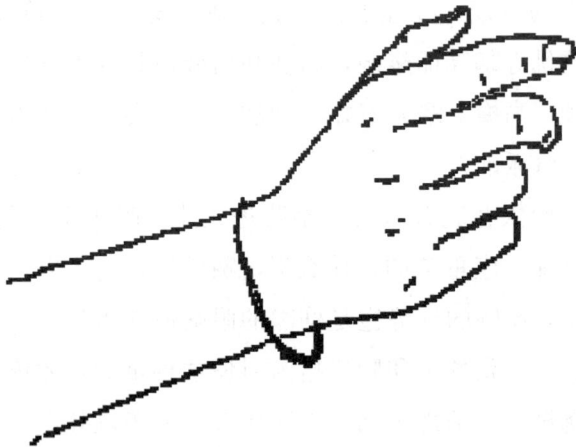

黄绳系腕，可以避邪

一说此事不过是寓言，只因当日释迦树下跏趺，心神未定，又想成等正觉，又想回去世间寻欢逐乐。终于他垂手按膝，表示自己在彻悟之前不再起身的决心。然则所谓伏魔，正是自伏心魔。还是长发生水的故事比较生动。

想到这里，对它右掌按膝的手势更加敬仰而心动，不禁望之怔怔。后来问人，又自己去翻书，才知道这佛像高达二十二公尺半，镀有缅甸的金，铸造的年代约在十五世纪后半，相当于明英宗到宪宗之朝，低眉俯视之态据说是素可泰王朝的风格。一七六七年，缅甸入寇，一举焚灭了四百一十七年的大城王朝。据说泰国最大的这尊坐佛当日竟无法携走，任其弃置野外，风雨交侵。也就因此，这佛像看上去颇有沧桑的痕迹，不像曼谷一带其他的雕像那么光鲜。它太高大，何况像座已经高过人头了，实在看不出那一身黑漆，或是岁月消磨的青铜本色。只觉得黝黑的阴影里，那高处还张着两只眼睛，修长的眼白衬托着乌眸，正炯炯俯视着我们，而无论你躲去哪里，都不出它的眸光。

佛面上一点鲜丽的朱砂，更增法相的神秘与庄严。但是佛身上还有两种妩媚的色彩。左肩上斜披下来的黄缦，闪着金色的丝光。摊开的左掌，大拇指上垂挂着一串缤纷的花带，用洁白的茉莉织成，还飘着泰国兰装饰的秀长流苏。这花带泰语叫做斑马来（Puang-Ma-Lai），不但借花可以献佛，也可送人。

"你们要进香吗？"傅文走过来说。

"要啊。"我存立刻答道。

"香烛每套十铢。"傅文说。

　　我们向佛堂门口的香桌上每人买了一套。所谓一套，原来就是一枝莲、一枝烛、三根香，还有一方金箔，用两片稍大一些的米黄棉纸包住。我们随着泰国的信徒，走到莲座下面的长条香案，把一尺半长的一枝单花含苞白莲放在一只浅铜盆里，再点亮红烛插上烛台，最后更燃香插入香炉。莲是佛座，烛是觉悟之光，至于三根香，则是献给佛祖、佛法、僧侣，所谓三宝。炉香袅袅之中，我们也与众人合掌跪祷。

　　"这金箔该怎么办呢？"我问一旁的信慧。

　　"撕下来，贴在佛身上。"她说。

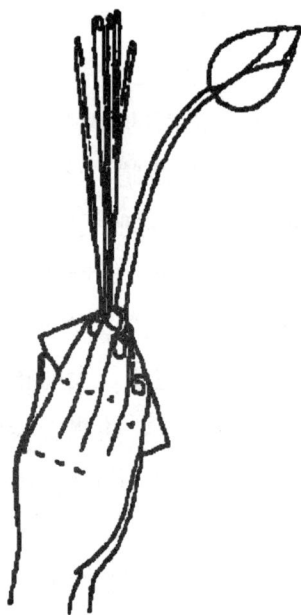

香、莲花和棉纸包住的金箔

"泰国人的传统，"傅文笑说，"贴在佛头，就得智慧。贴在佛口，就善言辞。贴在佛的心口呢，就会心广体胖。"

我举头看佛，有五六层楼那么高，岂止是"丈二金刚，摸不着头脑"？莲台已经高过我头顶，"临时抱佛脚"都不可能。急切里，分开棉纸，取出闪光的金箔。怎么办呢？一看，也有人干脆贴在莲座底层，就照贴了。回头看我存怎么贴时，她已贴好，正心满意足地走了过来。原来龛下另有一座三尺高的佛像，脸上、身上贴满了金叶。

"你们要是喜欢，"信慧说，"还可以为黑佛披上黄缦。"

她把我们带到票台前面。一只盛着黄线的盒子上写着"披黄缦，一次一百三十。"那就是台币一百五十多元了。

"怎么披呢，这么高？"我问。

"他们会帮你做的。"信慧说。

我立刻付了泰币。那比丘尼从柜里取出一整匹黄缦，着我守在莲坛下面。不久，有声从屋顶反弹下来。仰望中，人头从佛像的巨肩后探出，一声低呼，金橘色的瀑布从半空泻落下来，兜头泼了我一身。黄洪停时，我抱了一满怀。但是也抱不了多久，因为黄缦的那一端她开始收线了。白带子收尽时，金橘色的瀑布便回流上升。这次轮到我放她收。再举头看时，我捐的黄缦已经飘然披上了黑佛的左肩。典礼完成。

我捐黄缦，不全是为了好奇。当天上午，在曼谷的玉佛寺内，我随众人跪在大堂上时，无意间把腿一伸，脚底对住了玉佛。那要算是冒犯神明了，令我蠢蠢不安。现在为佛披缦，潜意识里该是赎罪吧，冥冥之中或许功过能相抵么？

《六祖坛经》里说，梁武帝曾问达摩：“朕一生造寺度僧，布施设斋，有何功德？”达摩答曰：“实无功德。”每次读到这一段，都不禁觉得好笑。岂知心净即佛，更无须他求。韦刺史以此相问，六祖答得好：“武帝心邪，不知正法。造寺度僧，布施设斋，名为求福，不可将福便为功德。功德在法身中，不在修福。”只要心净，无意之间冒犯了玉佛，并不能算是罪过。另一方面，烧香拜叩，捐款披袈，连梁武帝都及不上，更有什么功德？

想到这里，坦然一笑。走去票台，向满盛黄线的盒中取出四条。一条为我存系于左腕，一条自系，余下的两条准备带回台湾给两个女儿。

这美丽的纤细手镯，现在仍系在我的左腕，见证阿育他亚的一梦。

一九八八年五月三十一日

莫惊醒金黄的鼾声

一

今年七月，初访荷兰，不为风车，也不为运河，为的是梵高逝世百周年的回顾大展。一连两天，在阿姆斯特丹和俄特罗的美术馆长廊里，仰瞻低徊，三百八十幅的油画和素描，尽情饱览，入神之状，简直有若梵高的圣灵附身。

七月十四日，我们又去了巴黎。巴黎不能算是梵高的城市，但他的联想却是难断的，尤其是近郊的奥维，因为他就葬在该处。梵高之旅不甘就此结束，第二天中午我们又抱着追看悲剧续集的心情，去访奥维。

五年前在巴黎小住，熊秉明先生曾经带我去凭吊米勒在巴比松的故居，田园的意趣宛然犹在。有一次心血来潮，想就地印证一下莫奈那些帆影弄波的河景，便和我存约了文娴、怀文去访阿让得衣（Argenteuil），不料塞纳-马恩省河上杳无片帆，对岸更有工厂的烟囱矗起，扫兴而归。

奥维的全名是 Auvers-sur-Oise，意为瓦斯河畔的奥维。可以想见叫奥维的法国小镇不止一个，所以再用河名来区分。这瓦斯河是塞纳-马恩省河的支流，由东北向西南，蜿

177

蜒流经奥维与蓬图瓦斯（Pontoise，瓦斯河桥之意），注入主河。奥维镇小，人口只有五千，甚至在法国公路的行车详图上，屡用放大镜来回搜寻也找不到。不过它在巴黎北郊并离蓬图瓦斯不远，是可以确定的。于是我们坐地铁去火车北站，果然在路线牌上找到了奥维。

我们上了火车，西北行至蓬图瓦斯，要等两小时才有车转去奥维。那天是星期天，又是法国国庆的次日，镇上车少人稀，商店处处关门。天气却颇干燥，晴空一片净蓝，正是下午两点半，气温约莫摄氏二十七八度。这在巴黎说来，要算天热的了，不过干燥无汗，阴地里若有风来，尚有凉意。

我们沿着颇陡的石级，一路走上坡去，手里分担提着水果和矿泉水。我们一共是五人，除了我们夫妻、幼珊、季珊之外，还有痖弦的女儿小米。季珊和小米都在法国读书，一个在翁热（Angers），一个在贝桑松（Besançon），虽然法语尚未意到舌随，却也义不容辞，好歹都得负起法国通的向导之责。荷兰的梵高大展她们未能观赏，但是就近去吊画家之墓，也不失为一程"感性教育之旅"吧。

终于到了坡顶，再一转弯，就是圣克路教堂了。一进去，里面便是中世纪的世界，深邃、安静、阴凉。在欧洲旅行，教堂不论大小，通常可以推门而入，到另一个时光里去歇脚，由你闭上倦目，冥冥入神。我把两枚十法郎的硬币分给季珊和小米，让她们投入捐献柜里，并且各取一支白烛，向圣母像前接火点亮。我们顺着侧廊一间间巡礼过去，到了最后一间，被上下两层的雕像深深感动，瞻仰了许久。都是大理白石的雕刻：下层是耶稣被二徒抱下十字架，另有四人在下接应，圣母也在其中，那面容，低首垂目，悲切之中透出慈爱，加上女性的包容与温婉，真令世上的人子不胜其孺慕之眷眷。雕刻家不知是几世纪前的人了，但是那深厚真挚的敬爱之情，仍从栩栩的顽石里透出，一波波袭来，攫住我，一个过客与异教徒，攫住我，在那难忘的下午。上层则是耶稣复活了，从棺中立起，罗马兵四人惊视于两侧，并有天使翩然为耶稣开道。

二

梵高早年在比利时的矿区传道，摩顶放踵，推食解衣，俨然有基督之风。后来他在教会受挫，把一腔博爱转而注入艺术，化成了激动的线条，热烈的色彩，因而分外感人。万物在他的画里，不但人格化，甚且神格化了。梵高所以感人，在于他的画"情溢于词"，最具宗教与文学的精神。他的某些自画像，用断续的弧线，把基督的光圈"解构"为急转的旋涡，戴在头上，隐然仍以基督受难自许。在自杀前的一年之内，他两度临摹德拉克洛瓦（Eugène Delacroix）的《圣恸图》（Pietà），但图中的基督不但红发红须，就连面貌也像梵高自己，而张臂要俯抱基督的圣母，更状似梵高的母亲。临摹他人的画而将自己代入，正是基督意识与恋母情结的综合浮现……在蓬图瓦斯去奥维的火车上，望着滚滚西去的瓦斯河水，我从圣克路教堂的雕像想到梵高的画面。

忽然火车在一个小站停下，奥维到了。

在梵高的艺术生命上，奥维不是最重要的一站，却是最令人感伤的尾声，因为他就是在这里告别人间的：余音袅袅从这里开始。从五月二十日到七月二十九日，梵高最后的十个星期在此地度过，而且七十幅油画作品在此完成，其中《嘉舍大夫》、《奥维教堂》、《麦田群鸦》并经公认为杰作，而最具感情分量的，是梵高的坟墓。一八六一年，早在梵高来此定居之前，法国画家杜比尼（Charles Daubigny，一八一七—一八七八）已经在这里筑屋辟园，经营画室。后来塞尚和毕沙罗也在此住过、画过，也都不足以把此地"据为己有"。最后来了梵高，变色的长空，波荡的麦田，纷飞的群鸦，一时都绕着他旋转起来，属于他了。砰然的一声响后，他的血滴进了七月的麦田，染红了麦香的沃土，于是奥维永远成为梵高，属于荷兰。

出了小火车站，我们沿着房屋稀疏的长街向西走去，已斜的太阳照个满怀。米黄色的两层楼市政厅前，挂着梵高百年前用黑粉笔所画的此屋，供人比较。看得出变化不大。斜对面的街上也都是整齐的两层楼屋，其中有一座戴着浅绿色的三角形屋顶，二楼的两扇窗都开着褐色的窗扉，下面的横布条上，褐底白字，大书 La Maison de Van Gogh，正是画家当年的寓所，那时叫做拉雾酒店，每天房租是三个半法郎。我们走去对街，发现大门锁住了，像是星期天的关系。只好再走过来，隔街打量一番。一百年前，那个劳碌而苦命的肉体，带着血腥的伤口，残缺的耳朵，在子弹头尖锐的噬痛下，真的就死在那窗子里吗？而今窗扉寂寞，早已是人去楼空了，只留下络绎来望楼的人。

我们终于回过身去，沿街东行，经过了梵高公园。见有行人出入其间，便也进去巡了一圈。草地上竖立着一尊塑像，有一个半人高，把梵高的身材拉高削瘦，背着画架，很有贾科梅蒂雕刻的风格。一百年前，奥维村民眼中的红头画家，背着画具在田埂上每天走过，大概就是这样子吧？

出了公园，继续朝东走。过了车站，坡势渐陡，我们顺势左转，努力爬到半坡，不由得站定下来。一座朴素的小教堂屏于道左，正是梵高画过的那座哥特式教堂，正堂斜脊的上面更耸起联鸣钟楼的尖顶。我们面对的是教堂的背后，也正是当日梵高所取的角度，怪不得此画的复制品贴在路边的牌子上，供人就地比较。整整一世纪后，奥维教堂的外貌大致未变，只是钟楼的排窗拆空了，背后的蔷薇圆窗下也加了防盗铁条。是的，一切都仍旧观，只是眼前的教堂如此安详而镇定，哪里像画里的教堂，蠢蠢然若在蠕动，而且岌岌乎倾向一边，尤其是上面的钟楼，简直有比萨塔下压之势。屋后的一角草地和两侧的黄沙土路，也平平静静，毫无异状，但到了梵高的画里，看哪，却中了魔，草地剧烈地起伏如波，土路流成了两股急湍，向我们奔泻而来。上面的天空更是风起云涌，漫天的阴霾卷成了旋涡，蓝中带紫，紫中带着惨白，骚动得令人不安。应和着下面惴惴然愣愣然的危楼歪屋，整个画面神秘而奇诡，似乎有所启示。尤其是那天色，比起艾尔·格列柯的《托雷多风景》来，虽无其激动变幻，却更为深邃阴沉。那天色，在阿罗时期的《绿葡萄园》里已经露过脸了，到了奥

维时期更变本加厉，简直成了具体的心情，又像一幅庞大
逼人的不祥预言，悬在扭动不安的大地之上。有谁，只要
一瞥过他临终前的《麦田群鸦》，能不被那惊骇的天色所
祟呢？

　　但是此刻，头顶的晴空虚张着淡淡的柔蓝，被偏西的
艳阳烘上一层薄金，风光是明媚之至，很难想象，一世纪
前一个受苦受难的敏感心灵，怎样把这一片明媚逼迫成寓
言，酿成悲剧。同样是一双眼睛，为什么从杜比尼看到塞
尚，从奥维的景色里就看不出什么危机和熬炼呢？足见画
家所见，莫非他心中所有。比起客观写实的印象派来，梵
高真是一位象征大师，一位先知。

三

　　这么想着，我的目光停留在钟楼的钟面上，发现已经
快六点了，还有公墓要去凭吊呢。一行五人仰面再走上坡
去。到得坡顶，眼界一宽，左边望不尽的平畴，一亩亩的
麦香连接到天涯，麦已熟透，穗芒蓬松，垂垂重负的密实
姿态，给人丰收的成就感、满足感。那无穷无尽的金黄，
在七月下午的烈阳下，分外耀人眼目，暖人脸颊。可惜那
天干热无风，否则麦浪起伏必然可观。这正是梵高一生阡
陌来去画之不餍的麦田，教人看了，格外怀念画它的人。
右边是石砌的矮墙，上面盖着橘黄的瓦顶，一路把络绎的
行人引到公墓的门口。

　　刚才在半坡上打量那教堂，此刻零零落落进入公墓，

怀着虔敬与感激，要把这一出悲剧追踪到落幕的，除我们之外，还有好几十位香客。墓地平坦宽大，想必百年来村民葬者渐多，所以墓碑相接，亡魂颇密。一时之间，大家的心头沉重起来，明知墓中人死了已整整一世纪，但走近了他的血肉之躯，就算血已枯肉已化，仍然令人不由得要调整呼吸，准备接受那可畏的一瞬。

尽管如此，真走到墓前时，目光和石碑一触，仍然不由得一震。因为不是一座碑，而是两座。都是两尺半高，横列成一排，哥哥的碑比弟弟的稍微超前两寸。上圆下方的白石上面，黑字写着"文森特·梵高在此安息，一八五三——一八九〇"。另一块是"提奥·梵高在此安息，一八五七——一八九一"。一百年前，也是这样的七月，七月二十七日，也是在麦熟穗垂的田里，砰的一声枪响，哥哥便拖着残破的倦体，挣扎着，回到镇上那家，我们刚才去张望过的，拉雾酒店。两天之后，他就在那小楼上死去。弟弟把他葬在这里，就是我正踏着的这片土，种得出满田麦香来的，同样的这片土。但不久，弟弟也失神落魄，一似梦游于世间，终于也疯了。半年之后，弟弟也死了，葬在荷兰。过了二十三年，提奥之妻约翰娜读到《圣经》里的这么一句："死时两人也不分离"，心有遗憾，便将弟弟的遗骸运来奥维，葬在哥哥身边。

绿油油的常春藤似乎也懂得约翰娜的心意，交藤接叶，把两座小坟覆盖成一张翠毡，一直结缠到碑前，象征着文森特的艺术长青，而兄弟之情不朽。一个日本人走过来，恭恭敬敬，向墓地行了一鞠躬。又来了一对夫妻模样的北欧人，把手持的麦穗轻轻放在常春藤上，那样轻柔，像是怕惊醒墓中的酣睡。再细看时，那一片鲜绿之上，早已撒了好几茎黄穗。

石碑坐北朝南。我擅自站到两碑之间，俯下身来，一手扶着一碑，央我存为我照了张相。幻想之中，我的手似乎应该发烫。谁敢介入这两兄弟之间呢，甚至约翰娜？我未免太僭越了，但是地下的英灵，知道了我是《梵高传》早年的译者，心香一瓣，千里迢迢来顶礼这一抔黄土，恐怕也就谅解了吧。

双墓的两侧都是高大而堂皇的石墓，碑饰也富丽得多，当然也是后人的一片孝心。法国政府好像也不刻意要美化或神化梵高的坟墓。这样的朴素其实更好：真正的伟大何需装饰？我曾经站在华兹华斯的墓前，那石碑比这块更古拙，更不起眼。梵高死时，他似乎一无所有。但是百年过去，他似乎拥有了一切。我不是指《鸢尾花》、《嘉舍大夫》拍卖的高价，而是全世界向此地投来的、愉悦而感恩的目光，和不分国别无论老少、那许多敬爱的手带来的那许多麦芒。

四

从北边的侧门走出公墓的短墙，却走不出梵高的画。墙外的麦田远连天边，在西倾而犹炽的骄阳下，蒸腾着淡香诱鼻的午梦，几乎听得见金黄的鼾声。大地的丰盈膨胀到表面张力，我们走在沃土的田埂上，像踏着地之脉，土之筋。也是七月的下午，也是盛夏的太阳，也就是在这样的麦田里，文森特仰面，举枪，对着自己生命最脆弱的地方，扣动扳机的吗？

成熟的麦田永远号召着梵高。他画里的人物不是古典的贵族，也不是印象派的中产仕女，而是匹夫匹妇，尤其是农人。他从法国南部回到巴黎，只住了三天，就不堪其扰地逃来这乡野的小镇。他曾告诉画家贝尔纳（Emile Bernard）说，原始而健康的农村画题与波德莱尔眼中的巴黎景色，截然不同。在给妹妹维尔敏的信中他说："我无妻无子，只能凝视一片片的麦田，要我长住在城里，可活不下去。"接着他又用《圣经》式的比喻说："一个人想起人间的万事而想不通时，除瞭望着麦田之外，还能怎样呢？我们靠面包过活，自己不也很像麦子吗？等我们像麦子一样长熟，就要给收割了。"

早在巴黎时期，梵高已经画过一幅麦田，风来田里，吹起一只云雀，但麦穗半青半黄，尚未熟透。阿罗时期的《丰收》，平畴开阔，舒展着熟麦的金色，野景宁静而安详，是观众爱看的名作。《夏日黄昏的麦田与落日》一幅，已经有满田的麦浪含风，隐隐开启了后来的风格。到了圣瑞米时期，在《麦田与柏树》一类的画里，鲜黄的麦浪滔滔更成了亢扬的主调。在疯人院后面围墙内的麦田里，他看到一个农夫在阳光下收割，非常感动，一连画了三幅《收割者》：鲜黄而稠密的麦田占了大半个画面。他意犹未尽，更师米勒的原作，另画了一幅《收割者》，而以人物独占其前景，稠密的麦株蔽其背景。

185

他写信告诉弟弟说："我看到那收割者——一个梦幻的身影在火旺旺的烈日下，为了赶工，像魔鬼那样出力——我在他身上看到死亡的象征，也就是说，他收割的麦子正是人类。"

收割的寓言，早在《新约》的《路加福音》与《约翰福音》里就有了；莎士比亚在《十四行诗》中也说：玫瑰色的嘴唇与脸颊，终究被时间的镰刀割去。可是梵高在信中谈到《收割者》，语调并不哀沉，他说："这件事发生在大白昼，当太阳把万物浴在纯金的光中……它是死亡的象征，我们在自然的大书中都读到——我所追寻的却是'近乎微笑之境'。"最后这一句乃是影射浪漫派大师德拉克洛瓦。德氏"脑中悬日，心中驰骋暴风雨"，临终的表情据说"近乎微笑"。梵高对他十分崇敬，并且熟读他的日记。

《麦田群鸦》是梵高临终前回光返照的惊骇杰作。画面上但见天色深蓝而黑，阴霾四合而将压下，似日又似云之物迸破成几团灰白，旋转不已。满田的麦浪掀起惊惶的惊黄的挣扎，其上则纷飞飘忽的鸦群舞着零碎而崇人的片片黑影，其下则土红的歧路绝望地伸着，更无出路。不，这不是"近乎微笑之境"。梵高自杀，就在这样的太阳下，这样丰收待割的麦田里，并且是在礼拜天，基督徒敬神而休息的日子，但是他心中有许多遗憾，对人间的留恋仍多。即使孔子将死，也不免悲叹："泰山坏乎！梁柱摧乎！哲人萎乎！"孔子病重，尚且倚门等子贡来见最后一面。释迦寂灭，举行火葬，棺木却不能燃烧，也是为了等弟子大迦叶波。后来他母亲摩耶夫人赶到，释迦更从棺中坐起，合掌向慈母慰问。梵高一生，隐隐以基督自许，这意识在他的画中时时得到见证。就连基督死时，也不免"四境黑暗"，而基督悲呼道："神啊神啊，为何你弃我而去？"

梵高短促的生命里，最后的十周在此地度过。一来奥维，他就爱上这恬静的小镇了。他是荷兰南部的乡下人，一向喜欢深入村野，赤坦坦面对自然。他那么倾倒于米勒，绝非偶然。在信中，他曾赞美奥维洋溢着色彩，有一种庄严之美，甚至"空气里充满了幸福"。可是他的心灵找不到宁静，只找到《嘉舍大夫》的忧郁、《奥维教堂》的不安，最后是《麦田群鸦》的骚动与不祥。他面对死亡，要寻找"近乎微笑之境"，却未能臻及，终于在他热爱的麦穗与阳光中举起手来，收割了自己。

他的肉躯少有宁日，就这么匆匆地收割了。但是心灵的秋收多么丰富啊，简直是美不胜收。世界各地的美术馆都因他而充实，变成了丰收的仓库，变成了成亩的麦田，一走进去就是扑鼻的麦香。所有的眼睛都被他的向日葵照亮。

一行五人终于走过了麦田，停在一大片向日葵田的前面，有的欢呼，有的喃喃像是在祈福，为了如许壮丽，如许庞沛而稠密地一下子出现在眼前。麦田之美，无边无际的金黄，是单纯的。向日葵田的色调，翠萼反托着金瓣，那美，却对照而来，因此特别明艳。一朵还好对付，千葩万朵的亮丽密集成排、成行、成阵，全部都转过身来跟你照个正面，那万目睽睽猋聚你一身的焦点感，就算你是唯美的教徒，啊，也承当不起。何况向日葵比麦秆高出一倍，挺直的株干灯柱一般把花盘托举到高处，每一盏金碧辉煌都那么神气，满田呢，就更聚集体而盛大的气象。那样天真的健美与壮观，活力与自信，那样毫无保留地凝望着你也让你瞪视，令人感到既兴奋，又喜悦，又不禁有点好笑。对比之下，麦穗的负重垂首就显得谦逊多了。

梵高的艺术生命因南部的艳阳而成熟，而灿放。梵高、麦穗、向日葵花，都是太阳之子。也许向日葵是太阳专宠的女儿，在法文里甚至跟爸爸同名，所以也得到梵高的眷顾，绘画成人人宠爱的杰作。在一九九〇的梵高年，向日葵娇艳健美的形象，从荷兰的五十钞票到名酒的标签、女人的衣饰，处处惹眼。这一切，满田天真的葵花当然不知道，只知道烈日已经偏西，不胜曝晒，千千万万的葵花竟全部别过脸去，望着东边，正是梵高墓地的方向。一只肥硕的蜜蜂正营营振翅，起落频频地忙着向我面前的一朵大花盆采蜜，令人怀疑梵高的灵魂，此刻，究竟是悬在阿姆斯特丹美术馆的墙上，还是逡巡在这一片葵花田里。

直到一声汽笛从坡下传来，火车驶过瓦斯河边，说晚餐正在巴黎等着我们。

一九九〇年八月

红与黑

—— 巴塞罗那看斗牛

一

四月下旬，去巴塞罗那参加国际笔会的年会，乃有西班牙之旅。早在七年前的夏天，就和我存去过伊比利亚半岛，这次已是重游。不过上次的行踪，从比斯开湾一直到地中海，包括自己驾车，从格拉纳达经马拉加到塞维利亚，再经科尔多巴回到格拉纳达，广阔得多了。这次会务在身，除了飞越比利牛斯山壮丽的雪峰之外，一直未出巴塞罗那，所以谈不上什么壮游。我最倾心的西班牙都市，既非马德里，也非巴城，而是格拉纳达、托雷多那样令人屏息惊艳的小镇。

尽管如此，这一回在巴塞罗那却有三件事情，是我上回未曾身历，而令我的"西班牙经验"更为充实。其一是两度瞻仰了建筑大师高迪设计的组塔，圣家大教堂（La Sagrada Familia d'Antoni Gaud'i），不但在下面仰望，而且直攀到塔顶俯观。

其二是正巧遇上四月廿三日的佳节，不但是天使长圣

189

乔治的庆典，更是浪漫的玫瑰日，所以糕饼店的橱窗里都挂着圣乔治在马上挺矛斗龙的雕像，蛋糕上也做出相似的图形，广场的花市前挤满了买玫瑰的男人，至于书摊前面，则挤满了买书给男友的女子。躬逢盛会，我们追逐着人潮，也沾了节日的喜气。不过那一天也是塞万提斯的忌辰，西方两大作家，莎士比亚与塞万提斯，都在一六一六年四月廿三日逝世，但是就我在巴塞罗那所见，那一天对《唐吉诃德》的作者，似乎并无纪念的活动。

巴塞罗那是西班牙第一大港、第二大城，人口近二百万。中世纪后期，它是阿拉贡王国的京都。二次大战之前昙花一现的卡塔罗尼亚共和国，也建都于此。当地人说的不是以加斯提尔为主的正宗西班牙语，而是糅合了法语和意大利语的卡塔朗语（Catalan），把圣乔治叫做 Sant Jordi。市政府宫楼的拱门上，神龛供着一尊元气淋漓的石雕，正是屠龙的天使圣乔治。

但那是中世纪的传说了。这一次在巴城，我看到的，是另一种的人与兽斗。

二

斗牛，可谓西班牙的"国斗"，不但是一大表演，也是一大典礼。这件事英文叫 bullfighting，西班牙人自己叫 corrida de toros，语出拉丁文，意谓"奔牛"。牛可以斗，自古已然。早在罗马帝国的时代，已经传说拜提卡（Baetica，安达卢西亚之古称）有斗牛的风俗，矫捷的勇士用矛或斧杀死蛮牛。五世纪初，日耳曼蛮族南侵，西哥特人据西班牙三百年，此风不变，而且传给了路西塔诺人（Lusitanos，葡萄牙人古称）。其后伊比利亚半岛陷入北非的摩尔人之手，几达八世纪之久（七一一至一四九二）；因为伊斯兰教教徒善于骑术，便改为在马背上持矛斗牛，且命侍从徒步助斗，一时蔚为风气。于是在塞维利亚、科尔多巴、托雷多等名城，古罗马所遗的露天圆场，纷纷改修为斗牛场。至于小镇，则多半利用城内的广场（plaza），所以后来斗牛场就叫做 plaza de toros。

一四九二年是西班牙人最感自豪的一年，因为就在这一年，联姻了廿三载的阿拉贡国王费迪南与加斯提尔女王伊莎贝拉，终于将摩尔人逐出格拉纳达，结束了伊斯兰教漫长的统治，而且在女王的支持下，哥伦布抵达了西印度群岛。此事迄今恰满五百年，所以西班牙今年（一九九二年）在巴塞罗那举办奥运，更在塞维利亚展开博览会，特具历史意义。不过，伊斯兰教教徒虽被赶走，马上斗牛的风俗却传了下来，成为西班牙贵族之间最流行的竞技。十六世纪初年，神圣罗马帝国的皇帝查理五世，更在王子的生日不惜亲自挥矛屠牛，以博取臣民的爱戴。

后来斗牛的方式迭经演变，先是杀牛的长矛改成短矛，到了一七〇〇年，贵族竟然改成徒步斗牛，却叫侍从们骑马助阵。十八世纪初年，饲养野牛成了热门生意，不但西班牙、葡萄牙、法国、意大利的皇室，甚至西班牙的天主教会，也都竞相饲养特佳的品种，供斗牛之用。终于教廷不得不出面禁止，说犯者将予驱逐出教。贵族们这才怕了，只好让给专业的下属去斗。这些下属为了阶级的顾忌，乃弃矛用剑。

今制的西班牙斗牛，已有将近三百年的历史。现今的主斗牛士（matador，亦称 espada）一手持剑（estoque），一手执旗（muleta），即始于十八世纪之初。所谓的旗，原是一面哔叽料子的红毛披风，对折地披在一根五十六公分的杖上。早在一七○○年，著名的斗牛士罗美洛（Francisco Romero）在安达卢西亚出场，便率先如此使用旗剑了。

三

有人不禁要问了："凭什么斗牛会盛行于西班牙呢？"原来这种骠悍的蛮牛是西班牙的特产，尤以塞维利亚的缪拉饲牛场（Ganader'ia de Miura）所产最为勇猛，触死斗牛士的比率也最高。大名鼎鼎的曼诺雷代（Manolete），才三十岁便死于其角下。公认最伟大的斗牛士何赛利多（Joselito）也死在这样的沙场。其实每一位斗牛士每一季至少会被牛抵伤一次，可见周旋牛角尖的生涯终难幸免。据统计，三百年来成名的一百二十五位主斗牛士之中，死于碧血黄沙的场中者，在四十人以上。

最幸运的要推贝尔蒙代（Juan Belmonte）了，一生被抵五十多次，却能功成身退，改业饲牛。贝尔蒙代之功，当然不在屡抵不死，而在斗牛风格之提升。在他之前，一场斗牛的高潮全在最后那致命的一剑。而他，瘦小的安达卢西亚人，却把焦点放在"逗牛"上，红旗招展之际，把牛头上那两柄阿拉伯弯刀引近身来，成了穿肠之险，心腹之患，却在临危界上，全身而退。万千观众期望于斗牛士的，不仅是艺高、胆大，还要临危不乱的雍容优雅（skill，daring，and grace），这便有祭拜死神的典礼意味了。所以斗牛这件事，表面是人兽之斗，其实是人与自己搏斗，看还能让牛角逼身多近。

拉丁美洲盛行斗牛的国家，从北到南，是墨西哥、委内瑞拉、哥伦比亚、秘鲁。墨西哥城的斗牛场可坐五万观众。最盛的国家当然还是发源地西班牙，二十世纪中叶以来，斗牛场之多，达四百座，小者可坐一千五百人，大者，如马德里和巴塞罗那的斗牛场，可坐两万人。

四

此刻我正坐在巴塞罗那的"猛牛莽踏"斗牛场（Plaza de Toros Monumental），等待开门。正是下午五点半钟，一半的圆形大沙场还曝在西晒下。我坐在阴座前面的第二排，中央偏左，几乎是正朝着沙场对面艳阳旺照着的阳座。一排排座位的同心圆弧，等高线一般层叠上去，叠成拱门掩映的楼座，直达圆顶，便接上卡塔罗尼亚的蓝空了。观众虽然只有四成光景，却可以感到期待的气氛。

忽然掌声响起，斗牛士们在骑士的前导下列队进场，绕行一周。一时锦衣闪闪，金银交映着斜晖，行到台前，市长把牛栏的钥匙掷给马上的骑士。于是行列中不斗第一头牛的人一齐退出场去，只留下几位斗士执着红旗各就岗位。红栅门一开，第一头牛立刻冲了出来。

海报上说，今天这一场要杀的六头牛，都是葡萄牙养牛场出品的"勇猛壮牛"（bravos novillos）。果然来势汹汹，挺着两把刚烈的弯角，刷动长而遒劲的尾巴，结实而坚韧的背肌肩腱，掠过鲜血一般的木栅背景，若黑浪滚滚地起伏，转瞬已卷过了半圈沙场。这一团狞然墨黑的盛怒，重逾千磅，正用鼓槌一般的四蹄疾践着黄沙，生命力如此强壮，却注定了若无"意外"，不出二十分钟就会仆倒在杀戮场上。

三个黑帽锦衣的助斗士扬起披风，轮番来挑逗怒牛。这虽然只是主斗士上场的前奏，但是身手了得的助斗士仍然可以一展绝技，也能博得满场喝彩声。不过助斗士这时只用一只手扬旗，为了主斗士可以从旁观察，那头牛是惯用左角或右角，还是爱双角并用来抵人。不久主斗士便亲自来逗牛了，所用的招数叫做 verónica，可以译为"立旋"。只见他神闲气定，以逸待劳，立姿全然不变，等到奔牛近身，才把那面张开的大红披风向斜里缓缓引开，让仰挑的牛角扑一个空。几个回合（pass）之后，号角响起，召另一组助斗士进场。

两位轩昂的骑士，头戴低顶宽边的米黄色大帽，身穿锦衣，脚披护甲，手执长矛，缓缓地驰进场来。真刀真枪、血溅沙场的斗牛，这才正式开始。野牛屡遭逗戏，每次扑空，早已很不耐烦了，一见新敌入场，又是人高马大，目标鲜明，便怒奔直攻而来。牛背比马背至少矮上二尺，但凭了蛮力的冲刺，竟将助斗士的长矛手（picador）连人带

斗牛一

斗牛二

195

马推顶到红栅墙下，狠命地抵住不放。可怜那马，虽然戴了眼罩，仍十分惊骇。为了不让牛角破肚穿肠，它周身披着过膝的护障，那是厚达三英寸的压缩棉胎，外加板革与帆布制成。正对峙间，马背上的助斗士奋挺长矛，向牛颈与肩胛骨的关节猛力搠下，但因矛头三四英寸处装有阻力的铁片，矛身不能深入，只能造成有限的伤口。只见那矛手把长矛抵住牛背，左右扭旋，要把那伤口挖大一些，看得人十分不忍。

"好了，好了，别再戳了！"我后面的一些观众叫了起来。人高马大，不但保护周全，且有长矛可以远攻，长矛手一面占尽了便宜，一面又没有什么优雅好表演，显然不是受欢迎的人物。号角再起，两位长矛手便横着沾血的矛，策马出场。

紧接着三位徒步的助斗士各据方位，展开第二轮的攻击。这些投枪手（banderilleros）两手各执一支投枪（banderilla），其实是一支扁平狭长的木棍，缀着红黄相间的彩色纸，长七十二公分，顶端三公分装上有倒钩的箭头。投枪手锦衣紧扎，步法轻快，约在二十多码外猛挥手势加上吆喝，来招惹野牛。奔牛一面冲来，他一面迎上去，却稍稍偏斜。人与兽一合即分，投枪手一挫身，跳出牛角的触程，几乎是相擦而过。定神再看，两枝投枪早已颤颤地斜插入牛背。

牛一冲不中，反被枪刺所激，回身便来追抵。投枪手在前面奔逃，到了围墙边，用手一搭，便跳进了墙内。气得牛在墙外，一再用角撞那木墙，砰然有声。如果三位投枪手都得了手，牛背上就会披上六支投枪，五色缤纷地摇着晃着。不过，太容易失手了，加以枪尖的倒钩也会透脱，所以往往牛背上只披了两三支枪，其他的就散落在沙场。

铜号再鸣，主斗士（matador）出场，便是最后一幕了，俗称"真相的时辰"。这是主斗士的独角戏，由他独力屠牛。前两幕长矛手与投枪手刺牛，不过是要软化孔武有力的牛颈肌腱，使它逐渐低头，好让主斗士施以致命的一剑。这时，几位助斗士虽也在场，但绝不插手，除非主斗士偶尔失手，红旗被抵落地，需要他们来把牛引开。

主斗士走到主礼者包厢的正下方，右手高举着黑绒编织的平顶圆帽，左手握着剑与披风，向主礼者隆重请求，准他将这头牛献给在场的某位名人或朋友，然后把帽抛给那位受献人。

接着他再度表演逗牛的招式，务求愤怒的牛角跟在他肘边甚至腰际追转，身陷险境而临危不乱，常保修挺倜傥的英姿。

这时，重磅而迅猛的黑兽已经缓下了攻势，勃怒的肩颈松弛了，庞沛的头颅渐垂渐低，腹下的一绺鬃毛也萎垂不堪。而尤其可惊的，是反衬在黄沙地面的黑压压雄躯，腹下的轮廓正剧烈地起伏，显然是在喘气。投枪猬集的颈背接榫处，正是长矛肆虐的伤口，血的小瀑布沿着两肩腻滞滞地挂了下来，像披着死亡庆典的绶带。不但沙地上，甚至在主斗士描金刺绣的紧身锦衣上，也都沾满了血。

其实红旗上溅洒的血迹更多，只是红上加红，不明显而已。许多人以为红色会激怒牛性，其实牛是色盲，激怒它的是剧烈的动作，例如举旗招展，而非旗之色彩。斗牛用红旗，因为沾上了血不惹目，不显腥，同时红旗本身又鲜丽壮观，与牛身之纯黑形成对比。红与黑，形成西班牙的情意结，悲壮得多么惨痛、热烈。

那剧喘的牛，负着六支投枪和背脊的痛楚，吐着舌头，流着鲜血，才是这一出悲剧，这一场死亡仪式的主角。只见它怔怔立在那里，除了双角和四蹄之外，通体纯黑，简直看不见什么表情，真是太玄秘了。它就站在十几码外，一度，我似乎看到了它的眼神，令我凛然一震。

斗牛士已经裸出了细长的剑，等在那里。最终的一刻即将来到，死亡悬而不决。这致命的一搠有两种方式，一是"捷足"（volapié），人与兽相对立定，然后互攻；二是"待战"（recibiendo），人立定不动，待兽来攻。后面的方式需要手准胆大，少见得多。同时，那把绝命剑除了杀牛，不得触犯到牛角，要是违规，就会罚处重款，甚至坐牢。

第一头牛的主斗士叫波瑞罗（Antonio Borrero），绰号"小伙子"（Chamaco），在今天三位主斗士里身材确是最小，不过五英尺五六的样子。他是当地的斗牛士，据说是吉普赛人。他穿着紧身的亮蓝锦衣，头发飞扬，尽管个子不高，却傲然挺胸而顾盼自雄。好几个回合逗牛结束，只见他从容不迫地走到红栅门前，向南而立。牛则向北而立，人兽都在阴影里，相距不过六七英尺。他屏息凝神，专注在牛的肩颈穴上，双手握着那命定的窄剑，剑锋对准牛脊。那牛，仍然是纹风不动，只有血静静地流。全场都憋住了气，一片睽睽。蓦地蓝影朝前一冲，不等黑躯迎上来，已经越过了牛角，扫过了牛肩，闪了开去。但他的手已空了。回顾那牛，颈背间却多了一截剑柄。噢，剑身已入了牛。立刻，它吐出血来。

我失声低呼，不知如何是好。不到二十秒钟，那一千磅的重加黑颓然仆地。

满场的喝彩声中，我的胃感到紧张而不适，胸口沉甸甸的，有一种共犯的罪恶感。

后来我才知道，那致命的一剑斜斜插进了要害，把大动脉一下子切断了。紧接着，蓝衣的斗牛士巡场接受喝彩，一位助斗士却用分骨短刀切开牛的颈骨与脊椎。一个马夫赶了并辔的三匹马进场，把牛尸拖出场去。黑罩遮眼的马似乎直觉到什么不祥，直用前蹄不安地扒地。几个工人进场来推沙，将碍眼的血迹盖掉。不久，红栅开处，又一头神旺气壮的黑兽踹入场来。

五

这一场斗牛从下午五点半到七点半，一共屠了六头牛，平均每二十分钟杀掉一头。日影渐西，到了后半场，整个沙场都在阴影里了。每一头牛的性格都不一样，所以斗起来也各有特色。主斗士只有三位，依次轮番上场与烈牛决战，每人轮到两次。第一位出场的是本地的波瑞罗，正是刚才那位蓝衣快剑的主斗士。他后面的两位都是客串，依次是瓦烈多里德来的桑切斯（Manolo Sanchez）、瓦伦西亚来的帕切科（Jose Pacheco）。两人都比波瑞罗高大，但论出剑之准，屠牛手法之利落，都不如他。所以斗牛士不可以貌相。

斗第二头牛时，马上的长矛手一出场，怒牛便汹汹奔来，连人带马一直推抵到红栅门边，角力似的僵持了好几分钟。忽然观众齐声惊叫起来，我定睛一看，早已人仰马翻，只见四只马蹄无助地戟指着天空，竟已不动弹了。

"一定是死了！"我对身边的泰国作家说，一面为无辜的马觉得悲伤，一面又为英勇的牛感到高兴。可是还不到三四分钟，长矛手竟已爬了起来，接着把马也拉了起来。这时，三四位助斗士早已各展披风，把牛引开了。

斗到第三头牛，主斗士帕切科在用剑之前，挥旗逗牛，玩弄坚利的牛角，那一对死神的触须，于肘边与腰际，却又屹立在滔滔起伏的黑浪之中，镇定若一根砥柱。中国的水牛，弯角是向后长的。西班牙这黑凛凛的野牛，头上这一对白角，长近二英尺，恍若伊斯兰教武士的弯刀，转了半圈，刀尖却是向前指的。只要向前一冲一抵，配合着黑头一俯一昂，那一面大红披风就会猛然向上翻起，看得人心惊。帕切科露了这一手，引起全场喝彩声，回过身去，锦衣闪金地挥手答谢。不料立定了喘气的败牛倏地背后撞来，把他向上一掀，腾空而起，狼狈落地。惊呼声中，助斗士一拥而上，围逗那怒牛。帕切科站起来时，紧身裤的臀上裂开了一英尺的长缝。幸而是双角一齐托起，若是偏了，裂缝岂非就成了伤口？

那头牛特别蛮强，最后杀牛时，连搠两剑，一剑入肩太浅，另一剑斜了，脱出落地。那牛，负伤累累，既摆不脱背上的标枪，又撞不到狡猾的敌人，吼了起来。吼声并不响亮，但是从它最后几分钟的生命里，从那痛苦而愤怒的黑谷深处勃然逼出，沉洪而悲哀，却令我五内震动，心灵不安。然而它是必死的，无论它如何英勇奋斗，最后总不能幸免。它的宿命，是轮番被矛手、枪手、剑手所杀戮，外加被诡谲的红旗所戏弄。可是当初在饲牛场，如果它早被淘汰而无缘进入斗牛场，结果也会送进屠宰场去。

究竟，哪一种死法更好呢？无声无臭，在屠宰场中集体送死呢，还是单独被放出栏来，插枪如披彩，流血如挂带，追逐红旗的幻影，承当矛头和刃锋的咬噬，在只有入口没有出路的沙场上奔踹以终？西班牙人当然说，后一种死法才死得其所啊：那是众所瞩目，死在大名鼎鼎的斗牛士剑下，那是光荣的决斗啊，而我，已是负伤之躯，疲奔之余，让他的了。在所谓 corrida de toros 的壮丽典礼中，真正的英雄，独来独往而无所恃仗，不是斗牛士，是我。

想到这里，场中又响起了掌声。原来死牛的双耳已经割下，盛在绒袋子里，由主礼者抛赠给主斗士。据说这也是典礼的一项：斗得出色，获赠一只牛耳；更好，赠耳一双；登峰造极，则再加一条牛尾。同时，典礼一开始就接受主斗士飞帽献牛的受献人，也把这顶光荣之帽掷回给主斗士，不过帽里包了赏金或礼品。

夕阳西下，在渐寒的晚凉之中，我和同来的两位泰国作家回到哥伦布旅馆，兴奋兼悲悯笼罩着我们。

"这种事，在泰国绝对不准！"妮妲雅说。

　　整个晚上我的胸口都感到重压，呼吸不畅。闭上眼睛，就眩转于红旗飘展，黑牛追奔，似乎要陷入红与黑相衔相逐的旋涡。更可惊的，是在这不安的罪咎感之中，怎么竟然会透出一点嗜血的滋味？只怕是应该乘早离开西班牙了。

一九九二年五月

圣乔治真要屠龙吗？

一

出发前夕，气象报告说莫斯科的高温不过十七度，低温只有两度。茵西的传真也警告，气候不好，刚下过雪，正在下雨，要带伞来。

此刻，我们竟已身在红场，踩着干爽的褐灰色砖地，戴着豪蓝的晴空，一行九人，向广场尽头那一簇——什么呢，奇迹吗，走过去。

桃园、曼谷、阿姆斯特丹、莫斯科，廿二小时的长途之后，得以放步畅行，活动筋骨，天气又好得不可思议，我们只有兴奋，更无疲劳。想想看，这曾是"铁幕"的心脏啊，有多深不可测，在冷战的年代，简直像斯大林的浓髭一样阴险。仅仅是十年前，这里还是杀气腾腾的阅兵重地，头顶感得到隆准的鼻息，肩后摆不掉鹰眼的注视，谁想得到竟能让我们在此逍遥窥张？

已经五点多了，高纬的太阳还没有下到半坡，金艳艳地像是东正教最高最亮的一球酷泼辣（cupola）圆顶，晒得人右肩发烫。但风来广场，却扑面清凉，若走进墙影，更

有点冷意。这干爽而带凉，有如台湾难得的冬晴天，令遭
受时差的我们保持清醒。但四周的景色如此奇特，跟我去
过的欧洲城市迥然不同，倒有点近东甚至中东的风光，却
令人感到迷幻。

我们住的拉迪松旅馆在河西，搭地铁"进城"，从基辅
站（Kievskaya）经斯摩棱斯克站（Smolenskaya）、阿尔巴
特站（Arbatskaya）到革命广场（Ploshchad Revolyutsii）
下车，只走一条闹街，就可以穿过复活门，从北面进入红
场。忽然间壮阔加上壮丽，那样没遮没拦的广角镜头就赫
赫为你推开，要吸一口大气才回得过神来。神是回过来了，
但庞大而多姿的那许多建筑，一眼难尽，有见无识，却需
要再三对图索解。在我背后，矗起于红场北端、有双塔对
峙而屋顶陡峻的红砖高楼，是历史博物馆，据说收藏品超
过四百万件。在我右侧升起、沿着红场一直向前延伸然后
右转不见的，是十九米高的赭色城墙，墙头雉堞严整，作
燕尾形状，并有枪眼眈眈。墙内，就是克里姆林宫了。这
红墙把沙皇故宫、俄共旧堡围成一个二十七公顷半的三角
形，帝俄、苏联以至今日俄罗斯联邦的命运，就在其中决
定。这克里姆林宫的围墙最初是用橡木筑成，十四世纪中
叶改用白石，十五世纪末终于用厚重的红砖建造，全长是
两千三百多米。为了护城，三面共砌了二十座塔楼。朝西
的三一塔（Trinity Tower）共有七层，高七十六米，帝俄
时代只供大主教及沙皇的女眷出入：一八一二年九月，拿
破仑的大军就由此门入宫，一个月后莫斯科焚城，又从此
门退出。

其实俄文的 Kremlin 原意是"堡垒",别的俄国城市也有其"克里姆林"。莫斯科的这一座山堡,原来只有一片松林,今日的宫内从旧俄款式到意大利文艺复兴风格到新古典形象的壮丽建筑,除了总统府与国会之外,尚有四座教堂、五座宫殿、一座沙皇宝库、一座军械库、一座钟楼。至于所谓"红场",俄文原为 Krasnyy,意指"美丽",后来又指"红色",倒和共产党的崇赤无关。这响当当的红场,长约五百公尺,南端有座圆台,古时供沙皇与主教登台对人民宣示。宗教的节庆常在此地举行,例如在棕树主日,大主教惯于骑驴从救世主塔(Savior's Tower)的正门到圣巴索教堂(St. Basil's Church),以纪念耶稣在受难前入过耶路撒冷。苏联时代禁止一切宗教游行,红场上就只见森严的阅兵盛典了,观察家也就乘此推测权贵升黜的形势。自从开放以后,红场才用来开音乐会或放烟火,总算真正属于人民了。

和克里姆林宫墙巍然对峙,用深褐的尖塔与浅鹅黄的宫殿来回答密实的红砖的,是红场另一边的明艳建筑,原来不是宫殿,而是规模宏大装饰堂皇的"国家百货公司",俄文叫做 GUM。这家三层的超级大公司,长逾红场之半,气派当真不凡,与对面红墙下方神圣的列宁陵寝,形成尖锐的反讽。

但此刻吸引我的,不是资产阶级的豪店,更非无产阶级的圣君,而是红场之大的尽头,那一簇五色缤纷众妙竞奇的——是教堂吗?这世界著名的建筑杰作,在书上不知见过多少遍了,没有一次看清楚过,因为太繁富、太多彩多姿、太层出不穷、太不可思议,令人不知道究竟该怎么看才好，所以每次也只留下一个印象：美不胜收。在图上看来，这一簇建筑顶天立地，神秘之中有庄严，庄严之中又带着稚气：它崖岸自高，拥塔自重，显然大有来头，绝对是一座宗教的重镇，但你面对着法相，又不禁感到好笑，因为实在有点像玩具，啊哈，原来圣徒也竟然可以顽皮！

而此刻，我终于踏踏实实地站在红场上，仰瞻着这崚嶒的本尊。这是真的了，旅行书、明信片没有骗我。我喜悦的目光小飞侠似的顺着几何学能想出来的一切线条与轮廓向上疾攀，又扫过调色盘能调出来的各色光彩翩翩地飘落下来。我兴奋的眼神蝴蝶一般绕着，好密啊，那八个美丽的圆顶飞来飞去，不知究竟该栖息在哪一球上。说它们是球也不正确，因为那形状像一只大南瓜头上长出尖角来，又像是倒置的陀螺，所以绰号叫做"扭洋葱"（twisting onion），又称"洋葱圆顶"（onion dome）。

这些拔尖的圆顶各有各的妙趣。正面偏左的圣席普伦教堂上，绿白相间的经线自尖顶辐射而下，像一只分了瓣的什么异果。在正右方与其对峙的耶稣入耶路撒冷教堂，却顶着一只用青红间隔条纹来文身的麻壳荔枝。左后方三一教堂戴的，是一只拔尖的南瓜披着斜条的绿带，尽管是那么庞硕，却像在向右飘摆；而躲在它背后的一只矮了一头，小了几号，乖巧可爱，色调相似，斜带却向左旋转。还有一只娇小的，绿底金刺，像一球仙人掌。最鲜丽夺目的，是在中央主堂后面的圣尼克拉斯教堂，圆顶的条纹像红白相间的纬线，但因球面又割成经线般纵走的棱脊，所以横走的红白纬线起伏有韵，竟变成一把旋转的花阳伞了。

作者夫妻在"扭洋葱"前合照（二〇〇〇年摄）

圣乔治真要屠龙吗？

这一簇密集而富丽的圣堂，除了八个圆顶簇拥着中央的帐篷高顶，共仰其拔萃之姿外，更用半圆的饰墙与椭圆的拱门等等来调剂面貌，而配色的机心，布局的妙想，也在在令人仰之弥高，观之不尽。这一簇建筑的奇迹乃超大的雕塑，立体的宏大之美必须前后绕行，上下观赏，才能得其大势。这一座神奇的艺术品，整齐中有变化，变化中有呼应，比起我习见的西欧大教堂来迥然不同。刺痛西欧天空的，是地平线上一簇簇一丛丛森严峻峭的哥特式尖塔，气象诚然是孤高的。莫斯科的晴空却被满城圆浑浑胖嘟嘟的金顶、绿顶加蓝顶逗得满面笑容，就算顶上的十字架吧，也不过把天色触得微微发痒。

罗马帝国自公元五世纪起分裂，形成东西对峙。东罗马帝国定都拜占庭，成为千年大邦，国祚之长纵贯了整个中世纪，直到一四五三年始灭于土耳其。当其盛时，拜占庭的艺术与宗教曾深入东欧各地，并远及俄罗斯。所谓希腊东正教也在五世纪与罗马天主教廷分裂，观念与仪式和天主教均有分歧，例如仪式是依拜占庭的规矩，而祈祷文是用希腊文。今日东欧各国的东正教会，以俄国的为最重要。基辅的大公弗拉基米尔一世（Vladimir I）于公元九八八年受洗入东正教，成为俄罗斯第一位基督徒君主，他更娶了东罗马皇帝之妹为妻，从此东正教成为俄国的国教，以迄于今。最初俄罗斯的东正教会是以基辅的大主教为首，隶属拜占庭；后来基辅古都衰落，莫斯科兴起，大主教便迁去新都。这就说明了莫斯科的教堂何以有如此浓厚的拜占庭风味，但因建筑师往往是从意大利聘来，又如此富于文艺复兴的精神。拜占庭既为欧亚桥梁，也说明了何以莫斯科的教堂会令人联想到伊斯兰教寺院，而最具特色的洋葱圆顶又叫做波斯圆顶。

一四五三年，基督教的千年古国东罗马灭于伊斯兰教的土耳其。这是基督教空前的大劫，东欧的基督教国家可想有多惊惶。莫斯科大公伊凡三世首当其冲，更可忧的是其时鞑靼的马蹄达达，早已从乌拉尔山上一直践踏到黑海之滨，把蒙古帝国的西陲拓展到伏尔加河两岸，建立了一个金帐汗国（Golden Horde）。一三一四年，鞑靼人开始奉伊斯兰教为正教。一百年后，金帐汗国渐渐衰落，分裂成几个汗邦，其中的喀山（Kazan）乃伏尔加河的一大港城，近在莫斯科大公国之东七百多公里，仍是一大威胁。

伊凡大公三世于一四六二年即位，正当拜占庭沦陷后九年。他十分奋发，摆脱了鞑靼的统治，又娶了东罗马末代皇帝的侄女为妻，遂以罗马帝国的传人自许。其子伊凡大公四世，亦即"可怖的伊凡"（Ivan the Terrible），于一五四七年将自己的名号从"莫斯科大公"改称"全俄之沙皇"，次年又将克里姆林的宫墙改用厚砖围建，以防鞑靼来攻。一五五二年，他终于光复鞑靼人久据的重镇喀山。为了庆祝大捷，新沙皇乃建我眼前高耸的这一丛教堂，名之为圣巴索大教堂（St. Basil's Cathedral）。圣巴索乃公元四世纪东正教的创教高僧，首订希腊修道院的守身清规，人称"圣傻"（Holy Fool）。不知是否因此，才建了这么多傻得可爱的圆颅，不是戴着花头巾，就是戴着七彩帽。一五六一年兴建大功告成，传说"可怖的伊凡"惊喜赞叹之余，

圣乔治真要屠龙吗？

209

竟令将建筑师雅可甫列夫刺瞎，免得他再设计出可以与之
媲美的圣堂。又据说当初这些顶饰原来状如铁盔，后因一
五八三年焚于大火，才改成现在所见的分瓣式或多面体的
洋葱圆顶；至于这一丛七彩争辉，也是后来才添加的，原
先只是白底金顶。

二

　　"这是一个粗鄙不文而又心事重重的都市，非我族类的
亚细亚京城。四周的大道尽是丑陋的建筑，标示着斯大林
时代的品味是怎样说不出的空虚……厚衣密裹的人群劲道
十足地向前冲。谁也比不上莫斯科人这么会推挤；但排起
队来却又都沉闷而耐烦，不论是排在中央市场的牛奶柜台
前，或是在歌剧散场时，为了领回帽子与套鞋，挤得密不
通风，人人的鼻息呼噜都吹到前人的颈背。"

　　这是一九五七年英国女作家莫丽丝（Jan Morris）访问
莫斯科后的印象，当时斯大林刚死了四年，防腐的遗骸还
陈于列宁的陵寝。斯大林死后三年，亦即一九五六年，他
的继任人赫鲁晓夫在第二十届苏共大会上痛斥他的罪状。
一九六一年，斯大林的尸体就从那陵寝移了出去。也就在
那一年，南方的重镇伏尔加格勒（Volgograd，意即伏尔加
城），因个人崇拜而改名斯大林格勒（Stalingrad，意即斯大
林城）历三十六年之久，终于恢复了原名。

　　巴黎有一个地铁站，也以斯大林格勒命名；一九八五
年我在巴黎住了一个多月，搭地铁常从那里起站，总觉得
不太舒服。看来法国人还不如俄国人认真。斯大林奉高尔

基为文坛大师，表扬不遗余力，不但在莫斯科河边建了宽阔的高尔基公园，更将莫斯科城中最繁华的特维尔大街（Tverskaya Ulitsa）拓宽四十二米，并改称高尔基大街（Ulitsa Gorkovo），但现在又恢复了旧名。同样地，莫斯科东方的尼日尼·诺夫格勒（Nizhni Novgorod）也在斯大林任内改称高尔基，到了一九九一年苏联解体，又改了回去。至于更神圣的列宁同志，也不得不把易名了六十七年的列宁城（Leningrad）还给彼得堡（Petrograd）。这次我去莫斯科，从机场进城虽然得经由宽大的列宁格勒大道驶入特维尔大街，却没有见到一座秃顶短髭的列宁像。相反地，倒是在莫斯科河边仰见彼得大帝巍然立在船头的巨像。这雕像建于一九九七年，是市长鲁日可夫（Yuri Luzhkov）的新政。鲁日可夫大力塑造新莫斯科，往往就会卯上旧莫斯科的斯大林阴魂，而回到老莫斯科的东正教神旨。例如近在克里姆林宫南边的河岸，原有一座拜占庭风格的救世主基督大教堂，当初是为了纪念莫斯科在拿破仑之战劫后重生而建，乃十九世纪全城最高的建筑。斯大林任内，"破四旧"的独裁者竟下令将它炸毁。鲁日可夫排除万难，兼用公帑与民间捐献，终将这四个金顶的圣堂重建落成。

自从九年前苏联瓦解以来，莫斯科已变了很多，一方面当然是朝向未来，向民主与自由经济；另一方面，"去共产党化"的过程却落实于恢复东正教的传统信仰。恺撒躺进墓里，基督再临人间。历史终于追上了莫斯科，带来了宗教，悠悠云天还给了轮廓圆畅的金顶、绿顶、蓝顶。年轻的一代又回到金碧辉煌的大教堂里去，对着古拜占庭的圣像（icon）栩栩，香火穆穆，结婚、受洗，迎接正教的节庆。从十月革命以来，叶尔钦（通译叶利钦）是第一位上教堂的俄国元首。

在东北郊外圣赛尔吉斯的三一修道院中，我们亲睹俄罗斯的教徒扶老携幼，排队向苍老的主教行礼，先吻主教右手握住的黑十字架上的金色耶稣，然后吻主教的手，鞠躬虔敬之状令我深深感动。甚至幼童也都听从母亲的引导认真学样。

三

我们在莫斯科逗留了七天，在台大俄文兼德文教授欧茵西女士的向导下，巡礼了红场，参观了克里姆林宫、两座美术馆、两位作家故居和无数教堂，还看了两场芭蕾舞，又搭了十几次地铁。我们看到的莫斯科，三年前刚庆祝过建城八百五十周年，虽然仍是"心事重重"，却远非"粗鄙不文"。一个人稍谙俄国历史，只要站到气吞东欧与北亚的红场上来，古今多少事就会出现在他的眼前：红旗虽不再迎风招展，列宁的灵魂似乎还依附着那积木堆成的石陵，只等有一个冬阴的晚上；隔着雉堞森肃，红墙陡峻，是谁啊在克宫深处哪一扇窗里咳嗽，是僭臣古多诺夫吗还是妖僧拉斯布亭；忽然间每一块装睡的地砖都惊醒了过来，听步履杂沓，人声沸滚，"伪君德米特里"被愤恨的群众分尸而死；但南边那一丛戴花帽子的四百岁老顽童却把圆头凑在一起，只顾着听"圣傻"在笑些什么。

莫斯科大大小小的博物馆超过八十座，收藏了这古都的记忆深深，心事重重。即使不进那些历史的肺腑，仅仅站在街头或广场，各种风格的建筑时光错乱地纷呈在面前，也足以令人悠然怀古。只因苏联时代压制宗教，不少教堂在苏联解体后才恢复其金碧辉煌，得以"重光"，反而历久弥新。倒是斯大林时代的建筑，在所谓"社会主义的写实主义"指导之下造成，一律显得单调、笨重、空虚，大而无当。斯大林当年下令毁掉救世主基督大教堂，原意是要在旧址盖一座高达三百一十五公尺的苏维埃文化宫，顶上再镇以一百公尺的列宁巨像。后来没有实现，但是今日莫斯科的上空却留下了不少类似的样品，巍然俯临阿尔巴特大街的外交部大厦就是代表作：其状方正无趣，重楼层叠，尖塔呼应，毫无意外的对称，不容变化的整齐，到了最高处，自然是中央集权的一塔独秀，镇住全城。瞻仰这种意识赤裸想象贫乏的虚张声势，正如读一首健康又正确的口号诗，除了排比与对仗之外，更无其他。这种建筑风格叫做"斯大林哥特式"，俄国人笑它是"结婚蛋糕"。华沙市中心也有这么一座文化宫，是苏联为波兰盖的，我乘车经过，波兰司机指给我看，挖苦了一顿。

莫丽丝说莫斯科是"非我族类的亚细亚京城"，不免带点西欧本位的心情，更因当时仍是冷战的年代，共产世界铁幕低垂，令人觉得倍加恐怖。沙皇与苏维埃的前后"帝国"，加上斯拉夫人种、东正教、俄文，再加上地理阻隔、内陆冰封，俄国人对西欧确是"非我族类"。至于说莫斯科是一座"亚细亚京城"，当然也有点"见外"，不过莫斯科统治的版图，无论在苏联或俄联的时代，都像土耳其一样，是亚洲部分远大于欧洲部分：西伯利亚抱着半个北冰洋，几乎要接上阿拉斯加了，欧洲哪一个国家的尾巴有那么长呢？其实，说俄国是一个远东国家，也不算离谱。契诃夫曾经就横越冰天雪地，远探过库页岛上的监牢。

俄国人对中文的熟悉大出我的意料。那天下午我站在红场上，正目迷于圣巴索教堂的鬼斧神工，竟发觉附近有两位俄国少年跟女友约会，却不时含笑地向我瞅来。不久两人竟走来我面前，对我说话。我怕是来意不善，又想反正是俄文，懂不了的。不料再听之下，竟然是不错的中文，问我："你是中国人吗？"我笑说："是啊，你们怎么会说中文？"他们答称自己是莫斯科大学的学生，于是就和我谈了起来。朱炎、我存、人慧、天恩、沈谦、义芝等见状，也走了过来，加入交流。两少年能讲的中文不多，但发音大致可解，不会输给台湾大学生的英文。最后茵西也赶了过来，她一开口说流利的俄文，就轮到两少年吃一惊了。

后来在参观三一修道院时，有一群中国大陆的游客来到我们背后，接着就听到清脆悦耳的京片子为他们讲解圣像的来历。我以为是哪个行家讲给自己人听，一回头，竟发现是一位斯拉夫少女。甚至向我们兜售邮票或画册的小贩，也会用中文说"只要三百卢布"。这却是在美国及西欧未有的事情。

四

俄国的学童对英语也很有兴趣，想必是学校有这一课了。去北郊三一修道院参观的那一天，正好遇见一群学童在排队，等老师买票进场。个个都血色饱满，活泼可爱。女孩子大都高挑纤秀，直立亭亭，天生芭蕾的修颀与灵巧，只等有一天成熟为美人。甚至连男孩里也难找出一个丑童，更难得的是没有一个戴眼镜，而且虽然有说有笑，却不喧嚣、打闹。我们真给迷住了，他们也朝我们微笑，并好奇打量。忽然一个浅棕头发的女孩对我们说："My name is Anna. What's your name?"她的英语说得很纯，把我们逗笑了。我们跟她交谈了几句，又为群童照了几张相，觉得他们颇有教养，面对陌生人甚至还有点害羞。

俄国的老年人退休之后仍需要打工过日子，在博物馆、衣帽间、地铁站服务的几乎都是老妪，也几乎都趋于臃肿，但工作却很认真。我们去参观契诃夫故居时，大家正坐在门廊的阶前留影，守馆的老妪忽然冲出来对我们大声嚷嚷，手势激动。我们以为是犯了什么禁忌，遭她呵斥，一时呆了。相持了三分钟，幸而茵西从馆内赶出来，问明原委；原来她是好意，要我们去靠近大门的诊所前拍照，因为契诃夫的专业是医生，诊所门上才挂有"契诃夫医师"的铜牌，足为来此一拜的见证。后来我们多次发现，这些面容严峻的老妇人其实都很良善。

但是偶尔也有不幸的老妪，站在街头行乞。这情形我在圣彼得堡也见过：普希金与托尔斯泰的同胞竟然沦落至此，令天恩和我都很难过。不过俄国的乞妇倒是衣着干净，神情庄重，并不伸手钉人，只在脚边放一只空盘，俯首而立。天恩心慈，遇丐必施，那老妪也必然在胸口画十字，并合掌祈祷。我们非常感动，却不好意思摄影。

自从一九九一年开放以来，外来的投资造成了一批暴富的"新俄罗斯人"，街上的车多了几倍，夜总会经常客满，但是一般人民并未得益，却要承担物价上涨，对戈尔巴乔夫推倒苏联帝国的壮举并不领情。当地人告诉我们：一个中学教师的月薪不过五六百卢布。卢布只比台币略大而已。我们去大剧院（Bolshoi Theater）看芭蕾舞剧《睡美人》，票价四十卢布，黄牛票却抬到二百五十卢布。又告诉我们：教师的待遇还是倒数第二，医师才是第一。茵西在去三一修道院途中说，尽管如此，俄国的教授与医师却相当敬业。

带我们去修道院的导游小姐叫做安娜，在当地的旅游专科读书，妩媚中带点娇羞，不过十七八岁，像个村姑。她的英文显然不够用，但凭天真的笑容也已够了。显然入世也浅，问她俄国不少情况，她几乎都要去请教前面的司机。尽管如此，这小小导游却让我们自得其乐，诸如纠缠劝歌、停车诱购等等的台湾陋习，一概省了。我们请她吃零食，她也一再笑拒。

可爱的安娜，高挑修挺的个子在莫斯科街头的丽人行中，不算最高，也不算最美。不是她不美，而是满城的佳人太多了。昔年在布拉格街头，和天恩、镜禧、隐地每每惊艳于斯拉夫之佳丽，曾被行家嗤为孤陋寡观，并谓："等你们去了俄国再说！"

莫斯科的佳丽不像北欧的健硕，西欧的倩雅，南欧的夭艳丰秾、眉眼如画。其美多在风姿修颀、神采自若，举臂欲飞，举步若泳：芭蕾舞的美学、冰上操的力学，全是从这样轻灵的肢体发挥出来的。《天鹅湖》天生应该由俄罗斯的笔尖来写，由俄罗斯的脚尖来跳。

俄罗斯的菜市场有点脏乱，也颇拥挤，但因为气候凉爽，又半在户外，并不如台湾的闷热。摊位不用扩音器，人声也不算嚣闹，挤来挤去，亲身体验，正可近观市井风情。菜市场上常有花店，七色缤纷，鲜丽超过台湾，卖花女也每是亭亭佳人。莫斯科的人口九百三十万，在我的听觉里，却比台湾的都市安静得多：餐馆、商店、车站，甚至广场上都不播音乐。我们搭过几次公交车，司机也只顾开车，不听收音机。有一次九个人进麦当劳用餐，全店客满，却没有音乐，足见生意好并不靠噪音逼人。

莫斯科人不但吃麦当劳，也吃街头贩卖的热狗，并用俄文拼音（ХОТ-ДОГ）来标示。街头的广告偶尔也径用英文，招牌上用俄文拼出诸如 supermarket 的字样；只要你通俄文发音，就可以触类旁通，恍然解码。例如 РЕСТОРАН 一字，如果你知道在俄文里，Р 读如 R，С 读如 S，Н 读如 N，就不难拼出 restaurant 了。因文法身份不同而引起字尾变化，只要多加留意，也可悟出几分。例如莫斯科地图上的地铁站名，不论专有名词是名城基辅或斯摩棱斯克，抑或是名作家契诃夫或屠格涅夫，一律在字尾加上阴性所有

217

格，成为 Kievskaya，Smolenskaya，Chekhovskaya，Turg-enevskaya，因为地铁站 stantsiya 是阴性。又因为火车站 vokzal 是阳性，所以站名要加上阳性所有格 sky，例如白俄罗斯站叫做 Belorussky Vokzal，喀山站叫做 Kazansky Vokzal。

以前我到过捷克与波兰，俄罗斯该是第三个斯拉夫族的国家了。前年也去过圣彼得堡，还为此写了两首诗，但毕竟匆匆三日，所见不多。可是那次倒是去俄国人家里做了一次客，因为那家的长女玛丽亚是我家二女儿幼珊在曼彻斯特大学的同学。尽管玛丽亚自己当时不在圣彼得堡，却安排她家人务必接我们夫妻和幼珊去她家晚餐。她父亲库推夫教授（Prof. Kuteev）颇有国际声誉，曾与四川大学合作研究，英语说得不错。太太和二女儿任雅（Zhenya）也殷勤待客，一家人都斯文而有礼。住家在公寓的高楼，环境也还空旷宁静。户内则两房一厅，均颇狭小，客厅里挤着沙发与钢琴，用膳时还临时搭起"克难"餐桌。那简单朴素的情况，只相当于台湾五十年代的后期。那时俄国正值饥荒，连红军也上山去采菇佐食，但那天上桌的晚餐却有鲜美的蘑菇鱼汤，还有一道须佐以面包的咸鱼。我们感激主人好客，同时也觉得不安。

圣彼得堡之行，已让我发现分歧的斯拉夫语有其互似。例如"街道"，捷克文叫 ulice，波兰文叫 ulica，俄文叫 úlitsa。例如"茶"，欧洲各国几乎都依闽南话发音，斯拉夫这三个国家依次却是 čaj，čaj，cháy，发音近"菜"，倒像普通话了。至于"桥"，则无论在捷克、波兰或俄罗斯的语文里，都一致拼成 most。所以有了布格拉、华沙、圣彼得堡的浅薄经验之后，再去莫斯科就不致沦为全然的文盲了。

五

从莫斯科回来，外文研究所的"村姑"们围观我此行的照片，看到有几张显示灯火辉煌的厅堂，两旁有椭圆拱门，壁上有五彩巨画，问我："这是什么皇宫?"我哈哈大笑说："才不是呢，是地铁!"

斯大林生前造了许多孽，但至少做了一件天大，不，地大的好事，而且泽及现今。在第一个"五年计划"（一九二八——一九三三）里，他推动了兴建莫斯科地铁（Moscow Metro）的大工程。男女工人自全国各地征调而来，成为工程的主力，复以红军为辅，并有共青团员（Komsomol）一万三千人志愿加入。斯大林更派了两位优秀青年同志负责其事，其一便是日后他的继承人赫鲁晓夫。

最早的一段一九三五年完工，长十一公里半，自文化公园起站，可通十三个站。隧道挖得极深，二次大战期间斯大林就将指挥总部移入其中。建筑的工程还在进行，迄今轨道已长达二百五十公里，车站已有一百二十座，车速高达每小时九十公里，每天发车七千八百辆，载客量超过六百万人，多于伦敦加纽约的地铁。

这两个名城与巴黎、东京的地铁都难和莫斯科的相比。莫斯科的地铁不但是近千万市民日常交通的大动脉，更因宏伟而壮丽的建筑、多彩多姿的壁饰、璀璨夺目的吊灯而成为与现实生活充分配合的一大艺术殿堂，令各国游客惊喜赞叹，永难忘怀。

最难得的是许多地铁站在建筑风格上，从古典到现代，从华美到清新，各具特色，而厅堂两边的弧形墙壁上，无论是绘画或浮雕，也都每站各有主题，甚至隧顶下垂的繁蕊大吊灯也穷极变化。相形之下，民主之城纽约的地铁反而显得单调又寒酸了。例如距我们旅馆最近因而成为我们地下之旅起点的基辅站，乃以乌克兰首都命名。基辅建于公元五世纪，早于莫斯科七百年，是俄罗斯最早的古都，俄人称之为"万城之母"。基辅站的壁画斑斓迷人，全为镶嵌作品，主题旨在鼓吹当年苏联的农业，并强调俄罗斯与乌克兰之友谊。马雅可夫斯基站（Mayakovskaya）则为纪念革命初期因精神分裂而自杀夭亡的诗人，供有诗人雕像：建筑之设计妙在厅堂：纵观时呈现重叠成行的层层大拱门，横观时又呈现并列成排的小拱门，而支撑的门柱均用不锈钢与大理石建造，至于明艳的大灯则都嵌入隧顶。这样的设计单纯而又气派，曾获纽约世界博览会的大奖。

六

莫斯科博物馆之多，超过八十座。其中的美术馆我们参观过两座：一座非常有名，收藏极富，是为普希金美术馆；另一座名字很怪，就叫做"私人收藏馆"（Museum of Private Collections）。普希金是俄国人最崇拜的诗人，以他命名的莫斯科名胜，除美术馆之外，还有故居、文学馆、地铁站、广场，广场上更竖着他的青铜立像。我们在普希金美术馆中观赏了西欧的许多名画，从波提切利到毕加索，美不胜收，但最令我惊喜的，是终于看到了梵高生前唯一有人购买的油画《红色葡萄园》。此画算不上梵高的杰作，但是多年来深藏于俄国，连梵高的专家也不易看到，即使十年前阿姆斯特丹的"梵高百年回顾大展"，竟也未能借展。

"私人收藏馆"所展，多为十九世纪及二十世纪俄国画家的名作，在西欧也属罕见。其中最令我注目的一幅是写实名家列宾（Ilya Repin）的大幅作品，主题竟是普希金为了娇妻娜塔丽亚（Natalya Goncharova）与人决斗的场面。只见诗人已经重伤欲倒，正由朋友们两旁相扶，夕阳照入林中，余晖与血迹相映，而成悲怆之美。

七

从柴可夫斯基到高尔基，音乐家和文学家的故居保存为博物馆的，也有十几处。茵西带我们去参观了托尔斯泰与契诃夫的故居。

托尔斯泰的故居在莫斯科市中心的西南，从文化公园地铁站出来，只要走两条街就到了。雕花的酱红色木栅围住两英亩半的大院子，一座宽大的两层楼木屋，里面大大小小有二十个房间，便是小说大家托尔斯泰伯爵与伯爵夫人索菲亚，外加九个子女，住了二十个冬天的故居。

221

托尔斯泰的家乡在莫斯科南方二百公里的亚斯纳雅·波良纳（Yasnaya Polyana）。他在三十四岁时娶了莫斯科的十八岁淑女索非亚，婚后二十年两人一直住在乡下。索非亚不但是城里的淑女，还是一位才女，能写诗与小说，对艺术、音乐、哲学都有造诣。尽管她也认真管家，有心做一个贤妻，并且为丈夫誊录《战争与和平》及《安娜·卡列尼娜》的初稿，却不甘心长此放弃莫斯科风雅的社会。

终于在一八八一年托翁全家搬进莫斯科城，在卡莫夫尼基区（Khamovniki）定居。此举兑现了托尔斯泰夫人回城做贵族才女的梦想，当然也有益于众多子女的教育，但托翁心底其实不愿意离开农村。这时他已经五十三岁，两部杰作早已出版，天下闻名，但是这位文豪的志趣已渐从艺术趋向宗教与哲学，认为"世上该学的事情很多，但真正重要的只有一件，那便是如何生活"。

他更认定："要认识真理，端赖力行。"又说："生活不正，定非善人。"他的城居虽然宽敞，也有仆人伺候，但是并不豪华，没有电，也没有水管，更无自来水。他每天七点起身，先整理自己的书房与工作室，然后去院中的小栅锯柴，拿进屋里，为工作室生火。接着再去井边汲一大桶水，用雪橇或手拖车运去厨房。

每天他都写作，总是九点开始，一直写到下午三点才离桌。一代文豪却习用四开的糙纸，把字母写得很大，每天写满二十张。纸用完了，无论是账单、纸条或信笺的留白，都会顺手取用。他显然是一位苦思的作家，常常改稿，即使夫人辛苦抄录之后，他仍再三修正。

图为托尔斯泰故居，项人慧与作者夫妻合影（二〇〇〇年摄）

托尔斯泰认为在劳动与思考之外，还应该习一门手艺，便拜了一位鞋匠为师，然后备足工具，又特制了一张板凳，就像学徒一样做起鞋来。每天晚饭后，他就伛在板凳上与皮革搏斗，终于学成。今日他故居的工作室中，那凳上仍然陈列着他做的两双皮靴。

老而不懈的托翁一面厉行他的健康新生活，一面在摸索中修正了他的艺术观与人生观，不惜以今我否定故我。在写作中他曾经追求过美，现在他要追求善了。他开始悔恨少作，断定自己的名作《战争与和平》及《安娜·卡列尼娜》都无益人心。自一八九一年起，他不再接受十年来自己著作的版税。在莫斯科居住的漫长二十年，他虽然也写了《复活》等小说，但是创作少了而议论多了，所论则多为人生的终极问题，例如《简论福音四书》、《我的信仰》、《何为艺术?》等等均为名篇。他鼓吹的哲学是戛戛独造的基督教人本主义，以素食、禁欲、反对暴力为主。一九〇一年，东正教会认定他离经叛道，将他逐出教门。他就在那一年离开莫斯科，全家迁回故乡。自此他更返璞归真，一心求道，并教化自己农庄上的农民。

论者多敬佩托翁追求真理并刻苦力行的精神，也不免有朋友如屠格涅夫者惋惜他抛弃了艺术。我愿从另一个角度来看这件事情。我的尊敬给予托尔斯泰，但我的同情却要给予他的夫人。我常觉得，出一个天才，是民族之幸，却常是家庭的不幸。托翁是不世的天才，更是旷古的伟人。天才坚持自我，伟人必坚持原则，所以就难以照顾家人。托翁要生活得像农民，夫人被迫放弃高雅的社交。托翁否定艺术，宣扬宗教，夫人热爱艺术，觉得说教的文章没有美感，却不得不为丈夫辛苦抄稿。托翁为了原则拒收版税，夫人却要为家计操心。托翁要禁欲，夫人势必失去一个亲密的丈夫。为了自己成圣成贤，夫人就得忍受这一切吗？

托翁故居的画册印得小巧精美，十分清晰，但我们走进去后，户内却是影多于光，满是沧桑之感。也许为了省电，许多房间都未装灯，保持十九世纪末无电古宅的阴翳。守馆的老媪要我们套上大布拖鞋才上楼去。二楼的大客厅是托府宴客之地，年轻的拉赫玛尼诺夫曾在此为男低音沙里亚宾钢琴伴奏。

书房相当宽敞，却远在走廊尽头，明窗对着花园，市声无由侵扰。最令人低回的当然是文豪的书桌，因为那正是一个伟大的心灵面对全世界诉说自己终极关怀的地方。桌当明窗的右方，我估计长约一百八十公分，宽约八十公分，四沿均有十公分高、用整齐的细柱支撑的纤长围栏，只在作者座前空出一百公分，让他搁肘书写。

桌上并无饰物，只摆了两具木制的插笔架、一个孔雀石墨水瓶、一个有把手的木背吸墨章、四个信盒，和两座青铜烛台。最引人遐想的该是古色斑斓的烛台了，一左一右，百多年前曾照着《复活》的作者，灰白的须发在夜色深处飘蓬，浓眉压住低睫，左肘支桌，戴指环的右手握着沾墨水笔，正向粗糙的大稿纸上，把俄文的三十三个奇异字母，一排排向右刻划过去。笔尖沙沙，那一对烛台高擎的清辉，曾经照彻了帝俄的文坛。

然而托尔斯泰绝非文弱书生，他每天都要骑马或者长程散步，冬天还要溜冰。连他的夫人索非亚也是溜冰健将，常在市中心的溜冰场迎风回旋，后面一长串跟着七个子女。在书房隔壁的盥洗室里，还陈列着一对哑铃、一辆脚踏车：老作家用哑铃来练身，至于脚踏车，则是他六十七岁才开始学骑的。

八

托尔斯泰的故居在城之西南，已经是近郊了，那条街也就叫托尔斯泰街。契诃夫的故居远在城西，却还算市中心的西缘。不知为何，从契诃夫地铁站出来，竟要走七八条街才到他故居。

（自左）沈谦、高天恩、欧茵西、作者、项人慧、陈义芝、叶红嫒于契诃夫故居前合影（二〇〇〇年摄）

契诃夫是农奴的后人，父亲是一个失意的店主。二十四岁时他医科毕业，这故居是他二十六岁到三十岁的寓所，同住的是他的父母与弟妹。家计主要靠他维持，所以要在看病之余他才有暇写作。诊所就设在靠近大门的一间，挂有铜牌，上刻"A. P. 契诃夫医师"。

契诃夫是帝俄后期杰出的短篇小说家兼剧作家，但和托尔斯泰相比，不但是年轻三十二岁的晚辈，而且出身平民，又因久患肺病，四十四岁便病故了，不像托翁那么长寿，所以生前的名望没有那么显赫。何况他在莫斯科城西的故宅不过住了四年，也不像托翁故宅定居之久，是以馆内所陈，当年的文物不多，未能保留令人悠然思古的气氛。

那四年中，年轻的契诃夫还正起步，只写《伊凡诺夫》等作品，真正的名剧，例如《海鸥》及《樱桃园》等，尚有待来日，所以为了加强陈列的内容，馆方就把日后这些名剧的海报与许多作品的初版珍本，加添进去。

墙上挂了契诃夫不少照片，都颇动人：年轻时相当俊美，开始并不蓄须，后来髭须渐密，显得有点花白，眉间皱纹乃有沧桑之气，带着一股清愁。有一张常在书上见到，温柔而略带笑意的眼神从夹鼻眼镜后望出来，白浅领上整洁地系着斜纹的领结，但上面的髭须更形蓬松，以四十岁的人说来是老得早些，但不失为一中年美男子，和托翁老而益壮的气概全然不同。

九

俄罗斯是变了，比我们预期的变得更快，也变得更多。莫斯科的云天不再飘扬红旗，东正教的古教堂举向初夏的凉风中的，是一球球数不清的亮金圆顶。圣像在圣堂里全都醒了过来，神眼灼灼，但街头的列宁、斯大林、杰尔辛斯基（国安会，俗称 KGB 的首领）等的布尔什维克圣像，全不见了。这些苏维埃圣迹多半给拖去莫斯科河边，堆在克灵桥下的"废像坟场"（Graveyard of Fallen Monuments）里了。

五月底在莫斯科举行的国际笔会年会，由俄罗斯笔会主办。地主国的会长毕托夫早就向各国作家鼓吹过远去他们首都开会的好处，其中一项是"可以参观我们的监牢"。这黑色幽默令各国作家为之一凛。

现在各国作家都来了，翻开议程，第一案赫然是俄国笔会自己提出，要各国作家一起谴责俄国当局对弱小的车臣再度动武。在开幕典礼上，毕托夫面对媒体，郑重重申此意。去年诺贝尔奖得主格拉斯也以贵宾身份演说，指出二十世纪以强凌弱的沙文主义并未住手，作家们应效法奥威尔、索尔仁尼琴写书作证，由历史来审判屠夫。

这石破天惊的空前壮举，令全场的作家们震惊、振奋。八十年来这样的场面竟发生在克里姆林的鼻息下，简直不可思议。俄罗斯的良心并未完全尘封在作家故居的阴影里，就在此刻，镁光明灭的会场仍听得见它在剧跳。

会场外，有小贩兜售俄罗斯木偶，沈谦买了一个：最外面的一层是新总统普丁（通译普京）的漫画像，夸张得滑稽，上下对分剥开，竟是叶尔钦的面貌；如是层层解套，依次剥出来戈尔巴乔夫、勃列日涅夫、赫鲁晓夫、斯大林、列宁……令人脸上发笑，心底发毛。

俄罗斯似乎是"解放"了，从镰刀与斧头之下：八十年前，它发誓要解放全世界的。但是从莫斯科回来才半个多月，却在报上读到克里姆林宫逮捕古辛斯基的消息。四十七岁的古辛斯基崛起于经济改革，活跃于政商两界，目前主持的"媒体桥"（Media Most）集团，常在电视上讽刺新政府，六月十四日终以侵占公款的罪名被捕。新闻界认为：俄国当局此举其实是在恫吓超然的媒体。

一九九七年，莫斯科刚庆祝建城八百五十年，海报上以新国旗的红蓝白三色为图案，绘出圣乔治马上挥戈，奋力屠龙的英姿。圣乔治是欧洲不少名城的守护神，各国争相祈求他保佑。巴塞罗那市政厅的门首，也浮雕着他屠龙的形象。在莫斯科，红场北面的入口处，拱形的复活门端，有这位天使长跃马伏龙的镶嵌圣像：只见圣乔治光轮赫赫，红巾飘飘，威武非常。这方牌圣像在一九三一年，正当斯大林独裁时代，曾随复活门一并被毁，到一九九五年才因重建而再度俯佑红场。

基督教的传统以龙为魔鬼之象征，使人联想到基督再临前乱世的反基督（Anti-Christ）。其实欧洲人早已把希特勒、斯大林认做反基督了。

然则俯临红场的圣乔治，果真是戈尔巴乔夫吗？而那条龙呢，是躺在列宁陵寝里的一位呢，还是后来才躺进去而几年后又被赶出来的一位？也许这些都太落伍了。圣乔治就是东正教，而龙就是苏维埃，或是该屠而仍然未屠的核子武器？

二○○○年六月十六日

萤火山庄

一

今年夏天，毅然放下一切，脱掉台湾贴身的炎热与喧嚣，去纽约探望长女珊珊：其实也就是去高纬避暑，不，纳凉。朋友怪而问曰："纽约能避暑吗？"我答道："当然不是在纽约闹市，而是在纽约郊外，其实是出了纽约州，进了康州，离纽约市有一小时半的车程。"

七月十五日，料峭的风雨中，为政与珊珊带了飞黄与姝婷兄妹，把我们从肯尼迪机场接回家去。我已经五年未去美国了，竟有一点生疏。车子一汇入高速路的洪流，年轻时凭一张行车地图在该邦闯州越郡的强烈记忆，忽然附体醒来。为政知我是车迷，一路为我指点新款的 Corvette 与 Mustang，真令我醒目动心。进入康州之后，丘陵地带坡势渐起，夏木含雨，风景绿得饱满而滋润。

"一进康州，就算是新英格兰了。"为政说。

从高速路下来，我们转入两巷对开的乡道，绿荫对峙如屏风，车在其间上坡下坡，左弯右盘。

"这一带的树林太好了。"我叹道。

"我们的屋子就在树林里。"珊珊说。

正说着车慢了下来，从一道斜坡右转入林。浓荫密掩之下，灰顶白墙的两层木屋，艳红的前门上，阿西娜头像的铜环铿铿可叩，已到家了。

"简直是在森林里。"我不禁赞叹。

"不是森林，只是树林。"为政说着，望了珊珊一眼。

"太密了啦，"珊珊怨道，"遮得屋子阴沉沉的，什么都不清不楚。应该砍掉几棵！"

"砍一棵七百块，"为政解释，"还问你木材留不留。你要是留下来自己劈柴，再也劈不清。"

从此我们，我和我存，还有后来加入的幼珊与季珊，就在这一片深邃的翠绿里住了一个月，长享牧神芬多精的祝福，却又隐隐担忧，最后怎能再回到台湾的热闹里去。

萤火山庄

二

等到时差淡去，安顿下来之后，才真正体会这近乎隐士的林居是怎样的情形。屋前屋后，全是主干俊挺枝叶茂盛的乔木，拔高都在四五丈之间，多为加拿大枫，也有松杉及橡树。枝柯交接，浓荫密庇着木屋，只在前门和后院留一点余地，网开半角，让阳光、星光进来作客，所以什么东晒、西晒都非逼视，只能算是偷窥。

二楼的阳台旁边，有一间孩子的游戏室，满堆着两个小顽童的玩具。最耐看的却是室顶的天窗，其形廓然大方，仰望可见一簇簇树顶，像是几个巨头在开高峰会议。最好是睡在地毯上从容举眼，尤其是探看夜深的星空，真有井蛙窥天的奇趣。

由于树多院深，左邻右舍都相隔颇远，往往也只微露一角，静得不闻犬声，如果有犬的话。康州这一带的人家，罕见以灌木丛树为篱，即使石砌的围墙，也多是糙石错叠，高不过腰，受到长岛海峡（Long Island Sound）的滋润，滨海的这一带丘陵起伏，雨多林茂，驶车其间，如聆树精（Dryads）吟唱一首悠长的牧歌，绿韵不绝。此地的"人间"就是"林间"，所以家家户户其实是以整片树林来充当篱笆，而将车声车尘隔在翠屏外面，鸟声虫声留在自家院里。

珊珊说，这林中木屋在建筑的格式上叫做 raised ranch。屋前的红门开在底楼和二楼的中间：由于坡势缓降，屋前的草地齐及底楼的半腰，而屋后的楼基又高出地面，需加支撑。至于 ranch 倒名不符实，因为既非农庄，又非牧场，只有一片林地而已。但不管名称如何，也不管是否能充庄宅，这双层木屋仍算舒适风雅，加上前后森森的乔木嘉荫，硕颀的直干矗立如柱，高擎着翠上叠翠禽外鸣禽的丛叶，如盖如伞，尤其是屋后的莽莽苍苍，目光如豆怎么能看透，简直是绿色迷宫，只有淙淙的水声，夜深时，密告草底有小溪在偷偷越境。

珊珊婚后定居在纽约的皇后区，闹市一住就是八年，前年终于搬下乡来。新址在信封上是"康州威士顿"（Weston，CT），但门前的乡道两巷对开，离小镇仍有十分钟车程。这位置，当然仍在纽约的磁场之内，毕竟已是边缘了；算是新英格兰的地界，却别在康州西南的拐脚，尚未深入；已在大西洋岸的斜坡上，但是距长岛海峡的沙滩还有十英里。

就这么和家人相聚了一个月，享受了三代在同一屋顶下团圆的温馨。天气倒并不温暖，时雨时晴，雨天会变得阴冷，像台湾的秋天，入夜甚至寒气逼人，又像台湾冬日的寒流，我们都要盖被。

一个初晴的黄昏，浓荫张翠的叶隙还透着西天的霞晕。正是昼夜换班的神秘时辰，我们都在高架的阳台上，或靠着黑色的空花铁椅，或倚着白漆的长条栏杆，倾听林间的寂静。有异物倏忽掠空来去，使暮色不安。该是蝙蝠。

"萤火虫！"小妹婷叫了起来。

我从铁椅上一跃而起，冲向栏杆。暮色渐深的草地上，果然有亮金一闪。大家都贴立在栏杆边，向林中的草地寻视，兴奋异常。草地上、石堆里，甚至树叶间，此起彼落，明灭不定，一时碎金飞闪，成了童话的魔灯。仲夏夜之梦的场景，已经有三十多年未见了。大半辈子在台湾，以前来高纬的北美惊艳于雪景，不料现在，却要从亚热带来温带追寻流萤。早年在台北，这提灯夜游的小飞客，曾经从植物园飞入我的诗句。后来它就和木屐、折扇、蜡烛一起失踪了。儿时在江南天井的水缸边，中学时代在四川的黄葛树下，这神秘的小灯笼也曾点醒过炎暑的夜色，于今回顾，亦皆化成点点的乡愁。而这些，我怎能告诉美国的firefly呢？它们恐怕连梭罗也不认得了，何况是杜牧啊！

我问幼珊和季珊小时有没有见过萤火虫，她们似乎并无印象。为政索性找来空瓶，带着飞黄走下木梯，去草石之间追捕这些一闪即逝的古典幽浮。小男孩捉到了一只，奔回阳台上给我看。可怜的小俘虏，在瓶中就黯然无光了。飞黄也觉得失望，就开瓶释俘。昆虫学家说，会闪浅绿幽光的是雌萤，光从腹部的器官发出，乃是黄磷在酵素的影响下氧化的现象；又说雌萤无翼，发光的用意是在引诱雄萤。这么说来，仲夏夜之梦就更有情了。原就不该打断那只"怀夏"少女的幽会的。

至于鹿，这一带的乡道两侧，不时也可见"仙踪"。每次发现，为政都会放低车速，教我们注意左顾或右盼。有时候来不及转头，仙踪已渺，不免令人怅怅。珊珊倒不大惊小怪，只淡淡地说："我们后院子里也有几只。"

真的吗？帅呆了吧？真有这种野福仙趣吗？珊珊说，要碰运气，黄昏鹿群口渴，就会到屋后的树下来饮溪。

后来果真出现了几次，可惜都是家人先发现，等我赶去窗口或阳台，不是已经逸走，便是只见背影匆匆，消失在枫树的巨干之后。终于一天下午，又出现了。这一次不是遥远的一瞥，而是站定了，怔怔地回望着我们；不是一只，而是四只全是棕底白斑的梅花鹿，都停在枫林前面的绿茵之上。显然，它们也是一家人，不，一家鹿，谨慎然而好奇地，在十几公尺外从容打量着我们，眼神温柔而镇定。就这么，两家众目灼灼，对阵而又对视，都出了神。寂静中，气氛紧张又有点滑稽。我存蹑手蹑脚，举起了相机。

那几分钟真像是永恒。终于鹿群散开，大的领头，向马路那边逛去，并嚼食道旁的蕨草。幼珊、季珊带着飞黄

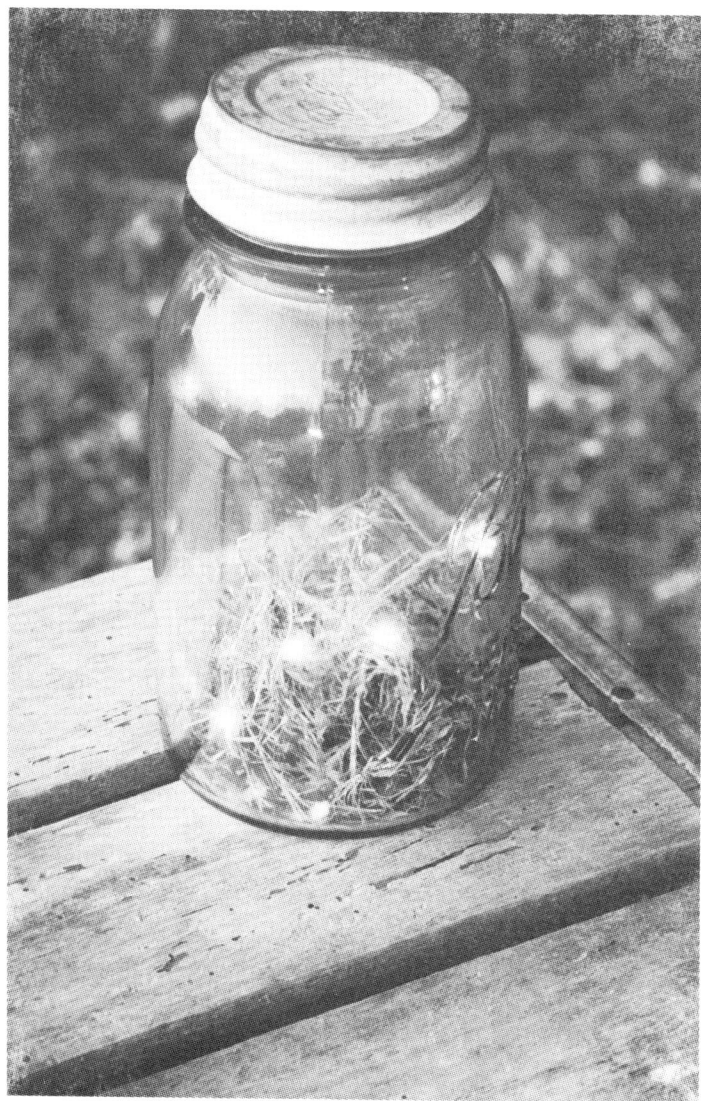

萤火虫

与姝婷，也是两大带着两小，奔赴最近的窗口去窥视。一阵忙乱过后，只剩下一只幼鹿徘徊在坡顶，似乎在寻找母亲。最后它也走下坡来，在一柱巨枫前面立住，再向我们一瞥，便没入了林中。

以前在美国西部开车，偶尔也会遇见野鹿过路。公路局为了示警，甚至会竖立"Deer Crossing"的路牌，为长途平添野趣。我在丹佛自炊了一年，兔肉、鹿肉都煮过。前年和我存去芬兰，还买了咸腌的驯鹿肉回来，却嫌它太咸太腥，未敢吃完。珊珊屋后的草地上，深深浅浅有不少鹿蹄印子，大鹿印深，小鹿斑比当然印浅，但都前轻后重，判然二分。

我们的主人，为政和珊珊，爱吃龙虾又与鹿为邻，正应了苏轼的名句："侣鱼虾而友麋鹿。"他们谈到鹿群，却是爱憎参半。为政警告我们，鹿身上有虱子，不可接近。珊珊恨恨地说，她在门前种的郁金香，好不容易开了花，却被鹿齐头吃掉。看来就连仙人也有其现实的一面。

三

就这样我在"萤火山庄"隐居了一个月。其间曾有六天，与家人共乘了一辆道奇的八人座箱型车，北上鳕角与波士顿，并远游缅因州的阿卡迪亚国家公园。只可惜佩珊有事留在台湾，未能像去苏格兰的那次，同车共游。除此之外，我成了十足的隐士，近于自然而远于人群。在翠荫清凉的林间，时或听蝉声噪夏，但更苍老而可惊的是远近皆闻的鸦啼，益显得林深树密，人烟稀渺。其他的鸣禽就斯文得多，除了偶弄巧舌之外，也像我一样隐身不见，隐名不识，极其逍遥。可见的林栖者当然少不了敏捷而机警的松鼠，几乎尾比身长，挥舞成多姿的魔帚；草上的白蝶翩翩，也乘风有致。最威武的仍是众目共仰的鹰隼，巡翔在一切之上，怪唳磔磔，宣称自己是风的主人。这一切"神的富有"，包括黄昏的间谍，蝙蝠，与草上的幽浮，萤火，使我恍然，何以新英格兰的地灵会生出狄金森那样的人杰。

至于纽约的闹市，我就不再去拜访了。这次去美国，我只见到一位故人。夏志清先生召我进城，我却劝他下乡，并夸张此间林栖之乐，为政和珊珊也从旁鼓吹。City Mouse 经不起 Country Mouse 的叽叽劝诱，终于由夫人王洞陪同，从中央车站乘火车来到威士顿，再由乡下的群鼠开车去接。

十年未见，夏志清并未显得更老。近年他病于心脏，文章是写得少了些，但此次重逢，他精神很好，谈锋仍健，中英双语争发，仍然声宏气盛，急湍奔泻，不可标点。他谈到兴头上时，与其说是与人对话，不如说是滔滔自语，石火电光，心里想到的几乎全出了口，驷马难追，简直就是意识横流。"人来疯"其实不限于小孩子，老顽童也是一样。

纽约客送给我两本大书：艾略特的《玄学诗面面观》（*The Varieties of Metaphysical Poetry*）是旧讲稿新出书；巴曾的《从曙光到暮气》（*Jacques Barzun：From Dawn to Decadence*）则阔论五百年来的西方文化，是一部新著。夏

237

先生特别强调，巴曾此书深思熟虑，痛贬末流，是值得细读的洋洋巨著，又说其人不但渊博，更能贯通，甚至钱钟书都难匹敌。

珊珊和为政十年前在纽约结婚，夏先生是喜宴上致词的贵宾，一番话说得妙趣横生，若非于梨华大力劝止，真不知阔论何时方休。他一直是小夫妻俩敬爱的夏伯伯，来他们家已是熟客，十分自在。大家谈得尽兴，去镇上吃过晚餐，便送一对纽约客搭火车回城。

这次去美之前，总算把钟怡雯新著《听说》的序言赶了出来，余下的两篇也都答应了半年，就带去美国偿债。在"萤火山庄"的宁静天地，每天和飞黄、姝婷兄妹嬉戏为乐，渐觉返老还童，加以芬多精的野餐令人身轻气畅，文思无阻，两篇序言居然顺利完成，回台的心情顿感轻松。一篇叫做《当中华女儿做了美国妈妈》，是为张纯瑛的文集《情悟，天地宽》而作。另一篇叫做《最后的牧歌——希美内思的〈小毛驴与我〉》，以序林为正从英译本再转译的中文译本。我在"萤火山庄"的楼下大书房里写这两篇文章，在桌灯下往往坐到深夜，楼上的家人都已鼾然，林中也已寂了万籁，只剩下手中这支笔陪我醒着，从十九岁的少年一直醒到现在，便感觉唯寂寞始能长保清醒，唯清醒始能永耐寂寞。

这心情，楼上梦中的孙儿、孙女，有一天能够领会吗？有一天我走了，我留下的书，一本又一本，那两个孩子，在电视机前长大的美国孩子，肯放下英文来读吗？

木屋顶上，新英格兰的星空灿烂无语。

二〇〇〇年九月于左岸

山东甘旅

青铜一梦

济南的"济"不能读"祭"，要读"挤"，当地人都是这么读的。城在济水之南，故名济南。济水的"济"应读上声，和"济济多士"一样。济南有千佛山，古称历山，所以济南又称历城，或是历下。同时济南多泉，包括趵突泉、珍珠泉、黑虎泉等，共有七十二处，因此又号泉城。

也因此，一九九八年七月济南在市中心开辟了一个多元用途的大广场，就命名为泉城广场，而且施工神速，翌年十月就完工了。广场东西长七百八十米，南北宽二百三十米，占地二百五十亩，隔着泺源大街可以远眺背负南天的历山，气象恢弘。站在三十八米高的泉标之下，似乎可以感到山东的脉搏。那泉标的造型由三股青泉从地下喷薄而出，把一个滚圆的银球，若即若离，像一颗飞溅的水珠捧在掌中，其状隐隐含着古汉字"泉"的篆体变形。

广场的东端有不锈钢塑成的十二瓣巨型荷花，瓣尖翘起，妩媚中含有活力，灯亮时一片红艳，溅出音乐喷泉。荷花与泉标遥相呼应，印证了济南处处涌泉，满湖荷香，以泉育荷的生机活力。以荷池为心画一个大圆，有实有虚，东边的一百五十度长弧就落实在庄严的文化长廊。这三十六根石柱擎举的气象，长一百五十米，宽十六米，坐东朝西，是我在山东所见最有深意最为动人的现代建筑。三层楼高的空阔廊道上，每隔十米供着一尊山东圣贤的青铜塑像，连像座有二人之高。十二尊塑像由南而北，依年代的顺序排列。

第一位是大舜。像座上刻的金字说明是："（约前二千年前）龙山文化时代华夏之王虞舜，生于诸冯（诸城），耕于历山（济南），渔于雷泽（菏泽），经万民拥戴，尧禅予王位。"大舜的铜像袍带简朴，只有头上戴着无旒之冕，算是延冠吧。司马迁听人说舜目重瞳，项羽亦然。铜像太高，面影深褐，我无法逼近细看，不知道雕塑家有没有刻意加工。古代圣王之中，虽然尧舜并称，最动诗人遐想的还是舜，只因传说"舜南巡，葬于苍梧，尧二女娥皇女英泪下沾竹，文悉为之斑。"所以湖南的斑竹又名湘妃竹。这美丽的爱情感动了无数诗人，虽是传说，却宁信其有。前年我在湖南，李元洛、水运宪导游君山，曾见此竹，确有斑痕，但枝瘦叶少，并不怎么美，据说是多情游客，好事攀折的结果。尽管如此，一点点的传说总能激动一整个民族绵绵的诗情。也难怪杜甫在长安登塔，竟然向千里之外"回首叫虞舜，苍梧云正愁"，而李白在洞庭的船上要叹"日落长沙秋色远，不知何处吊湘君"。中国的千江万河，有哪条比潇湘更动人愁情呢？李群玉句"犹似含颦望巡狩，九疑如黛隔湘川"，说的正是舜葬之地。四千年前的淹远圣王，身后还长享如此的风流余韵，真是可羡。

下一位我以为是孔子了，却是管仲。应当如此，管仲是兴齐之能臣，桓公能成就春秋的霸业，全赖管仲。其人是一位务实的政治家，"以区区之齐，在海滨，通货积财，富国强兵，与俗同好恶"：用现代的说法，就是"发展经济，顺应民心"。《管子》一书的名言"仓廪实则知礼节，衣食足则知荣辱"，强调的正是民生重于意识形态，也就是先专后红，应为今日大陆的"硬道理"吧。

像座上如此简介管仲："（前六四五年卒）名夷吾，字仲，春秋初期政治家，在齐国推行新政，帮助齐桓公成为春秋时代第一个霸王。"

第三位才是孔丘，像赞曰："（前五五一年至前四七九年）字仲尼，鲁国（今曲阜）人，伟大的思想家、教育家、政治家，儒家的创始者，被尊为'至圣先师'。"孔子比管仲晚生了一个多世纪，但说过一句名言，盛赞管仲："微管仲，吾其披发左衽矣！"想起这句话，我不禁一瞥孔子，衣襟当然还是向右遮盖的。其实长廊上的十二尊人物，包括李清照，衣襟全都右衽。夫子绝未料到，两千多年后的子孙已经无所谓左衽或右衽，而是学了"西夷"，对襟中衽了。

仲尼对于仲父（桓公尊称管仲）的评价，有褒有贬。子路与子贡责备管仲未能为公子纠死节，孔子却为之辩护，说"管仲相桓公，霸诸侯，一匡天下，民到于今受其赐"，乃是大仁，原就不必像匹夫匹妇一般拘于小信。但另一次孔子又指出管仲器识太小，不知节俭，也不知礼。等于说管仲造福人民，却疏于修身，立功有之，未见立德。

至于孔子的相貌，郑人曾对子贡如此形容："其颡似尧，其项类皋陶，其肩类子产，然自腰以下，不及禹三寸，累累若丧家之狗。"事见《史记》的《孔子世家》，实在有点不伦不类，而且隔了千年，谁又见过尧和皋陶呢？我在夫子像下仰瞻低徊，想起他不但在世时不能推行仁政，即殁后两千多年，还要遭"文革"批判。我来山东，已经距"文革"三十年，但参观古迹，仍处处见到碑石残缺，甚至断而再接，浩劫的暴力，犹令人心悸。当时天下滔滔，造反有理，谁敢把中华文化的这尊泰山供在这广场上呢？

紧接孔子之后的是孙武，像赞是："（约前五〇六年左右）字长卿，齐国人，春秋末期兵家，著有《孙子兵法》，为古代中国最杰出的兵书，影响于后代及全世界。"他与孔子同时，曾佐吴王阖闾破楚，所以有吴孙武之称。其实他和孙儿孙膑，另一位著名兵家，都是山东人。铜像目光冷峻，神情威严，似乎正在运筹帷幄，决胜于千里之外。幸好是千里之外，也许是隔江在遥窥楚阵吧，所以竟未察觉我这名间谍正在他脚下近窥，窥探他左腰佩着宝剑，而右手却握着一捆竹简，想必就是《孙子兵法》吧？铜像褐影深沉，兵书却金光闪亮，可见游客都和我一般摩挲，恨不得偷窥十三篇里的机密军情。

不同于孔丘与孙武，下一尊铜像塑的是赶路而来的墨翟，摩顶放踵，为了救一座危城，也许已赶了三天三夜的急路，还有漫漫的长途待赶。像座上是这么两行："（约前四六八年至前三七六年）鲁国人，春秋战国之际思想家、政治家，墨家创始者，有《墨子》传世。"

墨翟反对儒家的天命观念，乃倡非命；又反对儒家的礼乐教化与缙绅身份，乃倡非乐、节用、节葬；同时针对儒家的爱有亲疏、诸侯的杀戮无度，更强调兼爱与非攻。但是他太强调克制与苦修了，竟然要求从者对待音乐要不唱不听，而对待丧事不得衣衾入殓，庄子也说他不近人情。

不过墨翟这种淑世利人的大爱，还是很高贵的。且看像座上匆匆赶路的这辛苦老者，他不像管仲、孔丘那样长绅垂腰，也不像其他的铜像那样长袍覆履。看他，短褐紧袴，头上无冠，足下草鞋，左脚刚刚跨出，右脚就要跟进，背着布袋与斗笠，风尘仆仆，只为了赶去远方解围或助守。春秋乱世的野路上，席不暇暖的岂独是孔夫子呢！不久草鞋破了，脚底伤了，他就得撕衣裹足，再上征途。

墨翟后面紧接着孟轲，墨死之年孟已四岁，墨生之年，孔子才去世十一年。墨子一生正好介于至圣与亚圣之间，也可见他有多长寿。他辛苦了一辈子，竟然活到九十二岁，不知道是否因为多用体力而生活单纯，且又克制感情，不妄动怒？

孟子同样得享高龄，同样不畏劳苦与挫折，因为他怀抱了至高的使命感。他立足的像台上刻着："（约前三七二年至前二八九年）名轲，字子舆，邹（今邹县）人，战国时期思想家、政治家、教育家，儒家尊为'亚圣'，著有《孟子》。"亚圣之可贵，是在孔子的仁后再加上义，强调义无反顾，又强调个人的自信与自尊，认为"万物皆备于我""圣人与我同类""当今之世，舍我其谁也？"认为浩然之气"至大至刚，塞于天地之间"，认为"富贵不能淫，贫贱不能移，威武不能屈：此之谓大丈夫"。孟子真是儒之勇者，无怪下笔浩气淋漓，可惜这种气象雕塑家实在难用青铜来展现。

孟子之后四百七十年而生诸葛亮，像台上是这么赞的："（一八一年至二三四年）字孔明，琅邪阳都（今沂南）人，三国蜀汉政治家、军事家。"诸葛亮是家喻户晓的传奇人物，美名昭昭辉映在青史，锦囊妙计的军师形象却神出鬼没于稗官野史。俗话说得好："三个臭皮匠，胜过一个诸葛亮。"可见有多么深入人心。不过在众人的印象里，他却是南阳人，也就湖北襄阳人，迄今襄樊的南郊还保存了他隆中的故居。这印象是诸葛亮自己留下的，《出师表》里就说得很明白："臣本布衣，躬耕南阳。"也难怪刘禹锡会在《陋室铭》里提到"南阳诸葛亮，西蜀子云亭"。原来诸葛亮早孤，由叔父诸葛玄照顾，叔父在袁术手下做官，所以把他带去了南阳。

孔明隐居在隆中时，常自比于管仲、乐毅。他如果知道，有一天自己的铜像会和管仲的并列在这轩敞的名贤堂上，供齐鲁的子孙，供全世界的游客同来瞻仰，一定会十分快慰吧。

其实并列之荣，未必是孔明沾管仲的光。毋宁，我更爱的是孔明。首言立功，则管仲相齐，成就了桓公的霸业，孔明相蜀，不但北伐无功，甚至未能挽救亡国的命运。可是管仲命好，既有鲍叔力荐于前，又有桓公倚重于后，明君贤臣相得达四十年之久，而且君比臣寿，还晚死两年。

反观孔明，虽然也有徐庶美言，刘备推心，君臣缘分只得十六年，而先帝托付给他的是这么一个扶不起的阿斗。次言立德，则管仲虽然造福了国家，操守似乎还有争议。孔子就指责他不俭而又失礼，因为他有三个公馆，而屏风与酒台的设备也僭用了国君的排场。这当然都不是什么大过，但比起孔明的鞠躬尽瘁，累死军旅，且又一生清廉，随身衣食，悉仰于官，自谓死日内无余帛，外无赢财，比起这样高贵的人格来，还是不及。再言立言，《管子》一书自有其贡献，但内容庞杂，又疑伪托。《诸葛氏集》惜已失传，但是《出师表》前后两篇虽无意藻饰文采，而字里行间自然流露的对先帝的感念，对国家的忠诚，拳拳耿耿，自古至今不知感动了多少读者。孔明在文末终于悲从中来，坦言"临表涕泣，不知所云"。普天下的读书人，读到此处，又有谁不是临表涕泣呢？而最可悲的却是：最该感动的一个人，当初受表的那位昏君，竟然没有真正感动，真正彻悟。

《三国演义》我只在读中学时念过一遍，但那些英雄豪杰我一直记得，非大江滔滔所能淘尽。而最难忘的就是孔明，在罗贯中的章回里我看见的是一位隐士，一位贤臣，一位智者，能舌战群儒，一位神机妙算的军师，能辅佐明主，指挥骁将，必要时更能设计木牛流马，甚至呼风唤雨，撒豆成兵。在我小时，哪一个男孩不敬佩、敬爱这位神人呢？《三国志》里的诸葛亮则纯然是一个历史人物，过于简洁，只能远观正面。真正的诸葛亮，为了报答先主，复兴汉室，不惜食少事繁，肝脑涂地，以身相殉，这种宏美崇高的人格，只有在《出师表》里，用他自己真情实感的声音，才能呈现。每次我重读此文，都不禁"临表"泪下。也难怪陆游要赞叹："出师一表真名世，千载谁堪伯仲间？"而杜甫更仰之弥高，奉为"万古云霄一羽毛"。

抬头再望那尊铜像，似乎有灵附体，正戴着青丝编织的纶巾，右手握着羽扇，果真是风神俊朗，指挥若定，只是左手深藏在袖里，恐怕是在掏锦囊妙计吧？

再下一位是王羲之。印象中他似乎是浙江人，因为他那篇《兰亭集序》太有名了，而那次盛会是在山阴，毕竟他是东晋南渡的人物。其实他也是孔明的同乡，像座上这么刻着："（约三二一年至三七九年）字逸少，琅邪临沂人，东晋书法家，其《兰亭序》、《十七帖》等书迹刻本甚多，人称'书圣'。"他写的这篇《兰亭集序》不但是散文小品的杰作，传诵至今，而且当时曲水流觞，微醺运笔，逸兴淋漓，若有神助，那书法更是遒媚潇洒，有"天下第一行书"之誉，传阅至今。更神秘的是，初唐以来，就再也无人亲睹过真迹。原来唐太宗探悉原帖落在辩才和尚手里，就派萧翼骗取过来，复命赵模、冯承素等钩摹数本，分赐亲贵近臣。至于真迹呢，对不起，舍不得任它流落世间，据说就随太宗殉葬，入了昭陵。所以此帖还不能说是"传阅"至今，只能算是"传闻"罢了。真迹既随作者作古，杳不可即，自然更加名贵，"书圣"似乎变成了"书神"。

就这么，一千六百年前的一场盛会，任右军的右腕恣意运转，顷刻竟成了永恒。想当日在山阴，良辰美景，群彦咸集，当真是四美齐具，二难并兼，正在仰观宇宙之大，俯察品类之盛，敏感的王羲之，乐极生悲，却痛惜生命之短，"临文嗟悼，不能喻之于怀"。而我们这些廊上过客，也正是王羲之序末所期待的"后之览者"，岂能无感于斯情、斯文？

眼前的铜像宽袂长带，临风飘然，是永和九年水上吹来的惠风吗？书圣举着右手，五指似握笔之状，头则向左微昂，不知是在仰观宇宙，还是想起了晚餐有肥鹅。其实雕塑家何不让饕餮客抱一只鹅呢？

十米之外，另一尊铜像倒没有空着手，而是右掌托穗，左手握秸，正捧着一把丰年的稻米。黑底金字的像座告诉我们："贾思勰（约五四〇年左右）益都（今寿光）人，农学家，著有《齐民要术》，而知名于后世。"

真是惭愧，这名字我从未见过，不过倒很配一位农业家，因为他一再把"田"放在心上，又再三在"田"边出"力"。我存和幼珊也走过来看他手里捧的是什么，又看像座上的说明。建辉和太太周晖倒是知道一些，你一句、我一句，就拼出一张简图来。

"他做过高阳郡的太守，当然是咱山东人。"建辉说。

"那《齐民要术》讲些什么呢？"我存问。

"主要是记载黄河流域的农作物啦、蔬菜啦、瓜果啦，该怎么栽培，家畜、家禽该怎么饲养之类。"周晖说。

"还有农作物如何轮栽，果树如何接枝，树苗如何繁殖。"建辉也不甘示弱。

"还有呢，"周晖笑起来，"家禽、家畜要怎么阉割，怎么养肥。"

山东廿旅

大家都笑了。

在第十尊铜像前，大家不约而同都聚立下来。终于看到了有一尊没有髭须，非但无须，还绰约而高雅，眼神多么深婉啊，唇边还带些笑意。

"是李清照！"幼珊惊喜地低呼。

当然是她了，非她不可。山东的名人堂上，难道全要供圣贤豪杰吗？胡子太多了吧？没有李清照，这一排青铜的硬汉也未免太寂寞了吧，尽管她自己，"独自怎生得黑"，却是古中国最寂寞的芳心，那些清词丽句，千载之下哪一个硬汉读了不伤心啊？

她的像塑得极好，头梳发髻，微微偏右，像凝神在想着什么，或听到了什么。立得如此地婷婷，正所谓硕人其颀，左手贴在腰后，右手却当胸用拇指和食指拈着一朵纤纤细花。铜色深沉，看不真切究竟是什么芳籍，却令人想起"帘卷西风，人比黄花瘦"，该是菊吧？其实，管它是什么花，都一样寂寞啊，你不曾听她说吗，"一枝折得，天上人间，没个人堪寄"。

我在像前流连很久，心底宛转低徊的都是她美丽而哀愁的音韵。如此的锦心如此的绣笔，如此的身世如此的晚境。我在高雄的新居"左岸"，就在明诚路旁，不由得不时常想起她在《金石录后序》中所记，和赵明诚剪烛共读的幸福早年。

李清照之美是复合的，应该在她的婵娟上再加天赋与深情，融成一种整体的气质与风韵。北国女儿而有此江南的灵秀敏感，正如大明湖镜光里依依的垂柳迎风曳翠，撩人心魂也不输白堤、苏堤。也就难怪济南人要将自己的绝代才女封为藕神，供她于湖边的祠龛。而她在《漱玉词》中，早年咏藕也常见佳句，就像"兴尽晚回舟，误入藕花深处。争渡，争渡，惊起一滩鸥鹭"。又像"翠贴莲蓬小，金销藕叶稀"，都写藕有神。

李清照能供于眼前这文化长廊，而另一位宋词大家，同样是济南人，却因"名额有限"又要顾及"性别分配"，而不能入列，真令我为辛弃疾叫屈。《稼轩长短句》的成就绝对不下于《漱玉词》，辛弃疾要入廊，谁也不会反对。不过他对这位词坛前辈由衷佩服，所以叫幼安让给易安，也只得认了。

李清照的像赞是："（一○八四年至一一五一年）号易安居士，济南人，南宋女词人，着有《漱玉词》，传播中外。"其实末四字并无必要，李清照非常中国，也非常女性，外国人尤其是西方人，怎么能深切体会"轻解罗裳，独上兰舟"，或是"春归秣陵树，人老建康城"呢？

下一位山东人杰同样令我心血来潮，不能自已。但他和李清照刚柔互异，身份完全不同：李清照去南方是做避乱的难民，他去南方却是做平乱的将军。他，正是民族英雄戚继光。铜像目带威棱，似乎仍在巡边，戴盔披甲，右手扶腰，左手按剑，在十二人中是唯一戎装的武将，但加上孙武与诸葛亮，就有了三大兵家，因为戚继光有中国儒将之风，除了战功赫赫，还遗下论兵的著作。他脚下的座石这样为他定位："（一五二八年至一五八七年）字元敬，登州（今蓬莱）人，明抗倭名将，军事家，经多年奋战，解除东南倭患，著有《纪效新书》。"

登州就在山东半岛的北端，与辽东半岛隔海相望。戚继光生在海边，又是将门之后，对倭患的切身感受，正如抗倭前辈、也是出生在沿海的晋江人俞大猷。明朝两大抗倭名将都来自倭寇肆虐的沿海，绝非偶然。从十四世纪到十六世纪中叶，倭寇侵犯中国海岸，北起辽东半岛的金州，南迄广东，范围很广，戚继光的家乡也曾波及。最猖獗的几年是在一五五三年前后，军民遭害达数十万人。幸有戚继光在义乌招募农民、矿工，编练成军，并与谭纶、俞大猷合力清剿，才渐将倭患平定。

小时我在上海，吃过一种"光饼"，圆形有孔，味道甜津津的。母亲说是戚继光行军的干粮，中间的洞孔可以穿线，挂在身上，方便随时进食，后人怀念他的功劳，就叫它做"光饼"。所以戚继光的名字，从小就深印吾心，母亲这句话，也牢记到老。一个民族往往在正史之外，借一些风俗习惯或市井传闻来感念他们的英雄，就算传闻不实，那份深情总是真的。例如端午之于屈原，不管龙舟和粽子是否为了救他，总是对他悲剧的同情、人格的向往。历史的遗憾只好用诗来补偿。

我抬头再看戚继光，心底喊一声："将军您辛苦了！"四百年后再回顾，抗倭的他可称最早的抗日英雄。他怎么会料到，四百年后敌人又来了，这一次不是倭寇了，换了正规的关东军，也不再满足于沿海掠劫，而是深入内陆，意在占领，军靴、马蹄、履带，践踏的正是戚继光、俞大猷的故乡。一次大战期间，他们公然夺去了胶济铁路。一九二八年，太阳旗遮暗了济南，五三惨案，遭害的济南人多以千计，广义说来，岂非倭寇的后人屠杀了戚继光的子孙，也正是从大舜到蒲松龄，廊上十二尊铜像的子孙？

这还不包括后来的八年抗战，死难的华嗣夏裔更百倍于晚明。浩劫迄今，早过了半个世纪，东洋小学生的教科书里，毁尸灭迹，仍然找不到一点血印，嗅不到半星灰烬，谎话传了好几代人。四百年后，戚将军啊，我们更深长地怀念着您啊！

终于走到最后的铜像前了。像是个三家村的塾师，面容清苦，额多皱纹，神色却闲适而带着笑意，像是又想到一个好故事了，嗯，不妨一写，于是以指捻须，仔细琢磨起来。再一看时，咦，脚底还蜷伏着一头金狐狸。那还有谁，不就是蒲松龄吗？踏脚的像座上说："（一六四〇年至一七一五年）字留仙、号柳泉居士，淄川（今淄博）人，文学家，其《聊斋志异》为杰出的短篇小说集。"

这才发现，他脚旁匍偎的不是金狐狸，而是因为它娇巧可怜，游客们不断爱抚，铜锈磨光了的结果。管它是狐仙还是女鬼呢，多半不会害人的。假如你是夜深苦读的单身寒士，烛光昏沉，忽然有一位绝色佳人赫现在你疲倦的眼前，粲然一笑，解尽你长年的寂寞，从此得妻、生子、科场顺利——还有什么比这无中生有的艳遇更省事更理想的么？书中自有俏女鬼，开卷忽来狐美人。可怜的儒生寒士，半生读圣贤书，苦闷不得纾解，礼教的社会又不容你放肆，孤寒之夜，难免不一念入绮。这就是《聊斋》的潜意识出口，西方不也有浮士德心动而魔鬼出现么？

《聊斋》的故事题材十分广阔，展现的众生相颇富民俗趣味，而生动的想象又深入狐鬼仙魅，能以同情赋幽冥的异物以人性，乃能在《三国》、《水浒》甚至《红楼》之外为中国小说探得新境，自成一家。中国文学自《楚辞》以来就有这超现实的一支传统，我觉得蒲松龄颇似李贺的隔代遗传，没有长吉的贵族气与精致雕琢，比较世俗、流畅。

蒲松龄一生贫苦，只教私塾，到七十一岁才举贡生。著述虽有《聊斋诗集》、《聊斋文集》多种，却不如《聊斋志异》一书风行传后，声名响亮，盖过了所有的进士，甚至也高过赏识他的施润章、王士禛。我读《聊斋志异》是在中学时代，因为二舅舅藏书甚多，有整部插图的线装本，任我翻阅。那曲折的故事、雅洁的文言，加上引人想入非非的工笔插图，在没有电视也难见电影的蜀山之中，该是一个男孩最有趣的读物，难怪我就变成狐迷了。

幼珊也走过来，和我一人握一只狐狸耳朵，由我存照了一张相。周晖、基林看得有趣，在一旁笑起来，也一同入了照片。那天晚上，狐狸倒没有来找我，若非因蒲翁喝止，便是因我这书生太老了。

一百五十米的弧形长廊供着这十二尊铜像，顽铜何幸，这些伟大的、睿智的、威武的、多情的魂魄竟然来附身，而令这一簇灿亮的美名化成了栩栩然俨然的形相来默化我们，引我们见贤思齐，取法乎上。于是这神圣的长廊无限伸展，与四千载的历史悠悠的华夏光阴等长。青铜不语，而我却领悟了很多。

十二位人杰里，至少有一位圣君、三位哲人、三位兵家、五位政治家、两位教育家、两位作家、一位艺术家、一位农业家。加起来不止十二位，因为有好几位具多重身份，含各色光谱。这些人合起来可成就一个泱泱大国而绰绰有余。山东人自豪于"一山一水一圣人"，这壮语，金底黑字就赫然烙在山东大学赠我的纪念立牌上。山是泰山，水是黄河，而圣人又何止出了一位？

十二人里，好几位的事功都不是一山一水能限量。孔子的文范、孙武的武典，全世界都受启迪。大舜南巡而葬于苍梧，孙武仕吴，诸葛相蜀，王羲之挥毫于山阴，李清照苦吟于江南，戚继光更南靖倭患，北镇蓟州。不仅山东人以他们为傲，所有的中国人都以他们为荣。

我希望各省都能建自己的文化厅堂。

黄河一掬

厢型车终于在大坝上停定，大家陆续跳下车来。还未及看清河水的流势，脸上忽感微微刺麻，风沙早已刷过来了。没遮没拦的长风挟着细沙，像一阵小规模的沙尘暴，在华北大平原上卷地刮来，不冷，但是挺欺负人，使胸臆发紧。我存和幼珊都把自己裹得密密实实，火红的风衣牵动了荒旷的河景。我也戴着扁呢帽，把绒袄的拉链直拉到喉核。一行八九个人，跟着永波、建辉、周晖，向大坝下面的河岸走去。

这是临别济南的前一天上午，山东大学安排带我们来看黄河。车沿着二环东路一直驶来，做主人的见我神情热切，问题不绝，不愿扫客人的兴，也不想纵容我期待太奢，只平实地回答，最后补了一句："水色有点浑，水势倒还不小。不过去年断流了一百多天，不会太壮观。"

这些话我也听说过，心里已有准备。现在当场便见分晓，再提警告，就像孩子回家，已到门口，却听邻人说，这些年你妈妈病了，瘦了，几乎要认不得了，总还是难受的。

天高地迥，河景完全敞开，平面就延伸得倍加复远，似乎再也勾不到边。昊天和洪水的接缝处，一线苍苍像是麦田，后面像是新造的白杨树林。此外，除了漠漠的天穹，下面是无边无际无可奈何的低调土黄，河水是土黄里带一点赭，调得不很匀称，沙地是稻草黄带一点灰，泥多则暗，沙多则浅，上面是浅黄或发白的枯草。

"河面怎么不很规则？"我转问建辉。

"黄河从西边来，"建辉说，"到这里朝北一个大转弯。"

这才看出，黄浪滔滔，远来的这条浑龙一扭腰身，转出了一个大锐角，对岸变成了一个半岛，岛尖正对着我们。回头再望此岸的堤坝，已经落在远处，像瓦灰色的一长段城垣。更远处，在对岸的一线青意后面，隆起一脉山影，状如压瘪了的英文大写字母 M，又像半浮在水面的象背。那形状我一眼就认出来了，无须向陪我的主人求证。我指给我存看。

"你确定是鹊山吗？"我存将信将疑。

"当然是的，"我笑道，"正是赵孟頫的名画《鹊华秋色》里，左边的那座鹊山。曾繁仁校长带我们去淄博，出济南不久，高速公路右边先出现华山，尖得像一座翠绿的金字塔，接着再出现的就是鹊山。一刚一柔，无端端在平地耸起，令人难忘。从淄博回来，又出现在左边，可惜不能停下来细看。"

周晖走过来，证实了我的指认。

"徐志摩那年空难，"我又说，"飞机叫济南号，果然在济南附近出事，太巧合了。不过撞的不是泰山，是开山，在党家庄。你们知道在哪里吗？"

"我倒不清楚。"建辉说。

我指着远处的鹊山说："就在鹊山的背后。"又回头对建辉说："这里离河水还是太远，再走近些好吗？我想摸一下河水。"

于是永波和建辉领路，沿着一大片麦苗田，带着众人在泥泞的窄埂上，一脚高一脚低，向最低的近水处走去。终于够低了，也够近了。但沙泥也更湿软，我虚踩在浮土和枯草上，就探身要去摸水，大家在背后叫小心。岌岌加上翼翼，我的手终于半伸进黄河。

一刹那，我的热血触到了黄河的体温，凉凉的，令人兴奋。古老的黄河，从史前的洪荒里已经失踪的星宿海里四千六百里，绕河套、撞龙门、过英雄进进出出的潼关一路朝山东奔来，从斛律金的牧歌李白的乐府里日夜流来，你饮过多少英雄的血难民的泪，改过多少次道啊发过多少次泛滥，二十四史，哪一页没有你浊浪的回声？几曾见天下太平啊让河水终于澄清？流到我手边你已经奔波了几亿年了，那么长的生命我不过触到你一息的脉搏。无论我握

255

得有多紧你都会从我的拳里挣脱。就算如此吧这一瞬我已经等了七十几年了绝对值得。不到黄河心不死，到了黄河又如何？又如何呢？至少我指隙曾流过黄河。

至少我已经拜过了黄河，黄河也终于亲认过我。在诗里文里我高呼低唤她不知多少遍，在山大演讲时我朗诵那首《民歌》，等到第二遍五百听众就齐声来和我：

> 传说北方有一首民歌
> 只有黄河的肺活量能歌唱
> 从青海到黄海
> 风　也听见
> 沙　也听见

我高呼一声"风"，五百张口的肺活量忽然爆发，合力应一声"也听见"。我再呼"沙"，五百管喉再合应一声"也听见"。全场就在热血的呼应中结束。

华夏子孙对黄河的感情，正如胎记一般地不可磨灭。流沙河写信告诉我，他坐火车过黄河读我的《黄河》一诗，十分感动，奇怪我没见过黄河怎么写得出来。其实这是胎里带来的，从《诗经》到刘鹗，哪一句不是黄河奶出来的？黄河断流，就等于中国断奶。山大副校长徐显明在席间痛陈国情，说他每次过黄河大桥都不禁要流泪。这话简直有《世说新语》的慷慨，我完全懂得。龚自珍《己亥杂诗》不也说过么：

> 亦是今生未曾有
> 满襟清泪渡黄河

作者握住妻子的手，让她另一手探入黄河

他的情人灵箫怕龚自珍耽于儿女情长，甚至用黄河来激励须眉：

为恐刘郎英气尽

卷帘梳洗望黄河

想到这里，我从衣袋里掏出一张自己的名片，对着滚滚东去的黄河低头默祷了一阵，右手一扬，雪白的名片一番飘舞，就被起伏的浪头接去了。大家齐望着我，似乎不觉得这僭妄的一投有何不妥，反而纵容地赞许笑呼。我存和幼珊也相继来水边探求黄河的浸礼。看到女儿认真地伸手入河，想起她那么大了做爸爸的才有机会带她来认河，想当年做爸爸的告别这一片厚土只有她今日一半的年纪，我的眼睛就湿了。

257

回到车上，大家忙着拭去鞋底的湿泥。我默默，只觉得不忍。翌晨山大的友人去机场送别，我就穿着泥鞋登机。回到高雄，我才把干土刮尽，珍藏在一只名片盒里。从此每到深夜，书房里就传出隐隐的水声。

二〇〇一年七月十九日

附注：本文发表后，泰山医学院的语文教师刘桂传先生在福州《台港文学选刊》二〇〇二年四月号指出：古时登泰山，原循东、中、西三谷。后来东谷因地偏不便被弃，只留下中路与西路，本地人乃呼中路为东路。姚夫子登山，其实是走中路，正是今日一般游客所循。

龙尾台东行

　　壬辰龙年的最后几天，我家有一次紧凑的台东行，相当意外，比我们一早预期的要有趣。所谓我家，指的是已定居高雄二十六年的二老和二女幼珊，加上佩珊来自台中，珊珊和女婿为政来自康州，季珊来自温哥华。至于第三代的飞黄和姝婷，则留在康州上学。

　　从二○○六年起，我们三代同游都是共乘游轮。海上行宫的宏伟便捷，九人共乘的朝夕相对，加上沿途靠港的异国风光，固然是太平盛世的赏心乐事，但是一再而三，其兴奋也不免递减。"天堂久住亦寻常"，所以这次就改成陆上行了。行程由住在台湾的幼、佩二珊上网敲定，一路都很顺利。

　　二月四日清早八点三刻，南回火车的风火轮终于为我们推进。一过枋山，便告别海峡，开始进出隧道，像一尾迅猛的穿山甲。不由人不感激当初开山的天兵，不，地兵地将。隧道有长有短，短的一手不能遮天，长的要过很久才肯把天再吐出来。好像东岸的山海太神奇了，一时还舍不得让我们放眼饱享。如此欲展故遮，逗弄了我们半个多小时，一直到大武才揭开谜底。太平洋的浩荡蓝水球，终于豪爽地转向我们。台湾，像一条大鲲终于为我们摆尾转身：这乾坤大挪移我在飞机上也见过，那动感更为壮观。

我们在台东站下车，就去租车行领到预定的日产八人座休旅车，由幼珊驾驶，沿着太平洋岸向西南而行。进了台东大学的知本校区，在人文学院前面的一面大墙旁停下。墙上高悬着烧陶字体的诗碑，展示的是我的诗《台东》。诗碑于二〇〇九年一月揭幕，典礼上有人要我自诵一遍。此诗共分为八段，每段二行，主题是强调台东虽为偏僻外县，远离繁华，却坐拥山海，亲近造化。此地我只引前三段，以见其诗意之天真，语言之浅易，连小学生也能领会：

城比台北是矮一点
天比台北却高得多

灯比台北是暗一点
星比台北却亮得多

街比台北是短一点
风比台北却长得多

揭幕现场我先自诵一遍，以助暖身。到了第二遍，每段我就只诵前一行，后一行就由台东人齐声诵答，效果很好，主客也都很 high。所以朗诵之道不在配乐配舞，而在临场创意。

下午三点是民宿入住的时间。天色渐晚，幼珊就设定导航系统驾着休旅车盘旋上山，去找当晚预订的民宿。这件事，我存与我在英国、苏格兰、法国、西德都前后做过。

台东大学诗墙合影（自左：季珊、为政、
幼珊……作者、珊珊、佩珊、范我存）（二〇一四年摄）

民宿近年在台湾已渐流行，比起西欧的传统，规模并不很
逊色，但立意却不相同。英、法、德各国的民宿都是屋主
的子女已长大离家，留下空房，可供旅客当晚一宿，次晨
一餐，即所谓 B&B（bed and breakfast）。如屋主空房供宿
在六间以内，就可免税。台湾的所谓民宿，则多为另建旅
社，纯为营利，因此主人有时并非坐镇现场（non-resi-
dent）。我存与我有幸住过苏格兰南部一处 B&B，叫做
Burnfoot Farm。晚间得与女主人在她客厅聊天，并共阅她
家人的照相簿；翌晨她又带我们参观她家的牛棚，得识哪
一头母牛叫 Mary，哪一头叫 Amy。问她附近古迹，她便热
心推荐"哈德连长城"（Hadrian's Wall），说那是罗马殖民
时代哈德连皇帝为防御北方"蛮族"皮克特人而建的百里
矮墙。她家 Burnfoot Farm，其中 burn 乃苏格兰语，意为
小溪，所以全名可译"溪口农庄"。我们一宿难忘，后来幼
珊留学英国，拟去苏格兰一游，我们就郑重嘱她务必去这
农庄。她去了，很满意。下次如有机会再游苏格兰，我们

一定重去问津,再探这异国的桃花溪口。

话说台东之行,头一天下午将暮,我们的休旅车入山既深,终于抵达知本郊外的"林道客栈",受到笑带酒涡的女主人欢迎。那是四房一栋的宽敞瓦屋,白墙之上栋梁裸露如筋骨,屋后杂树森森,前院有飘忽的桂香。女主人不住民宿,却和我们亲切聊天,陪了我们很久。一切都颇便利,只有晚餐得下去人间解决。餐后再回山上,把车停在屋后坡上,忽然有人叫起来。大家随她仰对冬空,看到人间一切所谓景点都无法提供的壮观。四野光害大减,冬夜以黑绒的衬底展出它无上的珍藏:仰度颇高的东南天庭上,猎户座显赫的家谱闪耀在宇宙的额头,左翼的参宿四闪着红辉,右翼的参宿七耀着青芒。紧追着猎户的,是天狼,诸天最亮的恒星。猎户紧追的,是火眼金睛的金牛。我为家人解释了半天,大家终于不耐颈酸而回到人间。正如乘飞机到了云层之上才悟出:下面的气候多变不过是一层障眼法,上面的晴蓝才是永远不变的。入山夜观星象,才悟出此身常恨被都市所蒙骗。

第二天是大晴天,我们竟二上都兰山。四个女儿听说半山辟有平台,列有十多座诗碑,其中有一座也刻了老爸的诗,有意去参观一下。这一次由佩珊驾车,上坡路半途错过了右转,徒劳无功。下山后还去问派出所,答以不知山上有此地标。后来想起文化处应该知道,乃打手机去问,答以半途右转始能找到。佩珊在陡坡上一番上下曲折,终于抵达。

平台四周及入口附近,具名刻诗的作者,除我之外还包括白灵、陈义芝、席慕蓉、詹澈、及胡适的父亲胡铁花。

可惜平台四周的八座诗碑大半被蔓草遮蔽，竟要拨草寻径才得见诗，令人相当失望。想是主管机关建设之余，既欠宣传，又无心永续经营。

下午我们去投宿的是"白石牛海景民宿"，地处杉原沙滩，遥望苍黛的都兰山色。入住之后发现阳台正对着绿岛，近得好像海波相接。不久夜色四合，反衬出绿岛变成灯火二三，杉原右侧的小野柳海岬也传来灯火，还是渔火六七。贪看夜色，我们餐后就着外面的廊灯下起一种四色争路的新跳棋来。掷的骰子是一块六面方体的海绵，落得不稳常会转面，滚成别的数目，令大家尖叫。玩了一个多小时，赢家是我存，余人也都尽兴。

约好次日一早起身去迎日出，可惜夜间下了雨，次晨是个薄阴天，细雨霏霏，飘忽无定，绿岛方向晨曦偶现即淡，完全够不上朝霞绚烂的日出盛典。失望之中我们还是踱去沙滩，一脚高一脚低地踩过密网罩住的珊瑚礁径，直到早潮拍岸的太平洋边。层积的杂砾诱惑人漂水花。我素来自负漂水高手，有"入水为鱼出水为鸟"六起六伏的可傲纪录。四个女儿不是俯身寻石提供较扁的圆片，就是自拣自地也试漂一番。我连漂了三块，都石沉大海。珊珊供应的几块之中，有一块又扁又圆，比台币五十元要大一圈，而色调深灰耐看。我舍不得漂，就留下了，现在静卧在左岸家中的桌上，像太平洋赠我的一件小礼品，也可充那天日出盛典未能兑现的一个补偿。

白石牛民宿的主人，倒是与客同屋，就住在自家透天三层的顶楼，充分做到 B&B。早饭热腾腾的面包，是女主人前夕所烘焙，饮品有咖啡或茶。我存和我在东莞受寒伤风，仍在服中药，所以我们点了花茶。男主人则布桌送餐，不辞奔走，十分好客。

太平洋波平浪静，海天相接之处牵曳着一条潇洒而抒情的水平线。无论我们从白石牛的阳台，或倚着金樽车站的步道栏杆，纵目所见的太平洋其实水分二色。近岸的港湾，汀渚水浅，呈湖绿色，潮水一阵接一阵卷上沙滩，喷溅白沫，旋生旋息。远处的洋面下，黑潮的暖流潜涌，则一望莫测其深，森森茫茫，无非是钴蓝巫蓝更皓蓝。无论从美国乘货轮回台湾，或者乘游轮去阿拉斯加、挪威、西地中海，载着我的乡愁或游兴的，都是这种诱人的深蓝。

第三天参观了"台湾史前文化博物馆"，觉其甚具规模，展品及说明都见用心。我存久任高雄市立美术馆义工导览，看得自然更留心。

龙尾的台东行，驾车的只有幼珊、佩珊，老爸无须再操劳了，倒令我怀念多年前两度在美，千里缩地，全由我一手掌控。为政、珊珊、季珊没有台湾的驾照，事前也未想到办国际驾照，所以无从轮替。为政是此行唯一的壮汉，所以行李之类的重负都有赖他担当。

同时我也怀念，二十年前初来高雄，南部的名胜，甚至穷乡僻壤的无名之胜，凡车轮能到之处，王庆华都意气风发，为我向导，车轮不到之处，就领着我攀爬。现在他竟也过六十岁了，久矣我们已未同畅逍遥之游。

二〇一四年

太鲁阁朝山行

一

马蹄踢踏的前七天，我们有一程朝山之行，前后三日。第一日中午飞到花莲，入市内领到一辆七人座 Serena 休旅车，正好坐满我一家七人：飞黄和姝婷留在康州大学，和去年一样，未来。

第一日下午匆匆驶入"太鲁阁国家公园"，天色已晚，不敢留连太久，便去订好的民宿入住。

夜色中，最先欢迎我们的，是犬吠。主人大声喝止。便换了一只黑纹的花猫来磨蹭客腿。后来主人告诉我们，他家一共有五只狗，五只猫，至于家人，也是五位。这才是真正的民宿：旅舍就是主人的家。

这家民宿是一排整齐的平房，朴素之中不失干净与舒适，最可喜的是灯光明亮，浴室宽坦。我们一家七人，分住三房，地板是陶砖，可以赤脚而行。那天风大，很冷。我们在外面的大草地上，仰见木星，虽极璀璨，却不闪烁。夜间大家在餐厅打一种"猜牌"，其底牌均为名家所绘，多属超现实主义风格，意识乱流，动人遐想。主人的两个女儿，米妮观战，米琪发牌，十分可爱。

入夜更冷，深恐一床羽绒被不够御寒，又向女主人要了一床。不料羽绒果然够暖，就备而未用了。熄灯后，天花板尚有微光，不致全黑。第二天还是大晴天，朝霞艳丽照进室来。这才发现，原来是天窗，十分惊喜。

早餐清淡简单，有大杯豆浆，来配番石榴、煮蛋、香肠、番薯、面包、生菜。大家一夜熟睡，清晨空气又纯净，更吃得津津有味。餐厅墙壁下有长窗，上有两排气窗，当真窗明几净，高轩自有逸兴。壁上大书"乐山"两字。我存抗战时期迁蜀，曾居乐山七年，倍感乡情亲切。主人夫妻却念成 Yao Shan，显然是取仁者乐山之意了。

主人名叫吴廷书，谦逊坦率，有古隐士之风。女主人也安详亲切，与主人天然默契。问吴先生乐山民宿的地理位置，他说属于"太鲁阁国家公园"管辖，但在辖区北境。我又问他治安如何，他笑答说，一向宁静。又问他一个蠢问题，是否也去外国度假。他说没有，要照顾"乐山民宿"，简直没空。

早饭后我们收拾行李，装上休旅车。仰见半轮下弦月，莹白当空，朝阳虽已金艳，仍未减却清辉。只可惜市井之人忙得只顾红绿灯交眨，甚至只顾低头收看手机，把造化的神奇天机，竟然都错过了。

主人送我们到车旁，主客话别，有些依依。我问他的隐居究有多大。他潇洒地朝山坡上一挥手，说一直到山顶。顺着他的手势，我瞥见的是满坡的竹林与杂树，几只雨燕正斜斜向上飞去。后来核对地图，推想这一带应该是在清水山下。

二

第一天因为暮色逼人，匆匆来去，第二天上午就专程深入，去探太鲁阁的肺腑和关节。这一探，简直是探险，不仅路窄而弯，下临深谷，而且危石绝壁当空，雨后或逢地震，落石岌岌难防。小落石每是大落石的前兆，毒蛇、毒蜂更是屡见。同时海拔愈高，气温愈低，氧气稀薄，气压降低，易患"高山症"。因此园方沿途设站，为行人发放白漆钢盔。我们错过几站，被迫只凭血肉之躯、赤露之顶去试运气。

车到锦文桥，红柱高擎的牌坊下，车队首尾相衔，东西横贯公路便从此西去，而潺潺夺路的立雾溪，上下游落差一千公尺，日夜不休，正向东泻来。从此西去，海拔愈来愈高，地势愈来愈险，岩石愈益托大，天空愈益缩小，正是古代画家梦寐以求的奇景绝胜。光有石还不算，得有活水来激发太古元始的静趣。王思任的警句"天为山欺，水求石放"用来形容太鲁阁险中寓美之奇，再真切不过。此情此景，令我又想到我少年时顺流而下的巴东三峡。不过此际正值岁末，雨水不多，立雾溪也不可能漫漫顺谷而下，所以倒可以想象成一串岸促水浅的三峡：当然太鲁阁不闻砧声，也无猿啼，更不会有船夫逆流而拉纤，但是三峡也不会像太鲁阁这样把绝壁凭空凿出了一连串的隧道。有些隧道是传统的首尾贯通，有些在向溪流的外侧仅以疏疏的水泥立柱支撑：贯通的该是山的回肠，侧空的就是山

267

的肋骨了。

似乎还嫌山客的眼睛不够忙，隔着中间的涧谷，对面的大幅绝壁，不仅来龙去脉，或纵或横或斜迤，暴露出元气沛然的大斧皴法，更赫然开出了岩洞，大小不一，深浅有异，就是所谓的燕子口了。可让燕子像乌衣武侠一般出没的水帘洞，我在巴西的伊瓜苏大瀑布曾见识过，其数却不如太鲁阁之多。

"山从人面起，云傍马头生。"李白的名句忽来唇边，尤其是上一句，最切合太鲁阁了。东西横贯公路是向造化争地，硬讨过来的一线文明，像一条陆上的运河，通车而非通船，贯通了台湾海峡和太平洋。自其虚者而观之，则又像一条曲折的腰带，系在多少皱褶的峻坡甚至绝壁上；若用地图思考，就成了一道几何美学的等高线。

为了打通中央山脉重重的关节，穿越花岗岩顽固的帝国，当年与石争地，牺牲了多少开山的壮士。"地崩山摧壮士死，然后天梯石栈方钩连"！今日安枕在豪华的游览车上，旅客们不但应赞叹造化的神奇，更应向荣民的亡魂默祷致敬。其实道旁虽有低栏防护，毕竟逼近危崖，只见峰回岩转，不知轮托何处。何况头顶岌岌的落石，一时失衡，就会祸从天降。真是一程过瘾的自虐。

东西横贯公路是一把刻骨的雕刀，绝情地向陡坡的筋骨挑剔出来的穴道。"山从人面起"虽为修辞之夸张格，仍不足状其逼迫，因为有些段落的山壁不但逼人脸颊，而且低压在人头顶，不但是绝壁，简直成了倒壁，咬牙切齿，极尽威胁之势。

太鲁阁

太鲁阁朝山行

那天我们受尽威胁。峰回路转，穴闭洞开，惊多于喜。往往一个突转，阴阳乍变，和骤遇的山貌打一个照面，车中人不约而同猛发尖叫。我们把自己都交给车，不，交给开车的佩珊。就这么，一路探到天祥才回花莲。

三

第二天我们投宿的是花莲市西南方寿丰乡的葛莉丝庄园。其地不在海边，也不在山上，却不乏园林之趣。半下午我们入住其中，英国式的下午茶已端上遮阳伞蔽荫的圆桌，在等待饥渴的高雄客了。一人份包括一块肉桂香味的松糕，一块爽口甘津的柠檬糕，和三种花茶。肉桂糕嫌韧。我吞下了柠檬糕，并佐以熏衣草茶，情调有点像我译过的《不可儿戏》。

庄园大而平坦，水气沁人的明媚池塘曲折成趣，却容得下两个岛。岛上、塘边树荫绿意不断，白鹭栖息其间，禅意悠悠，一只鸭子往来其间，也俗得可爱。我们两代人：我存和珊珊、幼珊、佩珊、季珊，再加上两个男人（大女婿为政和我），终于懒慵慵地或坐或卧，憩息在原色木板铺成的看台上，只等时间到了，去镇上晚餐。

吉安乡、寿丰乡这一带土地平旷，暮色来时，近山巍巍，半已昏暗，但远峰崚嶒仍在受日，不甘沉沦，仍在近山环翠的疏处，露出半顶俯窥着我们。这种野趣，城里人当然是久违了。民宿在台湾各地兴起，一方面固然因为羡慕西欧工业之余犹能享受田园，另一方面在本岛残山剩水的环境里，深愧对不起皇天后土，又渴望重温田园的孺慕，穷中作乐，不，富而不乐，民宿成风，也算是一种怀古悔过的挽歌。

理想的民宿，该是整洁、朴素、自然、健康、方便，而又亲近造化。若是过分舒适，刻意装饰，甚至山珍海味，亭台楼阁，就太五星级了，其罪反如豪宅。

我们在葛莉丝庄园的民宿，颇有亲近自然的风雅品味。设备近于日式：玄关脱鞋，床低近地，纸窗拉门，石池入浴，木架踏脚；后门推出去是窗明几净的水榭敞轩，可以在水光中茗茶下棋。池中颇多锦鲤，夜里偶闻扑刺。

游客有好几家，车辆散停于落羽松间，松针满地，踏之簌簌有声，视之锈红有色。此行就地租车，但真正掌驾驶盘的，仅幼珊与佩珊：她们轮流开车，不在驾驶盘后的一位，就调整卫星图，或负责核对地图。美、加回来的三位：为政、珊珊、季珊，既无台湾驾照，又无应付机车经验，就免役了。至于我这位老爸，年轻时曾经载了全家纵横北美洲，近年只开近途，这次就算要抢方向盘，显已不孚众望，遂被架空了。

二〇一四年一月二十九日

太鲁阁朝山行

271

图书在版编目（CIP）数据

古堡与黑塔/余光中著 . —北京：中国人民大学出版社，2015.6
（明德书系·文学行走）
ISBN 978-7-300-21433-7

Ⅰ.①古… Ⅱ.①余… Ⅲ.①散文集-中国-当代 Ⅳ.①I267

中国版本图书馆 CIP 数据核字（2015）第 121345 号

明德书系·文学行走

古堡与黑塔

余光中　著

Gubao yu Heita

出版发行	中国人民大学出版社	
社　　址	北京中关村大街 31 号	**邮政编码**　100080
电　　话	010 - 62511242（总编室）	010 - 62511770（质管部）
	010 - 82501766（邮购部）	010 - 62514148（门市部）
	010 - 62515195（发行公司）	010 - 62515275（盗版举报）
网　　址	http://www.crup.com.cn	
	http://www.ttrnet.com（人大教研网）	
经　　销	新华书店	
印　　刷	北京宏伟双华印刷有限公司	
规　　格	148 mm×210 mm　32 开本	**版　　次**　2015 年 6 月第 1 版
印　　张	8.875	**印　　次**　2018 年 11 月第 5 次印刷
字　　数	171 000	**定　　价**　28.00 元